97年小說選

2008

季季 主編

九歌

《九十七年小說選》

年度小說獎得主

賴香吟

作品

〈暮色將至〉

作家、藝術家黃光男先生

捐贈本年度小說獎獎金

得獎感言

賴香吟

二〇〇三年年底，我去探望阿君，離開時關渡平原一片狗狼暮色。「暮色將至」這句詞在那時浮上心頭，既是關於生命感嘆，也隱隱有種時代預感，一種衰壞之氣，彷彿就要來了。

因此，〈暮色將至〉一文的確有些真實梗概，阿君離開後的時代也的確暮色茫茫終至沒入黑夜。我並不甚喜愛直接取材身邊的真實遭遇來作故事，因為我所寫出來的，比起那些存在與發生，難免有所曲折、簡約、不等值。感謝這個獎，讓我稍稍覺得可以告慰逝去的阿君，以及她在我心中所留下那些難以三言兩語說盡、也絕非政治可以涵蓋可以掠奪之，真誠與堅強。

感謝季季主編，感謝九歌出版社。

目錄

摸索與發現，耽溺與覺醒

——「九十七年小說選」編選序言

季季

這是我第五次編選年度小說。距離第一次（民國六十五年書評書目版）已有三十二年。距離上一次（民國七十六年爾雅版）也已二十一年。那麼長的時光流逝，生命不斷層疊交替，有些曾經入選的作者已經離世，有些曾經寫出好作品的作者則已沉寂，同時也有許多年輕作者陸續出列，閃耀燦然光華。

作為一個小說寫作者暨文學編輯人，我感傷於那些逝去了的生命，沉寂了的名字，也欣然於那些後輩的腳步昂揚而來；他們的聲音使我不敢怠惰，至今仍在文字裡摸索修行。

再度編選年度小說，有著摸索修行的艱辛，也有發現知音的喜悅。

1.

二〇〇八年臺灣首次舉行代表字票選，結果「亂」字居首。經濟凋弊，政黨輪替，高官貪婪，小民失業；有人自我了斷生命，有人全家同赴絕路……。每日打開報紙電視，亂象層出不窮，讓人不嘆息也難。

但是仍有那麼多寫作者保有心底的清明，寫出一篇又一篇小說。人世再亂，世象仍是小說的血肉，在創作者心底盤旋，沉澱，轉換，再生為一座想像的城堡，或者再現一幅記憶的拼圖。

然而也有人說，文學雖是精神食糧，文字卻是經濟食糧，許多中生代失業者或新生代待業者成了宅男宅女，都想以寫作為業，各種文學獎和報刊編輯部收件量劇增，來稿卻大多凌亂散漫，甚至標點符號都不會使用。至於發表的作品，有些也許急於求成，或文氣渙散，或對白僵硬如作者的論述，更有人名、年齡、年代前後不一的。即使有好的故事題材，也因而顯得血肉不足，讓人惋惜。

2.

關於「什麼是小說」，歷來已有各種名家就個人觀點說了不少名言，在此不再贅述。我只想對年輕的寫作朋友說一個簡單的基本概念：

小說不是新聞。

新聞是事件的直接報導，小說即使取材於新聞或真實的人物故事，仍需經過間接轉換與想像，讓讀者不止看到事件，還能看得到人的形貌，動作，個性，並聽得到聲音裡的喜悅，憤怒，呻吟，希望或者嘆息。這一切都需精確細膩的文字，層次繁複的結構，前後一致的敘述邏輯，也需要對敘述背景的了解；不管你的小說題材是現實或超現實。

3.

我曾在評審某文學獎時讀到一篇夫妻外遇的小說，丈夫與女友周末去龜山島旅遊，選擇一家氣氛浪漫的餐廳晚餐，住在當地最豪華的旅館過夜，次日搭飛機回臺北。那篇小說的文字與結構都很好，終因這不符事實的敘述而落選。——龜山島過去長期軍管，近年才開放觀光，當地沒有餐廳、旅館、機場，必須當日搭船往返。小說家當然不可能事事親歷，如果作者事先查證清楚，把旅遊場域轉換為澎湖或一無名島嶼，就不致寫出不符現實邏輯的情節。——

甚至一些成名多年的作者，也有類似的問題。例如有一女作家寫臺灣留學生初入美國布朗大學即遇保釣運動，跟著到華盛頓抗議示威，並且聽了黑人民權領袖金恩博士發表「我有一個夢」的演講……。

——保釣運動是一九七〇年前後，金恩那場演講是一九六三年八月，且他已於一九六八年四月在田納西州被刺身亡；除非是在夢裡，留學生如何在華盛頓聽到金恩演講？——

類似的例子還很多……。

許多小說家都有創新風格與擴大寫作領域的企圖，但小說不止是想像與虛構的延伸；尤其是寫實作品，小說的真實必須尊重生活的真實。「宅」裡寫小說，如果對不了解的地理、歷史等背景不謹慎查證，寫出的就是那類不符合敘述邏輯，讓讀者產生錯誤認知的作品；在我看來，這樣虛妄的小說家是不道德的。

4.

閱讀是主觀的直覺，誰也難以排除偏見與偏愛。所以，選在這裡的十五篇小說大多是誠懇的寫實作品：沒有矯情與濫情，沒有魔幻、奇幻、科幻，也沒有武俠、推理、網路；遺珠自是難免的。

另外，我覺得不宜把長篇小說或中篇之摘錄納入年度小說選，這十五篇都是體例純粹的短篇小說：不是為了某種因素搶先發表於媒體，從一部長篇（或中篇）創作裡捨棄其他情節，取出一縷形似短篇的魂魄之現身；是作者為了一個單一的訴求，單一的事件，在單一的時間背景裡完成，體例與魂魄皆完整的創作。

5.

選定十五篇作品之後，整理作者簡介，發現七十至八十歲之間三位（黃春明、鄭清文、張放），五十至六十歲之間二位（根阿盛、林宜澐），四十至五十歲之間三位（成英姝、吳鈞堯、郭強生），三十至四十歲之間四位（邱致清、徐譽誠、陳雪、賴香吟），二十至三十歲之間三位（楊富閔、陳璿丞、陳宗暉）。顯見中年仍是創作高峰期。

比較遺憾的發現是，六十至七十歲之間無人入選，而且女性作家只有三位。我雖屬這一年齡層的女性作者，這一年也在《印刻文學生活誌》發表了十二篇小說，但作為年度小說選主編，實覺不宜評斷並選入自己的作品。

不過，讓我驚喜的是，一些中生代作家還在魔幻寫實、後設實驗中耽溺沉浮時，如楊富閔這樣的新手反而穩健的從寫實出發，回歸鄉土；這也許是二〇〇八「亂」局中最可貴的覺醒。

6.

關於這十五篇小說及其作者，謹依作品發表先後簡述於下。作品之精髓則有賴讀者從文本中各自領會。

·根阿盛〈屋漏痕〉（一月一日）

賽夏族作家根阿盛今年五十一歲，青年時代就開始寫作，但忙於生計作品不多，二〇〇八年十一月始出版第一本作品結集。他的小說和其他原住民作家一樣，大多在描述特殊族群於崇山峻嶺中面對異族與現代化所產生的曲折過程。那些獨特的信仰，膜拜，奮鬥，反抗，平地作家很難寫出其精髓。——葉石濤在一九八五年四月二十三日寫給鍾肇政的信中，對他寄贈的新作《高山組曲》即有如下之語：「這類的作品還是由山地作家來寫比較恰當吧？」

根阿盛自述其曾祖父aro a basi「是南庄抗日事件主將之一，亦是抗日事件主事者日阿拐的親家……」因此，「在時空轉換中聽及了許多在急躁變動中，隱藏著深切不安的故事。」〈屋漏痕〉書寫的，是一個賽夏族老人從日治時代末期面對基督教進入部落的抗拒故事。全文揉和家族傳說，以寫實手法呈現老人信守祖靈，不時以各種方式嘲弄與反抗基督信仰，直到死亡來臨，「靜靜闔上從未乞憐的眼神」。

·鄭清文〈童伴〉（一月三至四日）

鄭清文今年七十六歲，是少數勤寫不輟的資深作家，幼年雖曾受日本教育，但中文用字之簡潔清淡，是其同輩臺籍作家所不及的。至今堅持只寫短篇不寫長篇，也是他寫作生涯的一大特色。近年作品常出現「石世文」這個主角，有時是少年，有時是中年，有時是老者，隱約可見作者返身自照的身影。〈童伴〉敘述少年石世文在光復初期某個下午，回到小學校園打籃球，黃昏時球友都走了，他留下來練習運球、投籃，邊練習邊回憶。「日本人喜歡打網球、野球和排球。外省人喜歡打籃球，一個人可以投籃，可以運球。這個球場本來是網球場，放了兩個球架，就變成籃球場了……。打籃球的，主要是幾位外省老師，像李老師、陳老師。……」

在孤單運球的啪啪聲中，遠去的日本老師與同學的身影話語交叉重現，全文流露一貫的鄭氏風格，清淡而餘味無窮。

·郭強生〈君無愁〉（二月二十二至二十三日）

郭強生今年四十四歲，小說、戲劇皆有所長，近年致力於教育行政及教學，發表小說較少。

〈君無愁〉是臺北現代都會同性戀者的復仇故事。主角張民雄「永遠三分頭剃得髭短」，高中時期就加入幫派，三十歲以前幾次出入牢獄與勒戒所；「從沒人知道他喜歡的不是女人。……打架勒索從沒令他有愧，是初戀，是愛的無望讓他懂得了不甘和自卑。」三十三歲母親因肝癌去世，他遺傳了母親的基因，三十五歲也發現肝癌，醫生說生命只剩半年……。

郭強生以他所擅長的戲劇手法，讓死過一次的雄仔變裝為五十開外的T婆，於凌晨時分走入他曾工作過的同志酒吧「君無愁」。在那燈紅酒綠虛實難辨的天地裡，身世記憶時近時遠，情愛灰燼餘溫糾結，雄仔於懸疑轉換中譜寫了一首無愛者的生命輓歌。

・賴香吟〈暮色將至〉（三月一日）

〈暮色將至〉也是一首生命輓歌，場域則是寂然的病房，敘述基調冷靜而溫馨，展現了自我反省、寬恕、包容的人性高度。賴香吟以素樸的寫實手法，書寫一個離婚多年的中年女子罹癌，沒有子女亦無手足，前夫在她生命末期常去醫院探望照顧，直至為她送終，幫她料理後事⋯⋯。他們曾是學運世代的革命情侶，一起懷抱熱情與理想走過鄭南榕烈火焚身的黨外時代。政黨首次輪替後，少數學運世代活躍於權勢舞臺；「且竟有那麼些不知哪裡冒出的小角色，牆頭草，見風轉舵者，以及令他難以置信之聰明伶俐、敢吃敢拿的政治金童。」而他們這對革命情侶，「今昔身分、權力不同」，面對的是慘酷荒寂的生命黃昏。

賴香吟今年三十九歲，文字圓熟穩重且含蓄內斂，深藏其間的情感張力則飽滿澎湃，震撼人心。二〇〇八年五月，政黨再次輪替，學運世代退出權勢舞臺甚或傳出貪腐弊案；兩相對照，〈暮色將至〉的寓意，何止是哀悼肉身的病亡！

賴香吟積累了深厚的時代觀察與寫作能量，我懷著深切的期望把二〇〇八年度小說獎贈予〈暮色將至〉。

‧陳雪〈晚餐〉（三月一日）

陳雪比賴香吟小一歲，三十三歲起即以寫作為業。她的小說人物，大多是中下階層的藍領，同志，精神障礙者，社會邊緣人。她的文字，生動鋪陳瑣碎生活的細節，同時隱藏著那些人的苦悶與吶喊，具有一種悲憫而撼人的氣息。

〈晚餐〉的背景貼近經濟不景氣的現實，一對生活窘困的戀人，男方逃離了富有的大家庭，女方則母逝且父親與哥哥失業，一直想逃離貧窮的家。好不容易約好回男方家，晚餐中途卻因家人爭執財產問題而倉皇逃離；後來在女方破敗擁擠的家，因為父親找到了工作，四個人同桌吃了一頓有說有笑的晚餐，酸辛中流露著如夢的自在與甘美。

人的三餐如日昇月落，再普通不過。陳雪卻在這樣普通的素材中，寫出生存的強烈對照，同時賦予和諧共生的力量。

‧吳鈞堯〈暴民〉（三月一日）

金門人吳鈞堯今年四十一歲，隨父母遷居臺灣已近三十年。近年在忙碌的編輯工作之餘仍勤奮創作，致力於金門題材之書寫尤具特色。

金門以古寧頭大捷、八二三砲戰名揚國際，但施行軍事管制長達四十餘年，百姓生活飽受戰火與戒嚴之驚擾，據説精神病之人口比率為全國之冠。朱西甯、尼洛等軍中作家，軍管時代寫過不少以金門為背景的長短篇，但大多以軍中袍澤為題材，較難深切描摹庶民生活之肌理。二〇〇三年八月金門解除軍事管制，吳鈞堯的金門書寫乃得以更全面的回溯當年百姓艱辛，彌補歷史的裂縫與傷痕。

金門軍管期間，許多人先後遷居臺灣。〈暴民〉的男主角在臺灣做木工，認命耐勞過日子，轉折點是某日被鄉親邀去中正紀念堂，參加由金門民代發動的「廢除安輔條例」活動，次日於電視新聞裡赫見自己「在鏡頭下是那麼的激動，那激動像從骨髓裡、肺腑裡發出來，每一聲每一句，都飽滿激昂。……」〈暴民〉指涉的，不止是金門人對歷史的再認識，同時也涵蓋了對現代電子媒體與臺北白領階級的反諷。

・陳璿丞〈守屍人〉（四月六至七日）

陳璿丞今年二十四歲，臺大醫學院五年級，從小在屏東鄉下泥土堆裡長大，自稱受愛迪生傳記的影響，幼年常把家裡的大小電器全部肢解卻裝不回去，受地方信仰媽祖廟的影響，喜歡到夜晚的海邊戲水並到處塗鴉；這是他首次在平面媒體發表小説。

選定〈守屍人〉之後，偶然翻看前幾年的年度小説選，發現二〇〇一年有年度小說獎得主駱以軍的〈運屍人〉，二〇〇六年有李儀婷的〈躺屍人〉。不過，三人的訴求不同。駱以軍寫一男子以輪椅推母親的遺體搭捷運，要去醫院捐贈大體。李儀婷寫金山鄉村一個歷經滄桑的母親，雖生猶死，有如一行屍走肉。陳璿丞寫的，則是長年在醫學院管理大體老師並教學生解剖的中年男子，每日「複習著一遍又一遍的肌肉、骨頭、血管、神經，一直想知道靈魂在哪。」某日突被一猝逝的年輕魂靈附身請託，必須帶他回到南方的家鄉……。

專業的場景描述，生與死的價值弔詭，充滿新手的創意與想像。

．成英姝〈佛的裸像〉（四月十二至十六日）

成英姝比賴香吟大一歲，兩人風格迥然不同。她不止發表短篇、長篇、散文，主持部落格，還從事繪畫、攝影、藝術裝置等創作。且其小說兼及推理與科幻，展現了多元才華與豐沛活力，質量均有可觀。

成英姝擅長以隨意筆法與生活化語言描摹都會白領。〈佛的裸像〉書寫一個雕塑家完成新作，包括電影導演，音樂家，廣播主持人，精神科醫生，政治評論家，外景主持人，藝廊工作者，近二十位友人應邀前去他的工作室欣賞。雕塑家當過十六年和尚，「聽說還俗之後，一切回到跟出家之前沒兩樣，所有惡習都在一瞬間恢復，……」常常處於爛醉如泥狀態。邀集派對的尚恩以前是運動選手，因受傷而退休，一度玩過賽車，現在喜歡寫詩，希望在場的朋友捐款讓他專心創作……。全文流動著冷漠，荒謬，嘲諷，但在酒精渙散中仍試圖辨證語言的虛偽與誠實。

·黃春明〈有一隻懷錶〉（六月一日）

黃春明今年七十三歲，六月發表小說新作，十二月長孫出生，升級做了阿公。近幾年他忙歌仔戲，兒童劇，駐校作家，《九彎十八拐》，演講……，四處趴趴走，難有閒暇寫小說。四月去加州大學聖塔芭芭拉分校做駐校作家兩個月，終於有段清靜時間完成這篇小說。當時已知媳婦懷孕，也許潛意識裡是阿公在給未來的孫子說故事，〈有一隻懷錶〉裡的孫子就叫小明。

透過那隻二次大戰後從新加坡戰場輾轉帶回臺灣，永遠珍藏在阿公身上的英國懷錶，黃春明寫出懷錶的離奇身世，小明與阿公深厚的兩代情，終結於阿公在天上把懷錶還給它的主人，並對那年輕的英國士兵說：「所有敵對的人，只要換個時間和地點，都很有可能變成好朋友。」全文洋溢著黃氏風格的鄉土幽默，結尾尤其詼諧感人而寓意深遠。

·張放〈海村明月〉（六月二十日）

張放今年七十六歲，和鄭清文同為今年最高齡的入選者。兩人的經歷殊異，作品內容、風格自亦不同，但都勤寫不輟，具有特殊的時代意涵。

國共內戰後期，國府軍隊一九四九年初徐蚌會戰後即節節敗退，十七師從山東撤退至浙東，其中一個軍團在海中小島等待上級的下一步命令，〈海村明月〉敘述的就是那段飄搖不安的歲月，有些長官照樣內鬥，欺瞞，抓兵，導致一些軍官買通漁船回去投共。一九五〇年四月，軍團撤退來臺，卻把傷兵遺棄於小島；一段偶然的烽火情緣也告終結。

「一九四九」六十周年轉眼已至。五十餘年來，與一九四九相關的小說不少，背景與故事也許更廣闊更曲折更慘烈，〈海村明月〉恰在六十周年前夕浮現在我們眼前。由小觀大，對於走過那個年代的人，即使是一個小島的失去，也注記著大時代裡一段難以磨滅的歷史傷痕。

‧林宜澐〈你的現場作品NO.2〉（九月一至二日）

林宜澐今年五十二歲，一九八七年曾在「人間」副刊與我共事半年多，當時他最期盼的是放假回花蓮老家。不久他決定辭職回花蓮。不久就寫了一篇又一篇閃現黑色幽默的小說，我才有機會認識更多的林宜澐和更多的花蓮，也覺得他辭去「人間副刊編輯」是一項讓人羨慕而且明智的決定。

十年前林宜澐寫過〈你的現場作品NO.1〉（收進平路主編《小說二十家》，一九九八，九歌〉，背景是花蓮的海濱賣藥晚會。〈你的現場作品NO.2〉，背景則是花蓮市區一處立委選舉造勢活動的會場。臺上的「你」是主角，臺下的「我們」是觀眾，但「你」為了選票必須以天花亂墜的支票向「我們」許下種種承諾，林宜澐以超然的想像力與生猛的鄉土語言，讓整個過程有時是現實的強烈對照，有時是奇妙的夢幻融合，不但把臺灣的「膨風文化」發揮到極致，且已型塑了個人的系列風格。

不知〈你的現場作品NO.3〉，是否也要再等十年？

．徐譽誠〈與情愛無關〉（十月十一至十二日）

徐譽誠今年三十一歲，八月出版第一本小說集《紫花》得到駱以軍、紀大偉等中生代名家之肯定，十月又以〈與情愛無關〉獲得聯合報文學獎小說首獎，在新生代寫手中表現最為穩健亮眼。

雖然題為〈與情愛無關〉，全文的進展還是托借現代都會的情愛軀殼，以一對同居男女似相濡以沫實相互欺瞞，反諷兩人心靈、肉身的荒頹與不足。她原本在電話裡對他說下班後要去做瑜珈，不一起吃晚餐，他回說要與同事吃飯，等她結束偷情回到家，卻見他在客廳看電視新聞吃泡麵；後來並把剩下的半鍋麵遞到她面前。

以取消「晚餐」始，以同吃「泡麵」終，穿插其間的卻是壓抑的飢餓，與背叛相關的減肥情結，以及無數次背叛的內心糾結……。

時間背景設在總統大選活動的最後一晚是微妙的暗寓。兩人相互背叛進行情愛攻防的夜晚，也是政黨進入最後對決的前夕，個人與體制都面臨著改變的到來。

．邱致清〈鶺翎〉（十月十五日）

邱致清今年三十歲，就讀於南華大學文學研究所，對宜蘭傳統文化與風土人情卻頗多了解。這篇獲得第三屆蘭陽文學獎小說首獎的作品，可說是他對二〇〇四年十二月病逝的宜蘭作家李潼於同年二月初版的《少年龍船隊》的致敬之作：他將其中的「二龍競渡」意象加以延伸，擴大，轉換，讓小說血肉穿越兩代，意象更為繁複。

鶺翎是一種在低海拔地帶活動的鳥類，《幼學瓊林》卷二「兄弟類」有如下之句：「患難相顧，似鶺翎之在原；手足分離，如雁行之折翼。」邱致清以〈鶺翎〉為題，碰觸的除了兄弟兩代，還涵括了雙生、雙性，節奏忽緩忽急，結構層次緊密，文字功力扎實，未來想必會寫出更多的好作品。

〈鶺翎〉文長二萬字，是入選作品中字數最多的一篇。目前三大報小說獎字數上限，四千字或六千字，至多一萬二千字，像〈鶺翎〉這樣的題材，以那樣的字數似難寫得淋漓盡致。好在近幾年各縣市文學獎字數限制沒那麼嚴苛，為邱致清這樣的新人提供了施展手腳的舞臺。

・陳宗暉〈火車就地停下時——兼及平交道看守員的消失〉（十一月一日）

雲林人陳宗暉今年二十五歲，還在花蓮的東華大學讀研究所。這篇小說就是寫雲林斗六的平交道看守員居里安，得知被裁員後從斗六出走，到花蓮流浪了一圈的故事。陳宗暉很想創造屬於自己的文體，使用像詩像散文有時又如格言的混搭文字，讓人在閱讀時彷彿火車正在通過平交道，一次次聽到減速慢行與柵欄遮斷的節奏；那是居里安流浪旅程的主旋律，對已被裁員的平交道看守員則有一種既反諷又悲憫的效果。

陳宗暉也很講求結構與意象的結合。以兒童愛唱的「猴子歌」為序曲，以其中的「星期六，猴子去斗六」帶出故事，把全文分成「六」節，讓居里安從島嶼西邊的斗六小城繞過北臺灣，抵達東部的花蓮，遇到一些人，發生一些事，然後決定結束流浪，返回斗六。

在居里安的旅途中，議題涵括了鐵路管理機械化，企業精簡人事，父子親情，環保……陳宗暉的企圖，顯然不止是書寫一篇出走的小說。

・楊富閔〈暝哪會這呢長〉（十一月一日）

楊富閔今年二十一歲，東海中文系周芬伶的學生，也是入選作者中最年輕的。

〈暝哪會這呢長〉是一首臺語歌曲，歌詞分三段，第一段末句「暝哪會這呢長」，第二段末句「路哪會這呢遠」，第三段末句「這敢不是紅顏的命運」。楊富閔取第一段末句為篇名，而以第三段全文穿插於姐姐與阿嬤之間，加上時興的網誌PO文與留言對話，寫出臺南縣大內鄉一個隔代養育，祖孫三人的深情故事。那個會騎野狼一二五會開發財車的現代阿嬤，勇敢堅毅，被孫子奉為「大內一姐」：「姐接與我從小就是大內一姐帶大，她是典型的做田人……。」後來姐姐為愛出走，愛人病逝後終於決定回到阿嬤身邊……。

非常傳統的親情題材，卻有非常現代的農村色彩。楊富閔的鄉土語言自然流暢，充滿地方活力，結構及情節轉換的技巧也嫻熟穩健，是很值得期待的新人。

7.

這十五篇小說，是否這一年裡最好的，當然見仁見智。但在一年的「亂」局裡，十五位作者寫出了各自的時代觀察之抽樣，其代表性應是毋庸置疑的。

為此，我向十五位作者致謝並致敬。是他們的努力，我們才能在此歡喜收穫。

屋漏痕

根阿盛

山海文化雜誌社　提供

賽夏族人，族名：itih a taoS（伊替達歐索），一九五七年五月三日生於苗栗南庄蓬萊paka:San（巴卡山）部落。省立楊梅高中畢業。服役期間開始寫作。退役後進入南僑化工服務二十七年，於二〇〇六年退休。曾任都市原住民生活改進協會副主席、頭目，賽夏旅北同鄉會、賽夏文化促進會會長。

二〇〇〇年以短篇小說〈雷女〉獲山海原住民文學獎小說組佳作。二〇〇一年以小說〈朝山〉獲山海原住民文學獎短篇小說組第一名。二〇〇七年以小說〈屋漏痕〉獲山海原住民文學獎短篇小說組第一名；散文亦獲多種文學獎獎項。

二〇〇八年十一月出版小說新詩散文合集《巴卡山傳說與故事》（麥田出版）。

目前任賽夏文化促進會會長，並專事寫作。

baki①處於大社會環境新舊思維轉型、部落逐漸開始與外人正式接觸的年代。也正是外來宗教信仰在山區部落最為盛行之時。

起初，族人對紅髮碧眼的外國傳教士抱持著戒心，遠遠瞧著，不願意接近也排斥《聖經》裡的故事。但是，外國人除了以熱忱、積極的態度切入族人生活中心之外，竟然也學會了簡單的族語，而且愈說愈流利。於是族人開始聆聽耶穌基督降生與復活的事蹟，越聽越入神。就這樣，飄洋過海的宗教，逐漸在部落的土地上生根發芽，茁壯了起來。

禮拜天只要正襟危坐一個上午，高唱讚美耶穌，跟著「阿門」保證不會空手而回。呼朋喚友結伴而來的信徒愈來愈多，教堂被擠得要爆了似的。窗戶尚挨擠著一層層晚到者，高高低低往裡頭巴望著。

人聲鼎沸，佈道聲由柔情蜜意逐漸拉高分貝的嘶吼起來。救世主垂憐苦難子民、迴腸盪氣的見證直擊人心，臺下不時傳出了感動的飲泣，勸導、審判、降罪……。情節猶如忍不住要摩撫的一群熟睡羔羊，突然面臨張口說話的紅毛獅子，說：「你們生活方式不對，缺乏神靈訊息……。」無所適從，害怕、驚恐的羊群急欲找尋庇護的地方，慈愛的牧羊人順勢打開了豢欄。

baki屬於「窗口型」的信徒，可自由多了，偶爾叼著菸斗像遊客一樣晃盪著。當禮拜結束後，躲開魚貫湧出的人群，藏到教堂後側脫得精赤，再用披布裹住身體，然後在長長的隊伍中，「哼哼嗨嗨」的喊冷叫窮。

他必須如此，因爲那些「數羊頭」的教會人員，眼睛可尖得很，不施展此哀兵伎倆，鑽鑽上帝的漏洞，哪有豐碩的禮物可得！當然，他們發放救濟品時，總會苦口婆心的要求他常來作禮拜。

「baki，你怎麼沒穿多一點，來、來，這……全部拿去。這麵粉……記得要禱告主耶穌，還有這奶粉……要感謝上帝喔！要分開，不要放在一起。」

在他潛意識裡，麵粉是耶穌給的，上帝則送了奶粉。他不答腔，心裡暗忖：

「浪費了一個上午，本來就該屬於我的呀！」

唰！披布一扯，竟然裸著身體，當場穿起長過膝的上衣，以及明顯寬大的牛仔褲。與上帝袓裎相見的舉動，引起信徒們的大笑和驚呼聲，外國傳教士張大嘴巴，「喔！no-my God！」聳聳肩，莫可奈何的望著印象極爲深刻的老人。

baki回到家，奇裝異服讓孫子們笑得東倒西歪。悻悻然將救濟品拿給笑得兩眼迸出淚來的koko②，並丟下一堆彷彿鋪了一層砂糖的卡片，讓孫子們的頭髮、臉孔、眉毛綴得點點晶亮，連舌頭都有。

起初，baki曾認眞學著虔誠的禱告，也在狩獵中試圖「修改路線」……。

「感謝耶穌基督，讓我平安的到達這裡，希望能像往常一樣讓我獵到祢所創造的動物……，還要保佑家裡的孫子們……，最起碼讓我先睡個好覺……。」

禱告後，baki卻徹夜難眠。他不再祭拜山神，偶爾不經意準備的肉串和一坨飯，卻硬塞到肚子裡，然後輕哼不很熟悉的聖歌自得其樂。但是背棄傳統的舉動，讓他愈來愈害怕面對墨綠的叢林峻嶺，感覺隱藏在一個大山裡無數個深黑的眼睛，好似一眨一眨盯著他的每一個步伐。

在山林，每當陽光由樹叢間射入，彷彿撒下了不安的靈魂，讓他心神不寧、魂不守舍。即使在屋內也呈現昏沉的狀態，兩眼死盯著牆面雨水痕，雙手無意識的在火炭上鋪著乾柴，讓火舌如蛇般扭下愈來愈黑的夜幕，日復一日地結束佈滿情緒的白天。

有一天，他終於鄭重地問了上帝：

「祢眞能瞭解在山裡的風霜、歲月的雨霧中，是如何含辛茹苦地存活著！」「祢知道，早上蜘蛛網結晶瑩露珠，貓頭鷹和鴿子叫時，以及傍晚紅霞出現，還有炊煙直上，飯粒黏碗時……，都是好天氣的徵兆。」

「太陽或月亮有暈，山嵐看似很接近，燕子低飛，青蛙咯咯叫，螞蟻搬家，魚在水面不停地跳，蜻蜓在天空群舞，是下雨先兆呀！」

全然的質疑與困惑，他沒得到答案。

當全心投入信仰的兒子達奧，把一塊肥沃土地捐出來興建教堂，還拆除他認爲開倉、收穫、收藏的歲時諸神所住的糧倉。爲此，他大發雷霆。

外國傳教士走後，換了族人牧師到信徒家裡作禮拜。族名叫刨奈的牧師，青年時期讀過公立農校，又到神學院深造，可說是部落裡的知識份子。刨奈精通多種語言，厚厚的一本日文《聖經》，能翻譯成族語或漢語，在其他族群部落也能暢行無阻的傳播福音。憑著上帝代言人的身分，深受許多人的尊重和禮遇，但是，他敬愛的天父卻無法圓得了他的婚姻。

牧師身材不高，嗓音和身體一樣渾厚結實，唱起歌來要把教堂屋頂掀開似的。每個晨昏都聽得到他的高亢歌聲，因此獲得一個綽號——竹雞。

他的第一任妻子，婚後不久便哭哭啼啼的跑回娘家，後來再嫁他人，誰也不知道發生了什麼事。第二任泰雅女子嫁過來卻已身懷六甲，他說是在泰雅部落傳教時激情所致。可憐臨產之際胎死腹中，泰雅女也因血崩而死亡。一連串的不幸發生在牧師身上，並非沒人提醒過他，baki在他結婚前就如此說他的：

「即使你的思想已經洋化，仍要按照傳統習俗進行嫁娶，祖靈才能排除過去的種種困擾和障礙呀！」

「什麼時代了，還這麼迷信！女人是上帝拿一根男人肋骨變成的。」

「你看到了嗎？還是聽我勸，那自以爲是的達茂因爲不信邪，整個氏族差點滅亡。你就好好給我聽著！」

牧師看他一副認眞模樣，於是安靜的聽這一則「婚姻啓示錄」。

「達茂是剛愎自用，又極爲霸道自私的人。除了將獵獲物囊括其有，不與人分享之外，尙憑自己的孔武有力，佔有別人耕地。更糟糕的是……。」

baki停頓了一下，把編好的竹簍翻過來，調整底部的支架。

「是什麼呀？」其實牧師也知道這件事，總是長輩嘛！再聽一次也無妨。

「達茂認爲家族的女人高大，工作力強，與別姓通婚將會破壞優良血統。於是慫恿氏族大老依照他的話，家族內自行通婚。具有通靈能力的長老打若，力勸此事不宜，達茂仍堅持己見地強辯說：娶了不會工作的別姓女人，而我們工作力強的女人嫁給他人，我們不是吃虧了嗎！」

「那怎麼辦？」牧師好整以暇的問，考官一樣。

「長老看他如此堅決，搖搖頭說：那就讓祖先評斷吧。明天有一群鴿子從天上飛過，你們家族齊聲喊叫，鴿子若是悉數掉落，表示祖先對你們的作爲生氣，立即更正你們的想法。果其然，祖先十分不同意自行通婚的提議，喊聲中，鴿子紛紛墜落下來。但是，他們卻認爲是祖先的鼓勵，興高采烈的大享鴿肉大餐。」

baki把構樹皮敲軟，穿入支撐的二根骨架，量取適合長度再繫牢。繼續說：

「他們就如此我行我素地配對起來。過了一段時間，長老再度來到聚落，發現出生的嬰兒都呈痴呆狀，但是達茂仍堅稱小孩長大就會好起來，依舊把長老的話當作耳邊風。於是長老再叫他們到山上圍抱一棵樟樹，如果聚落人圍得起來，將會平安無事，否則將大難臨頭。」

嗡！一聲，竹蜻蜓飛上了天，但很快的失速墜落。牧師一面聽講，一面用baki剩下的竹片做了二支竹蜻蜓，一支飛不起來，另一支也……，他靦腆地笑了一下。

「達茂私下去看了那棵樹卻笑了起來，要圍個十圈八圈也綽綽有餘，於是信心滿滿的把全氏族人叫來，獨留一位老人在家照顧一名小男孩。世事難料，他們使出渾身解數，手臂快扯斷了，就差那麼一點兒的長度始終圍不來。最後全部當場斃命，無一倖免。老人也因傷心過度而去逝，長老帶走唯一的小男孩，撫養長大後，配予他姓女子，才得以保存該氏族血脈至今。」

嗡！一聲，baki的竹蜻蜓飛得又高又遠，久久不墜。他的眼睛盛滿了勝利，好似說：怎麼樣！牧師你行嗎？

迷信！牧師仍鐵齒地排拒一切，風風光光的在教堂接受上帝祝福，完成二次婚禮。然而上帝又殘忍地安排離異和永訣的戲碼。遭此厄運，baki想起了……。

牧師祖先，曾是有名的山大王——將大片土地租予漢人墾戶，每到約期便坐在竹轎上讓人抬著，挨家挨戶向漢人收租，人稱爲「蕃大租」。

蕃大租頻繁來往於平地，許多形形色色的東西看得眼花撩亂，平地人所使用的器具既省力又堅固，於是起了非分之想，做起傷天害理的事情。他在熱鬧的漢人廟會，命令屬下把風掩護，將漢人小孩偷走，抱回山上扶養。他認爲有了漢人的血統傳宗接代，他的子孫都會很聰明。他成功地抱走三名男孩，也撕碎了三個母親的心。當時部落耆老對他的行徑甚爲不恥，均認爲必會遭到惡靈的報應。後來，食髓知味的山大王，更進一步的要搶走別人妻子，卻被逮個正著。

與漢人談判，賠了償也失去一大片土地，更遭人下了符咒。最後，時而痴呆，時而癲狂的了卻殘生。

家庭禮拜後，教友留下來吃飯。餐前的禱告，baki經常把左眼瞇成一絲縫，暗地裡掩護從桌子底下伸出來的小手，任那小手慢慢接近平時吃不到的美食，小手準頭一旦偏了，baki也會輕巧的予以撥正。

禱告聲中，一大盤白切雞肉少了一塊，接著二塊、三塊……。當然，事先必須摸清楚是哪位道兄與上帝聊天，因爲時間長短決定「獲利」的多寡。偶爾也會有失手的時候，但身兼裁判和球員的baki，總會擺平一切，看他油亮亮嚼過雞屁股的嘴巴，罵小孩等於罵了他。

其實baki縱容孫子們是有原因的，肥水總是落入外人田的多次經驗，他不得不如此。自從上帝的話成爲家裡的最高指導原則，遭篡位的一家之主悶著一肚子牢騷。今天，爆發了。他把剛升級爲教會執事的達奧，狠狠訓了一頓。

「爲什麼不給你們的教友吃地瓜葉煮麵線？爲何不讓小孩坐上桌，還把剩下的魚骨頭丟給瘦得像貓一樣的小孩！那隻母雞給宰了，你下蛋給我看。你喲！一雙手被你的上帝寵壞了，嫩得只能捧《聖經》。小孩瘦成那個樣子，還不到山裡捕些獵物，膝蓋軟了嗎？屋子漏雨，不會修還是爬不上去！整天還跟著人到處阿門，阿門，阿門個屁！」罵完一個，機槍口一轉，對著低頭洗碗的媳婦也掃射起來。

「妳也是一樣，小米的苗被雜草蓋住了，地瓜再不採收，老鼠肚皮要爆開啦！不跟koko好好學織布，從教會拿一大堆救濟衣服也不裁剪，小孩能穿才怪。koko要照顧小孩，還得到山上找柴火，妳不會分擔一些嗎？唱聖歌，唱不完嗎？你們的上帝是聾子呀！」

最後，上帝還是贏了。夫婦倆被痛斥一頓之後，敷衍了幾天，仍投回教會懷抱裡，只當作是信仰道路的小小試煉罷了。

baki心一橫，「氣」向膽邊生。遇到信徒見一個罵一個。他變成教友眼裡的撒旦，耶和華的迷途羔羊。每當頌讚歌聲從教會傳出來，便遠遠的舉起木杖，屏氣凝神地瞄準十字架，紋風不動。彷彿面對一個碩大無比的獵物一樣。

baki的箭法，可說是百步穿楊、萬無一失。奇怪的是，他總是睜著兩眼瞄準獵物，一如他的禱告模樣。其實右眼早在他四十餘歲的時候瞎了。

太平洋戰爭末期，美軍飛機三不五時的空襲轟炸。有一天，十餘位族人在沼澤田收割一年一次的水稻，突然從峰嶺間，轟、轟、轟……飛來數架飛機，其中一架臨空對著躲避不及的族人掃下一排子彈，同父異母的姊姊當場斃命血泥中。而耕作用的唯一水牛也「哞、哞、哞……」的哀號田埂旁，睜著眼死了。

遭到攻擊事件之後，baki拿出日本警察千搜萬尋沒找著的火繩槍，每天跑到事件發生地點等候「殺人大鳥」出現。當然，他被族人取笑，也白等了。

他默默學著祖先遺留下來的方法，採集芭蕉樹裡層的纖維，烘乾後加入硫礦乾粉末，製成充填彈殼裡的火藥。有一回，試槍不慎引起爆炸，半邊臉給炸黑、右眼從此失明。

洋人傳教士初到部落時，baki聽說攻擊的直升機是「阿美利加」的，他氣呼呼地找上外國人。

「你們殺了我姊姊和一條牛，我的一隻眼睛瞎了，你賠我。」

一副想把人一口咬死的模樣，可嚇壞了眾人，紛紛上前保護傳教士。外國人得知原委後，撥開人群走向他，居高臨下地拍拍他的肩，說「喔，NO！我是加拿大人，我會為你姊姊禱告，上帝會賜福給你。你需要……。」

baki一句也聽不懂，大不恭敬的撇了撇嘴，「蹦！」地一聲，傳教士捂緊肚子彎下腰——「唔——好……痛的見面……禮喲！」

自從baki重重踢了傳教士一腳，在上帝慈愛溫和的國度裡，他被區分為異邦野蠻人。他不是懂得禮數的人，也不擅於此道，而是在他周遭的生命，絕對不能被輕易奪走，即使要和上帝幹架，也會奉陪到底。他就是這種人，也是拚命尋找食物，填飽肚子的那種人。

有一天，他路過教堂的時候，突然拉起弓向高聳的十字架射出一箭，肥碩的野鴿應聲掉到屋頂，鴿血斑斑點點的灑在竹溝間。當他爬上去拿獵獲物時，卻不小心把十字架弄歪，成了一個X型。聞聲而來的刨奈牧師氣得全身發顫，口中直唸著「上帝呀！請原諒……請寬恕……」而從屋頂跳下來的baki，揮了揮手中鴿子，「這是上帝給我的，感謝主啊！」說完，人一溜煙跑了。

弄歪十字架的消息不逕而走，baki與教會之間的關係更形惡化。

其實，興建教堂baki出過力。那大門上高聳的十字架是他親手製作，牧師並慫恿他到林班「摸」一棵上好的檜木爲材料，作爲教堂的横樑和支柱。又砍、又扛、又削的，還得躲藏戴大盤帽的林務局巡山員。

然而，慶祝教堂落成的禮拜，卻聽到牧師贖罪的禱告中，說「敬愛的上帝，請你原諒犯錯的信徒，他爲了榮耀您的殿堂製作十字架以及……，違背《聖經》上的十誡……」從此以後，他與教堂劃了一道極深的鴻溝，遙遙相對，兩不相識。

冬雨，有節奏的拍打屋頂，雨珠在竹排間沙沙滾動，淅瀝淅瀝地從屋簷滴落，串成透明的珍珠簾幕，然後在大小一致的窪洞，滴滴答答的彈奏起來。泥水把牆腳濺得滑溜一片。屋內，牆面雨痕更清晰地擴散開來……。

灶前，一堆炭火閃著溫暖柔和的光暈，青煙冉冉飄浮。灶上蒸著一個冒熱氣的竹籠，從裡頭飄出甘薯的香甜氣味，充塞滿室。

「baki，還有嗎？再說嘛，再說嘛……。」聽完二個故事的叭隘、阿外、武茂，以及年齡最小的瑪亞，意猶未盡的嬌嗔懇求，圍著他拉扯、搖晃。

「好、好、好。你們別吵！」baki慢條斯理的點燃菸斗，吸了一口，輕輕吐出。搖頭晃腦的搜尋腦袋裡快被掏空的故事。

「baki，你剛才說的螢火蟲，牠的屁股是在這裡燒亮的嗎？」瑪亞指著紅通通的菸草。

baki點點頭。

「妹妹不要吵啦！baki快點說、快點說啦！」坐在矮板凳的武茂，好似千百隻螞蟻搔癢著他的小屁股，扭個不停。

baki環視孫子們一眼，便怪聲怪調的說起懸疑、恐怖的鬼巫故事，正說到巫師活生生吃掉七條毒蛇的眼睛，便開始到處抓部落的小孩，一樣要吃他們的眼睛的情節之時，門外，突然「叭噠！」一聲，孫子們驚嚇得擠到baki身上，一雙雙小眼睛緊緊盯著慢慢拉開的木門。門口，出現一張滿是泥巴的臉，臉上一對骨碌碌的眼睛直往屋子裡瞧。「哇！」孫子們再度嚇得齊聲大叫，硬生生將baki撲倒地上，滾成一團。

夜更深，孫子們都上床睡了，在門外摔了一臉泥漿的牧師也已盥洗乾淨。

baki仍坐在火堆前，想著牧師剛才狼狽的模樣，忍不住又笑了起來。隨著牧師回來的達奧夫婦，忙著把一桌的紙張摺摺剪剪，聽見baki笑聲，抿緊嘴，眼裡卻漾著忍下來的笑意。牧師坐到火堆前，說：

「mama③你要到教堂做禮拜，這樣才有衣服、麵粉和牛奶。你年紀大了，不要再去打獵，很危險吶！」牧師已經不止一次的如此勸誘。而 baki 的臉色也不止一次的倏然一變。

「你挑了上好的西裝站在講臺，發給我們什麼衣服？麵粉長蟲，牛奶發酸，我就不信你沒拉過肚子。我們祖先從來就靠著山過日子，我們敬仰它，它是天然的大型貯藏室，什麼都有，提供我們所要的一切。現在好了！連祭祖都被你們說成拜偶像。春夏秋冬都搞不清楚了。」最後一句，鼻子哼出來的。

「我只是上帝的一個小小僕人，要向你們說明世間的疾苦、悲哀和正義的道理，祂的愛是不分種族，無遠弗屆。」

「既然祂是神，你們哪來那麼多悲、那麼多苦。祂既然是萬能的，你又幹嘛那麼辛苦。」不合邏輯的說詞，牧師笑了起來。

「mama，信仰堅定的人才會得到解救，也會改變他們的宿命。」

「啐！宿命。上帝能不讓山上的水往下流，我就信祂。是什麼原因把我的玉米田弄得一塌糊塗，誰的傑作你心裡明白吧。」baki 話鋒一轉，挑釁意味濃厚。

牧師把山坡地租給漢人，一大片樟樹砍個精光，改墾種較有經濟效益的茶園，但淺根植物無法大量貯存雨水，每逢大雨即氾濫成災。而山坡下 baki 的玉米田首當其衝，受害尤甚。

「mama，這不能怪我呀！是他們……。」

「不怪你怪誰！懶得照顧土地才會如此。哼！不知哪天也會被你租到天上去呢。像你喲！上帝面前作一套，私底下又是另外一套。你說，你跟漢人買酒……。」

「你扯到哪了嘛！」牧師打斷他的話。彷彿被看穿似的，雙手不安地搓揉。

baki深深吸了一口，慢慢吐出嗆鼻的煙霧。臉色凝重的說：

「我曾說過，別人不一定要和你一樣狂熱，你去帶領他們仰望上帝的光華，我看閃電聽打雷。我的宿命就是靜止不動，就像一群山，古老而屹立不搖，註定要永遠望著同樣的一片土地，任何人也無法改變。」

「別傻了，mama。山也是上帝創造的一部分，人們降生於世，忍受生的折磨而後死亡，上帝都安排了所有的道路，祂能掌握人們的幸福，從而——。」

baki用菸斗敲了敲鍋緣，滿臉不悅、語氣也加重了起來。

「安排個屁！你說，你的幸福哪裡去了？女人跑的跑、死的死，這些都是你的神安排的嗎？幸福是要靠自己。你這個阿惑阿惑！阿達馬康固力（日語：傻瓜笨蛋！死腦筋）！」

「唉，mama你別激動嘛！」

「誰激動啊！是誰在教堂裡咬牙切齒，一副想吃人的樣子。哈利路亞，哈利路亞唱個不停，上帝會從天上丟鳥蛋下來嗎？真有的話，你就張口接鳥大便吧。」baki放下菸斗，嘴裡猶咕噥著，「連鬍子都刮不起的耶穌，能給你們個屁！」

「你……」牧師氣得說不出話來。

「yaba④，你不要說了嘛。」達奧看父親嘴裡冒出火，又毫不留情地人身攻擊起來，頗為尷尬的夾在中間。

baki斜睨了兒子一眼，一面吹涼手上的地瓜，一面嘟囔地：「還是這個好吃。」咬了一口，滿嘴泛著黃澄色澤。baki站起來，從竹籠裡拿了一個給牧師，說：「別生氣呀！神愛世人不是嗎？其實我不去作禮拜也是有原因的。」猶在生悶氣的牧師冷冷的問，「甚麼原因？」baki遞給他一杯小米酒，他搖搖頭。

「也沒什麼啦。我常吃這個很會放屁，教堂裡放屁會很不禮貌。」

突然，「噗！」的一聲，結結實實的放了一個響屁。

「yaba，你怎麼……」達奧表情十分難看，無奈的搖搖頭。而牧師嘴裡說著「沒關係、沒關係。」但他的手迅速掩住鼻孔。卻……火燒屁股似的衝到水槽，

拚命舀水沖冷燙著的鼻頭。「怎麼啦？」達奧夫婦跟了過去，關心著。「一個臭屁，也沒必要用熱地瓜塞鼻孔嘛！哈哈哈……。」baki捧腹大笑了起來

baki總是層出不窮的找理由。說他雖然搞不清麵粉和奶粉，但喝下去也都一樣拉肚子。有一回，baki在飯鍋下起火，自言自語的「這個好，這個好。在山上更好用！」達奧趨前一看，險些兒昏倒。失蹤多日的《聖經》正拿在父親手中，已薄去了一半。他忽然想起，看不清楚的茅坑下方，四處漂浮的，莫非也是……

一切都突然改變，baki不知道該想什麼，該相信誰。總覺得必須把自己託付給絕對眞

實的生命。過去熟悉而平靜、但現在已遭受破壞且逐漸消失的生活，族人毫不保留的接獲統御，看來得自己上路了。

在族人遺忘的狩獵季節，baki揹著芭蕉葉裡的小米糕、身懷燧石以及一坨鹽巴、手持弓箭腰配刀，孤單落寞的走在傷痕累累的山林中，他摔倒了好幾回，每摔一次，便慨嘆一聲「唉！老囉。」

年近七十的他，眼睜睜看著夜以繼日的濫伐，卻無力施救。他不得不走更遠的路，更泥濘的小徑。

baki把一根乾柴丟入火堆，金色星燄閃閃飛舞起來，又迅即消失。火，把他的臉照得一片通紅。他瞇起眼，盯著扭動的火舌，裡頭彷彿藏著許多古怪精靈似的。環視足以容納十個人的乾燥石窟，一堆火就能感受到十分窩心的暖和。但是發現石壁上的斑駁雨痕已展延於地，而許久未被動過的石灶也包覆了一層的青苔。於是，憂怨的歌謠飄忽地盪了起來……。

「i-ya-owii hano ila mahaba:an yako ila nonaw ka sisil titilihin pa:zo naka kab-hoet kotkotoen ila komita ka ina:o ma minSaSai anbowa pak-kasikar ka tatini i-ya-owii ……」

（伊呀喔喂，衆人到哪去了，獨留我一人遭受綠繡眼的欺負。膽子被松鼠啃去了嗎！不過是懸垂的藤蔓，竟然嚇得半死。唉呀！竟如此讓祖先蒙羞呀！伊呀喔喂……）

月亮和著感傷的歌聲，從枝椏間透射出清寒光芒，灑在孤狼般的獵人身上，露出一種既悲涼又掙扎的宿命，夜空顯得格外地惆悵、疲乏。

「父親待過這裡。」同父異母的長兄在一次的狩獵中，對baki說過這句話。長兄，大他十三年頭。baki的親娘也僅僅比長兄大個三歲左右，曾聽及族人說，母親是敵方贈予父親的女人，而大娘對於母親的存在，彷彿是卡在喉嚨的魚骨頭，吐不出也吞不下。源於此，與大娘及其五名子女的感情平平淡淡，似有若無，隔著什麼似的。而父親的過去，幾乎是模糊一片。

岩洞周圍，山石嶙峋，崖壁垂掛著稀稀疏疏的灌草。方圓不到十尺的山腰，卻發生過許許多多爭戰、權勢、死亡和眼淚的故事。

翻過大霸尖山的北麓，便是Atayal（泰雅）居住地和狩獵區。

就在這個岩洞外，baki憶起了兄弟倆的一段對話。

「獵人常因追趕獵物，越界而發生了流血衝突。這座山的西側有七個洞窟，可擠入五、六十個人，斷崖爲屏，居高臨下，可說是兵家必爭之地。父親把這山腰作爲最後的防禦線，也是攻擊起點。」

「這裡有死過人嗎？」

「哈……死人。你站的地方就有二具。」baki腳上裝了彈簧似的，猛然跳開。長兄看他那模樣，露出鄙視的神色，繼續說著：

「怕！當然怕。你看那兩棵筆筒樹之間架高的棚架，上面少說也放了十個。」

「放什麼？」

「你的『頭』啦！阿呆……。我那時候大約和你一般大，他們拎回敵首，父親命令我拿到山溪旁清洗，並梳理頭髮。用餐時，由我餵一口酒，塞一塊肉的侍候。這些，我都做到了，還是被父親罵。」

「為什麼？」

「父親叫我睜開眼睛，面對敵首表情要溫柔，但是，半夜還是被父親打醒。」

「又為什麼？」

「惡夢把我纏得透不過氣來。父親打醒我之後，將齜牙咧嘴的人頭放到我身旁，讓『他』徹夜盯著我睡覺，膽就這樣被練了出來。」

baki看著已倒塌的棚架間冒出一叢叢灌木，鬼影幢幢。從腳底爬上的一股涼氣，逐漸匯聚在腦中不斷的膨脹、膨脹……。

「尋獲回來的族人屍體，一樣沒頭顱的排在我身後的地方。當時我天真的想過，把敵首套到族人的屍體，豈不是一個全屍。但他們說不同的話，流著不一樣的血，如果……。」

「如果什麼？」baki挪近長兄身旁，問著。

「是你！你可以湊成。」

baki睜大眼。開什麼玩笑！把人家項上人頭作比擬，心裡十分地不高興。

「你母親是Atayal女人，你身上流著雙方的血液，這樣說不對嗎？」

baki突然揮出一拳，打破了長兄的嘴角。長兄不甘示弱地撲向他，二兄弟就在岩洞外打起架來。

「殺了他！殺了他！野蠻的Atayal……。」長兄被衆獵人拉開後，不停的對他咆哮。baki左肩被劃過一刀，血沿著手臂流下，從指頭無聲的滴落在他的每一個步伐間。十三歲，一個人孤獨的走出叢林。

這一架打斷了兄弟之情，也為一向吃虧的母親出了一口氣。當然，這些事都發生在父親去世多年之後。

父親留給母親一小塊山坡地。事實上，是大娘在偌大的財產上，極不情願的在衆耆老懇求下，吐出一口像痰一樣小的畸零地。即便有了土地，還得忍受農作物遭到蓄意破壞，以及經常不翼而飛的農作工具。

擁有兩族血緣的五歲男童，第一次到外公家。外婆把他抱到膝上，擰擰鼻子、扯扯耳朵地逗樂，然後仔細的端詳，並說了一大堆的話。

「o-ya⑤，她說什麼？」聽不懂那些話，男童指著紋面的老婦人。

「外婆說你像yaba的臉，個頭卻像娘家。叫你多吃肉肉，長得瘦巴巴的。來、來，舅舅帶你去……」

一路握著舅舅的手來到溪旁。嗡嗡聲聲中，感覺從舅舅掌心傳來一股股強悍的力道，像源源不絕的溪流灌入男童身上。祭語抑揚頓挫，彷彿引來無數精靈飛繞在山溪和叢山峻嶺之間，然後佇立著與大自然結爲一體，細聽來自四面八方的傾訴。舅舅說這是Atayal族的超自然鬼靈祭祀。

Ataya是崇拜老鷹的族群，靠著牠守護和狩獵。牠居高臨下看見敵蹤或獵物，發出Atayal族聽得懂的叫聲……。

老鷹一生飛翔於天空，牠可以活上七十個寒暑，當牠進入第三十個年頭，便逐漸疲憊衰老。然後，牠飛到一個沒有被干擾的山頭，痛苦地將彎彎的啄往岩壁磨擦，把舊的磨光。然後等待新的喙長出來之後，再把散亂分叉的羽翼一根一根拔除，這期間忍著疼痛與挨餓持續將近一年，當新的羽毛長得豐厚足以飛翔之時，牠發出叫聲，再度翱翔屬於牠猛禽的天空世界，展現再飛一次的生命。

Atayal族對老鷹的了解，似乎加註了生命哲理，這一段動容的話語，彷彿令人進入一個既輕忽又厚實的生命，而在高高的幽藍的天空上，緩緩出現一彎淡漠的蒼白的影子翺翔著……。

母親嘀嘀咕咕念著養的牲畜和農作物，便帶著男童匆匆回家，只在娘家住了一夜。男童頸項多了一串山豬牙，母親也揹了一些種子，一面走著一面向越來越遠的山崖揮別。走在前面的男童頻頻回頭說：

「oya，妳不要哭了嘛！不要哭了嘛……。」

當男童學會關心別人，便結束了沒有生活負擔的歲月。除了幫忙耕作之外，並學得打獵技巧，母子倆的生活就靠著打獵維生。雖然日子仍苦多於樂，但最基本的食物總算有了來源。

正當baki稍有能力供養母親的時候，母親卻罹患氣喘的病症，喉嚨整天發出「嘶、嘶、嘶」的聲音。

baki未娶妻前，曾看過母親劇烈的咳嗽之後吐過一灘灘血。難道母親是在等著另一個女人來照顧他，才放心的撒手而去？

「……你爸爸雖然很嚴肅，但對我非常好。……我死後，把我葬在他身旁，在另一個世界我仍要服侍你父親……。」

baki永遠不會忘記那溫暖的夏季清晨，母親裹著厚重的棉襖，說了這麼一段話。傍晚，夫妻倆從山裡揹著薪柴回來，母親倒在土灶旁沒了氣息，那張安詳的臉如熄滅的灰燼般，飄忽而柔軟。

入秋後的天空像一口倒扣的大黑鍋，在熾熱的閃電中割裂、炸開，漫天雨箭，傾瀉而下。不久，山洪暴發，溪水滾滾，對於上了年紀的baki可說是掉入了恐怖的災難，攸關生命的嚴重考驗。

「上帝呀！這有什麼好玩的，欺負我老人家……。」他摔了幾次跤，就衝著漆黑的夜罵幾次。

baki 上山前，身體感覺有些不適，總覺得身體裡頭悶燒著，背脊又像被冰塊黏住，冷得發顫。爲了食物，他不理會綠繡眼撲飛鳴叫的攔阻去路。

「普世歡騰，救主下降，大地皆祂君王……。」牧師說，當你害怕的時候，哼這首詩歌，就會得救。baki 在風雨中高唱了起來……。

他好久沒打過噴嚏，發過燒。不遲不早，大半夜荒郊野外，額頭發燙，腦殼要爆了似的。這回，該聽天由命了。

雨急風狂，暴漲山澗轟轟如雷鳴。baki 仰靠在濕漉漉的樹叢下，渾身像被炭火燒燎著，鼻頭裡呼出燒燙熱氣，眼前是無數的火燄在閃跳。一陣暈眩，看見身旁的樹叢倒翻過來，溪流也跟著倒過來朝著天，黃濁的洪水向他撲來，他熟悉的山徹底的倒過來了……。他年邁的身子緊緊攀住一根如臂粗的樹藤，半埋在荒草裡。

迷迷濛濛中，被人帶到隱密的平臺上，藏身在一排濃密的矮樹叢後面，往外清楚的瞥見阡陌間，峭壁底下，人際間所發生的種種往事，所有的回憶像濁水一般滾滾而至……。

……有一次狩獵返，他拎著一隻山雞，以及野豬的二隻後腿，親自送到已走不動的老獵人家裡。老婦人取出自釀的酒款待。baki 從小酒罈中舀了一杯，啜一口。「唔——好酒。」

老獵人取下銜著的菸斗，捋了一把花白鬍子，咳了幾聲，說：

「你慢慢喝吧。想當年那一小罈哪夠你父親喝！」

「聽說我 yaba 被日本人殺死，是嗎？」

「不對、不對，他……」

老獵人欲言又止。咧開嘴，胡亂地把菸管塞入沒幾顆牙的口中，兩頰一縮一放的發出啵、啵、啵的聲音，唇上的皺紋摺成一團。一縷縷緩緩升騰的白霧，突然被急劇的咳嗽吹得煙消霧散……。

……你父親和泰雅頭目百塱．瓦旦，感於同樣生活在山裡，爲子孫著想應該停止敵對，必須和平相處。於是削了二個竹杯，並倒出葫蘆裡的小米酒，咬破指尖讓血滴入酒中，再互換酒杯，一飲而盡。

從此雙方放下刀械和弓箭，不再彼此獵首級，也不再爲河川捕魚權、狩獵區以及居住地發生衝突，兩族開始合力對抗日本如火如荼的統治鎮壓。

……抗日期間，潛回部落探望妻小的勇士——達印．達奧，不幸被日警逮著而被斬首示眾，一刀卻沒砍斷他的項上人頭。半垂的頭顱硬是扯斷筋肉，咬上劊子手的小腿，死也不放。這咬牙切齒的恨意，讓他們的指揮官驚恐了起來，於是暫緩武力鎮壓，改弦易轍的傳話和談。

當和談變成殲滅行動，你父親護送逃過劫殺的主事者躲到深山裡，沉寂一段時間後，你父親毫無畏懼的回到部落，還圓了我的婚姻。

有一天，我們聊著往事，說到與日軍肉搏戰的時候，你父親走進內室。出來時，手上多了一把日本軍刀。「這是從日本軍官身上取下，你幫我把它埋入達印墳裡。」我沉重的接過那把刀，刀柄上刻著：砲兵大尉——川春秀治。達印的切齒之恨，的確該與那把刀長眠。

……當你父親從腰袋拿菸草時，發現已經沒了，遂向另一個大藤籠伸手進去。突然！他臉色一變，抽回的手，纏著一條斑斕的百步蛇。後來你父親毒發身亡，默默的離開我們。

到底是誰以毒物殺害父親？baki 沒聽說過，母親也隻字未提。而後來族人聚眾欲殺凶手時，為平息眾怒，日警乾脆把避難於派出所的「立功者」，一槍斃命。而那個凶手竟然是……。

「他是你親舅舅。」老獵人如老僧入定垂下眼簾，不再說話。而 baki 腦中轟了一聲，久久不能言語。

baki 模模糊糊覺得被人撐著扶著，在險惡的山路跌跌撞撞。最後進了屋，昏昏沉沉不知睡了多久，睡得彷彿渾身骨頭都散了，皮肉都鬆垮了，全身酸痛得厲害。在半夢半醒之間，他聽見了……。

「老 baki 呀！終於等到你了。我就是上帝，耶和華，主耶穌基督。」

聲音彷彿由右耳柔絲般進入，再由左耳轟然鑽出。在魔音穿腦之後，白熾的閃電疾風般撲面而來。baki先是一愣，臉上皺紋硬生生擠成一團的盯著……。

由窗縫緩緩射進來的白光，將屋裡的家具、食器，牆面、角落，以及地上每一粒塵屑，照射得清晰明亮。已呈深褐色的屋漏痕，奇妙地變成有層次的披布，並柔和放出令人愉悅的光彩。baki氣若游絲的說：

「祢就是那個……上帝那小子……，爲何不敢……以……眞面目示人。」

突然，屋內攪起翻騰的光柱，並逐漸凝成亮晶晶的光點，投射由空氣形成的一面牆一般，露出五官深刻，矇矇矓矓的臉龐。

「哈哈哈……，祢還眞像教堂裡的畫像。祢知道嗎！我的孫子第一次看到祢的畫像，嚇得直喊猴子、猴子……。」

那矇矓的臉龐微微晃動一下，彷彿早已洞悉baki心裡所想，嘴裡沒說出些什麼，露著一抹詭譎笑容，聽告解似的側著半邊臉。

「我在山上長大，是個野蠻人。但我不了解爲什麼青翠的山脈逐日消逝，而山上的人像趕集一樣，一家一家的出走，把祖先的地賣的賣、租的租，搬到平地與不熟悉的人住在一起。而山林止不住的開發，逐漸失去住家的野獸也將消逝，覺得空氣好像少了很多，要用力吸才……。」

baki深深吸了一口氣，緩緩由被窩坐起來。孱弱的身子映照在泛黃的竹簾，如皮影戲般古怪的搖擺。搖擺中，一種想撇開死亡恐懼，失去謙遜和忍耐的語氣，嘆道：「他們說上帝爲每個人交戰，那……祢打得過撒旦嗎？」

忽然，空氣中彷彿下起了豆般大的雨點，落在蕉葉發出淅淅瀝瀝的音響，不得不讓人屏住呼息，凝神諦聽：

「人是自己的上帝，求生的意志是不可動搖的信仰原則，我們不能抱怨自己身上的包袱太重，把禍患歸咎於環境。當你被安置在山脊峭壁上，一面是生命本質的脆弱和空無，一面是真實世界的乖張和荒謬，處於對立而面臨的抉擇，便是你存在的開始，而存在必須掙扎在痛苦中，儘管我們倚賴遼闊的大地，清澈的溪流，叢聚的森林，在巨大的環境中興起單純的、原始的征服衝力，經歷試探，經歷折磨，從經驗中逐漸顯示奮戰和努力的行爲，亦形成意識上善與惡的道德觀念。自始至終，看過你一生的角力表演，充滿壯烈的掙扎和呼喊呀！堅信你對祖靈的嚮往，爲榮耀他們而毫不退讓地交付生命。一個孤獨又疲倦的影子呀！請隨著我禱告吧。」

「我已禱告過。我做了我想做的事。我跟祢走吧！」最後他用一種遲疑、無奈、虛弱的聲調說著。然後緊緊挨著牆，靜靜闔上從未乞憐的眼神。

baki走後，十字架壓在他身上。追思禮拜，上帝爲他開了門。

「您放心走吧。您要保佑活著的每一個人啊！若有惡靈騷擾，您要打垮他，保佑大家的幸福呀！」族中長老向送葬行列大聲呼喊。

一片靜默，只有風聲。

注：

①祖父輩尊稱。男性祖先、老人家，或岳父皆用此稱呼。

②祖母輩尊稱。女性祖先、老人家，或岳母皆用此稱呼。

③父執輩泛稱。叔、伯、舅舅，姑丈、姨丈。

④父親。

⑤母親。

——原載二〇〇八年一月一日《印刻文學生活誌》五十三期

（本文獲二〇〇七臺灣原住民山海文學獎短篇小說組第一名）

童伴

鄭清文

臺北縣人，一九三二年九月十六日生於桃園，在新莊住了三十多年，而後定居於臺北。臺大商學系畢業，在華南銀行任職四十多年，一九九八年一月退休。寫作以短篇小說爲主，強調生活、藝術、思想。第一篇作品〈寂寞的心〉一九五八年發表於林海音女士主編的《聯合報》副刊。也寫童話和文學、文化短評。已出版作品《鄭清文短篇小說全集》七卷（一九九八，麥田）及童話集、評論集等數十冊。

一九九〇年十月以《三腳馬》英譯獲「桐山環太平洋書卷獎」，爲臺灣獲獎第一人。

天已黑了，一彎新月掛在教室外面，民家的長竹叢上。

補習的學生剛剛下課，已有人熄掉教室的燈光。

石世文一個人，坐在球架底部的橫槓上，腳邊放著一個籃球。陳明章也下課了吧。他知道石世文還在籃球場上嗎？

打球的人都走了，只剩下石世文一個人。他想再練習一下。一個人，拿球的機會就多了。他要練習運球。打籃球，主要是投籃。他常常覺得奇怪，爲什麼他運球，別人一下子就搶走，別人運球，像李老師，他就是攔截不到。

他已滿身大汗。

日本人喜歡打網球、野球和排球。外省人喜歡打籃球，一個人可以投籃，可以運球。這個球場本來是網球場，放了兩個球架，就變成籃球場了。本來，有兩根掛網球網的水泥柱已被拿走了，不過留下兩個洞，隨時可以把柱子立上去。

啪、啪、啪。

石世文又開始練習運球。李老師曾經教他運球的腰身、腳步和手部動作。打籃球的，主要是幾位外省老師，像李老師、陳老師。石世文開始打球，人太小，只在旁邊看著，等著，球彈到球場外，他就跑過去撿。現在，他可以一起投籃了，不過還不能賽球。

自從網球場改成籃球場之後，幾年沒有人打網球了。

他看著籃球場，想著以前井上先生打網球的姿勢。她穿著白色的衣裙，白色的運動鞋，額頭結著白色的布條，叫鉢卷。她說，那是一種姿勢，也是一種決心。

他四年級的時候，受持先生，級任老師，出征去了，井上先生來代課。她是神社主持，神主的妹妹。因爲她，石世文還去神社參拜。他去幾次，都碰到伊藤奧桑跪在神社前面的一角祈禱。伊藤住在郡役所對面，是代書，早期也賣鴉片，戰後還留住一年多。

伊藤奧桑，每天清晨，去神社參拜祈禱，雙手合十，靜靜跪在神社前面的一角，祈求皇軍武運長久。她有兩個兒子都在戰地，這也是她去祈禱的主要原因。戰後，聽說，兩個兒子也平安回來了，大家都說，是誠心感動天。

神社境內很清靜。神社的基地幾乎有運動場那麼大，還不包括參道，是四方形，周圍有壕溝，只有樹和鳥聲。樹有松樹、杉木、也有榊。榊並不高，是日本人的神樹。它的枝葉，像榕樹，樹身較短，可以做拂塵，也可以供奉神。這裡也有許多鳥，阿川喜歡打鳥。神社境內，好像不准打鳥。

很不幸，井上先生要回去內地結婚，船剛出海，就被美國的潛水艦擊沉。有時，石世文也會翻開畢業紀念冊，井上先生的相片是放在先生們的相片上方，一個橢圓形的框框裡面。

日本人走了之後，鳥也走了，神社屋頂的青銅聽說很値錢，已被剝走了。聽說，這裡將改成工廠，製造血清。

球場，以前也演過電影，是露天的，只在天晚以後上映。在球場的一端，插兩根孟宗竹桿，結上横槓，掛上白布幕。戰時，他五年級，張建池帶他去看，是演男人和女人的故事。

他喜歡看戰爭的片子。軍艦、飛機、大砲，還有坦克。還有日本兵在城牆上舉手高呼萬歲的鏡頭。觀衆看到了旗子出現，就拍手，不管是日章旗或軍艦旗。石世文也會跟著拍手。這已是一種習慣了。

張建池大他兩歲，告訴他，有一天，對男女故事，他也一定會感到興趣。他去神社，去看井上先生，和這有關嗎？

張建池是運動選手，他很會拉單槓，也很會跳箱。拉單槓，他會很多動作。他用腳一踢，人就上去，而且抓住鐵槓翻轉。跳箱，他會輕易跳過八層。石世文只跳到六層。他也常常代表學校去參加郡內的運動會。在戰時，在講堂裡面，就是大禮堂，有人運來一綑一綑的稻草，聽說是要拿去餵軍馬。也有人說，是要運去做紙漿。有學生，爬上講堂上的橫樑，而後跳下來。開始，是跳到稻草堆上，石世文也跳過。後來有人把稻草綑拆散，舖在地上，太高了，只有兩三個人敢跳下來，張建池便是其中一個。

現在，張建池已去臺北一家茶行工作，平時很少回來。

林良德是石世文的同班同學。一年到五年是同學，到了六年受驗組（升學班）也是同學，而且共用一個桌子。他的手指很靈活，很會摺紙，做飛機，做船，做青蛙，也會做更難的鶴、武士的戰帽，也會做狗和兔子。他父親在深坑開貨車，很少回來。石世文不知道深坑在那裡。畢業之後，林良德搬走了，可能是去深坑找他父親。

黃金傳也是石世文的同學，不過，他沒有讀受驗組，六年時就不再一起了。在戰爭末期，國校學生按「保」組織奉公班。當時，保甲已改爲町，一個町有幾個奉公班，主要是要整隊上學。張建池是高等科的學生，做班長。黃金傳時常遲到。要等他嗎？有人說要等，有人說不要等。張建池決定要等他。

「馬鹿野郎。」

張建池大吼一聲，打了黃金傳一個巴掌。

「你不能打我。」

黃金傳用手壓住臉頰。

「爲什麼？你已遲到五次了。」

「我要告訴你母親。他是我的老大姐。你應該叫我表舅。」

石世文有聽過。在舊鎭，因爲連親的關係，很多人是親戚。張建池的確應該叫他表舅。

張建池不再打他，一到學校就去向擔任的種村先生報告。種村先生後腦像屏風，學生都叫他扁頭仔，他是劍道選手。他時常打學生，學生都很怕他。

種村先生叫黃金傳跪在地上，一手握著竹劍，一手張開手掌，問他要選擇哪一邊。這是他打學生的方式，一般學生都選擇手掌。

那天，黃金傳被種村先生打了五個巴掌，之後，種村先生還問他可以了嗎？他點頭。他的臉紅腫起來，像麵龜，回到教室時，大家還以爲他是因爲偷東西被打。

黃金傳有偷東西的習慣。鉛筆、橡皮擦、色紙，什麼都偷，有時也偷錢。他常常被打。

有學生丟東西，就先查他的身體和書桌。他沒有書包，書都是用大手巾包的。他是笨賊，偷的東西都放在口袋裡或書桌裡，很快就被發現，很快就會被打。有時，找不到，他也一再否認，大家還是認為一定是他。

黃金傳有一種奇妙的習慣。他愛挖鼻屎，而後搓成像仁丹的小丸子，把它黏在書桌下。學生都知道。有人去看，有人把它弄掉，他就放在火柴盒裡面。開始，有人把鼻屎丟掉，有人乾脆就把火柴盒丟掉。後來，大家好像變成一種期待，看他收集多少。有時，如鼻屎還沒完全乾，他會把它搓在一起，變成大一點的丸子，大家期待，有一天，他一定會搓成臭藥丸那麼大。

黃金傳搓鼻屎，很專心。不過，他有一種能力，他眼睛專注的看著老師，手指在桌底下搓，所以老師不會發現。同學知道，笑起來，他就會轉頭去瞪人家。有時，還會叱一聲「笑什麼」。

黃金傳的父親是理髮師，在後街開理髮店。以前，他是挑著擔子，到鄉下理髮。現在，有店了，只有一個人，也只有一張理髮椅子。黃金傳一畢業，就在家裡做學徒，學理髮。開始，他只是站在旁邊看，而後幫人家洗頭。不到兩年，他會剃，也會剪，他父親也說要退休了。

有一天，黃金傳被雷公打死了。

離開理髮店不到五十公尺的地方，就在大水河的港坪上，有一座觀音媽廟。有人說，是寺，不是廟。因爲供奉的是觀音媽。有人說，是廟，裡面有土地公。在舊鎮，較少有二樓以上的房子，觀音媽廟是二層，那是因爲建在港坪上的路邊，地太少，只能往上面蓋。裡面，每層只能放一套神桌，上層供奉觀音媽，下層是土地公。一般人，寺廟分不清楚，所以叫它觀音媽廟。

後街還沒裝水道，吃喝的水，要去市場的公共水道拿，洗衣服，就直接到河邊洗，洗頭髮的水，就要去河裡提。

那一天，忽然下了大雨，有雷公，也有閃電。一個脆雷打到觀音媽廟。黃金傳就躲在觀音媽廟的屋簷下。雷公將觀音媽廟的屋簷削去一角，也把黃金傳打死了。好大膽的雷公，有人這樣說，因爲雷公打到觀音媽廟。

爲什麼不跑回家？有人說。他沒有辦法提著一桶水跑回家呀。另外的人說。那爲什麼不躲進廟裡？廟太小了。有人說，他不敢進廟裡，也有人說觀音媽廟，高高瘦瘦，像避雷針。石世文這才知道，避雷針不是閃避雷公，而是引導雷公。以前他看過日本的漫畫，雷公被畫成紅鬼，避雷針插著雷公的屁股，雷公大聲叫痛。

黃金傳死後，家人發現他的木箱裡面放著一些筆、白紙、橡皮擦，也有銀角子。還有一個火柴盒，裡面放著一些小丸團，有的比仁丹小，也有的和仁丹差不多，也許還有一些大一點。這是什麼？有人問。仙丹吧，有人回答。石世文知道，那是鼻屎丸。畢業之後，他還是繼續挖鼻屎，搓小丸。

以前，大家都說他笨賊，偷食不會拭嘴，幾乎每次都被抓到，也被打。爲什麼還有那麼多偷來的東西？還有兩個大正時代的龍銀。

阿興和黃金傳住同一個房子。舊鎮的大街，北側背後有圳溝，附近有以前日本人住的宿舍。南側背後是後街。後街的後門和大街後門相對，前門對著大水河。黃金傳的店，在正門那邊，阿興他們住在後面，和石世文家的後門相對。

阿興的阿媽是石世文的大姑，他的父親是石世文的表兄。不過，阿興只小石世文兩歲，平時都叫名字。阿興是他的主要玩伴，玩玻璃珠、打干樂、下棋、下直，玩尪仔標。甚至連女孩子玩的擲沙包、跳房子，都玩過。不過，他們不一起游泳，也不一起釣魚，因爲阿興是大孫，他阿媽不准。

阿興國小畢業，就去家具店當學徒，學木匠。雖然人還在街上，可以見到面，卻不能一起玩了。

阿麗和阿興同年，住在隔壁。小時候，大人問阿興，你要娶阿麗嗎？阿興紅著臉說好。不過，阿麗說要嫁給阿水。現在，阿麗國校畢業，就去下港賺食了。她皮膚白白，留著短髮，穿著花格子的裙子，時常和阿興在門口玩。

賺食是什麼？石世文問李宗文。李宗文說，她們是可憐的女人。在戰爭末期，石世文看到在大水河港坪下面的小路上，在黃昏，有幾個朝鮮婆仔，穿著和一般的女人不一樣的朝鮮衣服，在那邊散步，也唱歌。

「朝鮮屁。」

有小孩在港坪上喊著，把石頭丟下去，丟進水裡，開始丟得遠遠的，而後慢慢接近岸邊，有的沒有丟準，丟到路上。

「不能欺負她們。她們是一群可憐的人。」

李宗文告訴石世文。

「她們從很遠的地方來。」

戰爭結束，就沒有再看到她們了。石世文知道她們住的地方，也去看過，門是關著，已看不到人影了。

「所以，阿麗也要去很遠的地方？」

石世文問。

「要去下港，要去很遠的地方。沒有錯。」

有人問阿麗，為什麼不嫁阿興，要嫁阿水？她說，阿水家有水果，也有糖果。阿水的父親叫阿昌。依照舊鎮的習慣，對長輩都叫阿伯或阿叔。不過，對阿昌，因爲自小就在那裡做生意，很多人都叫他名字，小孩都跟著大人叫他阿昌。

阿昌在市場門口開一家小店，賣糖果、水果，也賣祭拜用品，像金紙、銀紙、和香條，生意很不錯。阿水是獨子，有人說不是親生，是收養的。阿昌的水果，都是下午去臺北的中央市場割回來的。爲什麼是下午？一般人買水果，都是上午，比較新鮮。下午，都是人家挑剩的，很便宜。阿昌說，會買比會賣重要。

鳳梨過熟，快爛了，最甜。阿昌削鳳梨，先去表皮，再將皮下的斑點，用刀子，刻成螺旋狀，把斑點去掉。這樣，可以減少損失。

阿水是不是和名字有關，不知道。他很喜歡游泳。有時，他跟著大家，有時一個人游。可能有人去告訴阿昌姆，她拿了一把竹絲，氣沖沖，跑到河邊來找人。

另外，又有人大聲叫喊，警告阿水，說他母親來了。平時，阿水在入水前，先把衣服藏在港坪上的草叢裡，但是草並不高，這樣子，衣服不會濕，可以瞞過他母親。喜歡游泳的人都知道，下水游泳之後，用手指一抓皮膚，就會顯出白線。

阿昌姆來了，先找出衣服。阿水裸著身體，用手掩著大腿間，從河邊一直奔跑回去，阿昌姆氣喘吁吁的，拿著他的衣服，在後面追著。其實，他上來，她就放心了。回去，頂多打一下。

母子追逐的景象，石世文不會忘記。

現在，阿水已很少下水游泳了。他讀完高等科之後，就回家做生意。在學時，他也會幫忙，現在，他已可以代替父親去中央市場採購了。

有一次，石世文騎車，從臺北回舊鎮，在路上遇到阿水。他是去中央市場割水果的回途。他騎著三輪小貨車，上面有香蕉、鳳梨和甘蔗。幾綑甘蔗的尾部，長長伸出車尾。他一面踩車，一面吃雞捲，是用紙包的，放在把手下的一個鐵絲網籃裡。他從中央市場回家，都彎去圓環，吃一份蚵仔煎，再包兩條雞捲一路吃回來。這一點，和他父親不同。他父親是直接去中央市場，再由中央市場直接回家，從不彎路吃點心。

石世文忽然了解，阿麗爲什麼說要嫁阿水，而不嫁阿興了。

石世文又拿起籃球，練習運球。那是從學校借來的。那是一個已經被淘汰的球。籃球是皮製，因爲下雨泡水，已變形了。它不但變大，還變長、變歪了，有一點像大型橄欖球。李老師告訴他，用這種球練習，不管投籃或運球，一定會進步。

李老師就是陳明章的老師，是教升學班。教室的燈已熄滅了。李老師已下課了，陳明章也應該已回家去了。

大約在兩年前，石世文在媽祖宮後面的水池釣魚。陳明章也在附近釣。石世文釣了兩條鯽魚，大的有三指寬。魚的大小是用手指的數目量的。陳明章那邊，卻沒有釣到。

「不要靠過來。」

石世文怕釣線纏在一起。釣線很細，一旦纏住，就很難解開，有時必須將釣線咬斷。有時，魚吃餌，孟拉，亂竄，就更容易纏住。

「不要靠過來。」

石世文看陳明章更接近。

「那是蝦子。」

蝦子吃餌，不直接吃，光用鉗子夾，而後慢慢拉動。

石世文釣魚，不喜歡蝦子，也不喜歡竹篙頭，還有大肚魚。竹篙頭，魚不大，嘴很小，不容易上鈎。大肚魚吃餌很兇猛，把浮標用力拉，以爲是大魚。一釣起來，只比魚餌大一點，完全感覺不到重量。有人，很氣，會把它捏死，再丟回水裡。

陳明章過來，石世文就移開一點，還是他釣得到魚。有人說，有一種人叫臭腥手，就是釣得到魚。石世文認爲，他的釣竿比較長，他的釣鈎形狀比較適合釣鯽魚，還有釣餌。

「不要再靠過來。」

忽然，有魚吃餌，把石世文的浮標拉下去了。

「纏住了。」

陳明章叫著。

沒有錯，是石世文的線去纏到對方。石世文拉上釣線，有一條鯽魚在空中跳躍，閃爍銀光。同時，陳明章的釣線也一起拉上來了。兩條線纏住，忽然，釣上的魚，脫開釣鈎，掉回水裡。

「攏是你。」

「是你的釣線纏住我的。」

「我解不開，要拉斷你的。」

「是你的纏住我的。拉斷你的。」

「我叫你不要過來。」

「水池又不是你的。」

「也不是你的。」

石世文用力把釣線拉斷。

「你賠我。」

陳明章大聲說。

石世文不加理會，取出新的釣線。

「我爸爸是警察。」

「三腳仔。」

石世文說得很小聲。

陳明章的父親，自日本時代就當警察。大人說，警察有兩種，一種好警察，另外一種壞警察。陳明章的父親不是壞警察。

「你說什麼？你罵我阿爸。」

陳明章說，用力推他，差一點把他推下水裡。他抓住陳明章的手，身體向一邊一閃，把陳明章拉了一把，他腳不穩，整個人掉進水池裡。

水並不深，只到陳明章胸部。他知道陳明章會游泳，不過，他不游，卻站在水裡哭著。石世文也跳進水裡。他不清楚爲什麼這樣做。他有一點怕。這樣子，可以算兩個人都落水了。

「不要哭。」

石世文說，其實，他也差一點哭出來。

「我要跟我阿爸講。」

「不要哭。」

石世文再說一遍，脫下上衣，丟到岸上，而後潛到水底。以前，他潛水摸過小蝦。水池底是泥土，他將手掌做成鉗狀，順著水底前進。蝦子碰到了手，往後彈，有的彈進他的手掌，有的彈入泥巴。

「給你。」

石世文摸到一隻小蝦子，只有四公分長。

「什麼？」

「蝦子。」

石世文又潛水下去，摸到一隻大一點的。

「不要哭。我教你摸蝦子。」

「今天不要。」

石世文又潛水下去。他摸到一隻更大的蝦子。

「給你。你不能告訴你阿爸。」

「這是什麼？」

「大蝦子。」

「石世文，我們去釣魚。」

有一天，陳明章來家裡邀他。石世文教他結釣鈎，也教他鈎釣餌。

「石世文，我們去摸蝦子。」

陳明章會游泳，是狗爬式。舊鎮大街的南側是大水河，北側是圳溝，只要敢接近水，大都會游泳。

「給你。」

「什麼？」

「田貝。」

「是不是女人的？」

「問你阿姉（日文姊姊之意）好了。」

「阿姉會罵我。」

「那就不要問。」

陳明章的阿姉，和石世文同學，是受驗組的同學。戰時，他們家改了姓名，她叫東鄉貞子，現在已改回原名，叫陳雪貞。

石世文有一個同學，叫黃錫坤，六年及一開學，就寫信給東鄉貞子。「黃錫坤健壯，貞子很溫柔……」信是用日文寫的。這以後，大家碰到他，就會念出這兩句笑他。他也不在乎。現在，他們兩人初中也同班，每次坐公路局巴士回來，黃錫坤都會找位子和女生坐在一起，尤其碰到陳雪貞的時候。戰時，她讀高女，現在也改爲初中了。

「不用怕，也不要害羞。」

黃錫坤對石世文說。

有一次，她的父親，把黃錫坤叫過去，責備他，叫他好好讀書。

「石世文，這給你。」

陳明章對石世文說。手拿著四節的釣竿。

石世文到現在還沒有用過這種四節的釣竿。這種釣竿很貴，他買不起，只用直竿。

「爲什麼送我？」

「我阿爸說，讀書要緊。我不但要唸初中，讀高中，還要讀大學？」

「讀大學？」

舊鎭的人，讀大學，石世文知道的，只有三個人。

「對。所以，我要去臺北考初中。很難考，我不能再玩了。」

舊鎭，去年剛設初中，因爲離家近，很多人去應考。不過，還是有人認爲臺北的學校好，而且同校設有高中可以接上去。

「你讀大學以後，還可以用呀。」

「那時，我還要買好一點的。我要買車仔釣。我阿爸說，車仔釣，才能釣大魚。」

從此，陳明章就沒有再約他去釣魚了。

啪、啪。

他一個人拍著籃球，因爲球已變形，彈起來很不規則，比較難做假動作。

學校裡面沒有人。他聽到腳踏車的聲音，腳踏車通過事務室之間的玄關的通路停下來。燈光已熄，月亮也看不見了，不過從微弱的光線，可以看出那個身影。那個人腳不夠長，停下來時車子歪到一邊，人也搖晃一下，差一點跌倒。

「世文。」

「奧多桑。」

父親怎麼會來？

「回去吃飯。」

石世文沒有回答，把籃球放在事務室前面的籃子裡。

前幾天，他發現自己已比父親高了。父親騎的是二八仔。一般人都騎二八仔，聽說有二六仔，多是女人騎的，不過，在鎮上他沒有看過。父親個子不高，踩不到地，平時已很少騎車。石世文很會騎車，可以人騎在車上，彎腰下來，伸手撿起地上的東西。

「奧多桑，回去，我載你。」

石世文走到父親旁邊，拉住把手。

「你要載我？」

父親說，看他一眼。

「對。」

「你會載我？」

「奧多桑，我很會騎車。」

「好吧。」

父親說，人也坐上虎骨。

石世文一腳踩上踏板，一腳跨過去，坐在車椅上。

學校裡已完全暗了，他用力一蹬，騎出學校，他的臂彎輕觸著父親的肩膀。

——原載二〇〇八年一月三～四日《中國時報・人間副刊》

君無愁

郭強生

宋志雄 攝影

原籍北平市，一九六四年四月十五日生於臺北市，國立臺灣大學外文系畢業，美國紐約大學（NYU）戲劇研究所博士。已出版小說《作伴》（一九八七，三三；一九九二，皇冠）、《掏出你的手帕》（一九八八，希代；一九九五，皇冠）、《留情末世紀》（一九九六，皇冠）第七冊，及散文、評論、戲劇等二十餘種。

《非關男女》獲時報文學獎戲劇首獎（一九九〇）、《給我一顆星星》獲文建會年度優良舞臺劇本獎首獎（一九九一）。散文〈回眸客裡身〉入選《九十四年散文選》（二〇〇五，九歌，鍾怡雯主編）。並入選《評論三十家》（二〇〇八，九歌，李瑞騰主編）。

曾任美國紐約哥倫比亞大學東亞系兼任教授，二〇〇〇年回國投入國立東華大學創作與英語文學研究所創所工作。現任國立東華大學英美語文學系、創作研究所專任正教授。

他被窗外落葉的聲音喚醒。翅膀拍打似的氣流震動劃過耳際，昏寐中他感覺自己是那脫離了枝椏的黃葉，眼看著就這樣朝地面衝去，但那距離竟愈拉愈長，毫無飄落的輕盈，成了俯衝失速的墜體，只剩下風聲——

落葉應該是靜悄的不是嗎？猛地睜開眼，以爲是夢。他移動了一下微僵的頸脖，目光投向窗口。

月色中那棵桑樹竟在一夜間全禿光了。

霎時某種不可說的力量將他釘在床上不敢動彈，只剩眼珠子骨碌碌從窗口轉進室內，影幢幢的一片煤黑外毫無動靜。嘗試動動腳趾，小心調整自己的呼吸。呼吸？意識逐漸如影片倒帶迴轉，定格，他憶起最後舉起水杯仰頭的動作。一切在那刻都應統統停止了。沒有夢，沒有樹，更不會有呼吸。他不確定這是否就是死亡。

照說他是死了。

一路繼續維持著平躺的姿勢，閉起眼，期待這最後殘留的意識或許會如同蠟燭燒盡熄去。靈魂滯留，敢情是。他無法控制自己的靈魂驅策它快快上路，這個念頭令他沮喪。多麼熟悉的感覺！這種無能爲力。想像中的魂魄虛散幻化並沒有發生，他反倒覺得自己愈來愈清醒，比起病痛時奄奄待斃的他，此刻精神竟無端端矍爍。

母親往生前的那一夜，他看見她自己獨力撐坐起身，槁乾的胳膊朝他伸來想要握住他的手，弟弟弟弟一聲聲喚。我放心不下你啊——母親的眼神已渙散，對不上焦，彷彿玩偶的假眼珠子被人重擊後兩兩往相反的方向滾動，成了滑稽的表情。當時不敢笑，只覺得恐怖，原來這就是死亡逼近的徵象。死亡喜歡滑稽怪誕的把戲，因爲那是摧毀生命尊嚴最好的方式，讓迴光返照中悲傷的母親的臉變得像卡通般可笑。母親的遺傳基因在他體內盤踞，兩年後他也被診斷出肝癌時，當下讓他決定不要等到自己沒有尊嚴地連眼珠子也全不聽使喚的那一天。

傷心失望總有盡頭。他答應母親會好好照顧自己。現在，他連自己是死是活都搞不清——如果「現在」還具有意義的話。

生病的事父親毫不知情，自母親往生後兩人沒什麼話可說。動過手術做完化療一個人拖著半條命，回外頭自己租的小套房，養病三個月夜夜嗅的是林森北路上的通宵酒粉。他覺得自己會好起來，醫生說初期不是？仍回到酒吧上班，感謝老闆的慈悲，每月業績都不跟他計較。按時上下班，定時回醫院複檢，他的求生意志並未改變他這大半生註定的霉運連連，癌細胞還是擴散。剩六個月，醫生偷偷搔了搔長了濕疹的褲襠其他不願再多說。他記得自己愣坐在那兒，尷尬靜默半天，怎麼走出門診治療室的竟全沒印象。周末回到老家來，決定要死也要死在這裡，他並不眞的是孤魂野鬼。

緩緩抬起手臂往床頭櫃上摸索，闃黑裡抓起小旅行鐘只見數字閃著螢光，指著一點零五分。服下了所有藥丸時他記得分針時針成直角的圖形。這鐘一直還在走，時間沒有暫停或消失。可能四個小時，也可能是四百個小時過後的凌晨一點零五分，他，張民雄，看清楚了自己身在老家，他的三坪小房間裡。

他在黑暗中摸著牆進了浴室，扭亮了燈，在鏡中出現的人影用同樣困惑的表情回望。想到那無預警禿光了的桑樹，他起初不敢碰觸自己現有的肉軀，怕又是死亡惡意的玩笑，一碰這身體立刻會在眼前粉碎。遲疑著最後只敢用發顫的右手試探地觸向左手，這才確定不是視覺的作祟。

母親那雙手他記得。一個人即便容貌身形已憔悴不可辨，手心的觸感可以始終相同。死去又活來，他看見尚未被病痛折磨過的母親面容出現鏡中，雙頰肌肉微弛卻仍豐滿，千年不壞的紋眉瘀傷似的青青藍藍。在端詳病床上昏沉的母親時，他曾想用力把那紋痕擦去。此刻他盯著那對眉毛，笑了。

隔牆那睡夢中的老人翻身嘟囔了幾句，他急急退回房間。不能讓父親看見，說不準老人登時嚇到心臟病發。

究竟是他放心不下母親，還是母親放心不下他？

●

一個五十開外的女人身著牛仔夾克走在林森北路上，拐進了小巷，步下僅有隱密小小招牌「君無愁」的酒吧樓階，推門而入。

周六凌晨兩點生意正好，一屋子男人喧譁，公關忙得沒多注意她獨自在吧臺找了個空位坐下。這地方偶爾有T婆出沒，這個男裝中年婦人看來夠滄桑，公關阿 Ben 心想。

●

阿 Ben，又喝多了齁。你絕對想不到發生了什麼事。還是別告訴你的好，你一向膽小，如果你知道活夠了是什麼感覺，你也許可以原諒我走了也沒跟你說一聲。在這個地方除了大哥對我好，我也只有你這個朋友了。我不知道該怎麼與你道別，就當我去了很遠的地方好嗎？你看你自己喝開了就忘了清桌，待會兒二姐又要念你。大寶回來上班了嗎？你幫我勸勸他，賭和毒這兩樣東西不能沾。你認不出我最好，我只是想再回來看一眼。你向我借的那本小說你就留著，我也沒什麼給你作紀念。十一桌都是誰啊那麼吵？原來是他。你別多事！喂喂！我都不氣了你還嘔什麼？人家就是有本錢，玩一個甩一個，我後來也想通了，這根本就是一個願打一個願挨。今晚教授有沒有來？他還在迷他嗎？我當然是來看你，但是你不會怪我都要走了心裡還掛著教授吧？我要走跟他沒關係眞的。我的病沒得治了，像我媽一樣最後只能等死我不幹。我媽死的時候還有我，我要死了有誰？你相不相信有人一輩子就是倒楣倒到底？我一直還相信自己會好你說可笑不？我還想自己好起來之後要談個戀愛，三十五了，除了高中那一段我一直沒碰到人。雖然我沒跟你明說，你大概也知道我說誰，否則你不會一看見那個 Jimmy 就有氣。其實沒有他出現，我跟教授也不會有什麼的。你會不會記得，下次看見教授，至少讓他知道一下，我走了。

三十歲以前的他已經牢裡進出過，勒戒所待過。永遠三分頭剃得髭短，高中就進了幫派，一瞪眼小混混都不敢造次。病去了半條命，瘦也依然瘦得黝黑陽剛。父親山東人的高額挺鼻與母親原住民的晶目濃眉，兄姐們沒人得到好處，全便宜了他一人。從沒人猜到過他喜歡的不是女人。

沒所謂愛與不愛。解決了需要，下回的孤獨無愛再浪襲總是一個月，或更久之後的事。人生想要存心蹉跎一切就簡單多了。十八歲那年傷心過一次他就放下了，自己是不折不扣問題壞學生，沒來由對每日公車上相遇的那個瘦白的明星高中生發傻，夜裡打手槍想著對方淡青血管微突的頸，竟還流下眼淚。枉然，枉然，他不僅一生得背著個壞字，現在還多了個恥字。打架勒索從沒令他有愧，是初戀，是愛的無望，讓他懂得了不甘和自卑。

直到三十三歲那年，他全心全意守著病中的阿母，如同這中間的二十年荒唐都沒發生，他又成了孩子，只是個害怕至親離棄的孩子，一切好像可以重新來過，他可以好好長大不要躲藏。夜裡給菩薩燒香，他求讓阿母少受些苦，也學會求自己的新生。

他名正言順開始流露隱瞞多年的溫柔，買菜洗衣煮飯，細心地為母親擦身梳髮，黑高的一個大男人在屋裡輕手輕腳端茶送水，好天氣不忘體貼地抱母親到院裡曬去些藥霉味。父親幾乎不進母親的房間，一輩子的婚姻到了最後一程竟如此漠然平靜，他不懂。晚飯後父親在客廳看他的清裝連續劇，他踞坐母親床邊的板凳上，打開收音機找警廣老歌節目陪母親一塊兒聽。聽到鳳飛飛唱「相思爬上心底」，他不經意跟著嬝嬝哼唱——

相思好比小螞蟻，爬呀爬在我心底，啊尤其在那靜靜的寂寞夜裡……

從來不相思的他，想到三溫暖燈光昏魅的走道上，偶然某個似曾相識的面孔朝他涎笑，他看在眼裡打心底鄙夷，多麼懦弱，這些人！他早早便以冷酷凍起自己成雙的慾望，明白自己屬臺味酷男的吸引力，再寂寞也得用傲蔑之心撐起無懈可擊的陽剛。然而鳳飛飛讓他繳了械，那樣俏皮的小小折磨，不知道那個當年公車上的男生，現在怎麼樣了？子女成群了吧？對方怎麼想得到，有他這個人在一個微涼的秋夜裡記得……

母親憂愁地望著他，欲言又止。當她問有喜歡的人嗎？他沒法控制那樣突來的驚慟，便哭了。

他在那一刻決定，在人生的下半場，他要找一個人，好好對待人家。或者說，他才意識到自己原來是渴望被愛的。

●

我叫阿 Ben，來過嗎？

職業性地快速打量了對方幾眼，努力在記憶中搜索，他說不出在哪兒見過這T婆，但絕不是在店裡。

那女人向阿 Ben 打聽 Jimmy。染了一頭金髮的公關不屑回道：妳是他朋友？不是。中年女人邊說邊把牛仔夾克的袖口推到了胳肘，阿 Ben 像被提醒了什麼，盯著她的動作沒眨眼。我只是聽說，他好像很紅？阿 Ben 聳肩一笑：紅？

總有人喜歡他不是？

阿 Ben 挑釁地一揚眉：看來你應該也是打過滾的，這問題還需要問我嗎？

T 婆不再作聲。阿 Ben 幫她端來兩瓶啤酒，一碟小菜，先乾爲敬後突然發現老女人正著魔似地緊盯著自己瞧。正要放下杯子，一吃驚手打了滑。

阿 Ben，眞的不認得我了？

阿 Ben 不能點頭，卻遲遲不敢搖頭。

●

母親走了。

一年不到父親就開始在外面風流。一回，他想看看老家，沒先撥電話就出現，結果一進門屋裡全黑，既陌生又熟悉的舊物發出嗆鼻濕氣。他在黑裡坐了一整晚，直到清晨濛灰中起身關上門離去。那個家還在的時候他不想回去；現在他才有感，自己是個沒有家的人了。他那時還不相信自己翻不了身，不像店裡其他同事愛摸八圈買奢侈品，他開始存錢，想像能有自己的一個家。

他打了個會在通化夜市賣起成衣，不諳地域屬性又逢景氣紅燈，半年後血本無回。跑去做大樓管理員，延拖了三個月沒繳出身分證被解雇。然後生病，正式的班上不成，從酒客變成了 Gay Bar 公關，也是一種下海了。老闆大哥勸他別多想，一個人也還不是要喝？這裡讓你喝個夠。

他下海的所在被圈裡人賤鄙爲「餿水吧」，意指殘羹剩飯大收集桶，只因上門的都有些年歲，禿頭便腹者占多數，走臺客本土風。不過臺北的 Gay 也生來賤，嫌歸嫌，到了周末午夜一過，一圈跑攤下來沒戲唱還不都乖乖來蹚蹚餿水。孤枕誰不怕？可以端個架子自我感覺良好，一人回家也虛榮。他早就看破這一套，客人要他唱歌喝酒他從沒廢話，活著太累，混口飯吃不是？但那人卻在生意冷清的周日夜裡上門，文雅客氣，小弟送上毛巾他還點頭說謝。他在後面角落偷覷，二十年前初戀的恥與痛瘋狗浪般在胸腔撼震。

那個明星高中男生到了今日恐怕就是這個樣了，斯文本分，西裝畢挺，根本不該出現在這地方不是？二姐先去招呼，妖氛俗氣顯然不受青睞；阿 Ben 學生型最討好，可沒見過他在哪位客人面前這般坐立不安過。他鼓起勇氣過去捱著阿 Ben 身邊坐下，斟酒，不敢抬眼多看。一有熟客上門阿 Ben 立刻彈起像警報解除，丟下他與對方獨坐。那人伸手摸菸，他搶一步把打火機點著，一隻掌顫巍巍護送火苗。青煙噴，那人笑了，害他竟紅了臉帶著討好問聲：唱歌嗎？

登時羞慚自己的老天眞，他猛灌了幾口酒。那人像賞字帖似地一頁頁翻動歌本，看到

「港都夜雨」時又朝他一笑。等他握著麥克風站在小舞臺上，發現沙發座上那人目不轉睛望著自己時，他心裡唯一的念頭竟是要好好活下去。

他希望身體快好起來，就不要再做了。

●

阿 Ben 哪，你不得不承認這世界是不公平的。Jimmy 那樣的妖貨頂著大學生一片歌手的頭銜哪裡不好混，怎就偏愛來我們這裡攪和？把那些歐吉桑迷得！我只是沒料想到教授也會吃他那套。第一天晚上他們見面，我就知道不妙了。我沒跟你說過，當晚我過去敬酒時，Jimmy 已經半偎在教授懷裡。我說教授好久不見了，他竟然扯住我袖子拖我到身邊壓低聲音說，你不認識我，知道嗎？我也只能照辦，不然還能怎樣？教授趁 Jimmy 上洗手間問我有沒有生他的氣。生氣？我爲什麼要生氣？我說，他就答不出話了。我沒有，眞的沒有跟教授有怎樣。我什麼風浪沒見過，怎麼會爲了一個客人——你一直誤會了。我生氣，氣教授怎麼那麼傻，被玩弄成那樣自己都不知？只是因爲 Jimmy 穿皮褲愛露胸嗎？沒出來玩過的中年人眞可憐。Jimmy 今晚跟沒事一樣照樂，他一定看到新聞了才對。這叫狠角色。

●

他這年才三十五，算八字的說他命中缺火，今年又沖午火要小心，但是他虔信母親在天之靈必有保庇。直到化療半年後檢查報告全不是那麼回事，可偏偏他又在虛惘紅塵中跌得更深，眷戀著活下去讓他在夜裡無故狂笑。想起一個兄弟毒癮染愛滋，哭著對他直說好後悔、好後悔。他該慶幸自己得的不是什麼見不得人的病，但是他到底後悔些什麼，他理不出頭緒。

他總拿出和那人初識夜的經過翻來覆去想，似乎其中藏著答案。他記得說到自己最喜歡的一部電影叫《油炸綠番茄》時，那人吃驚的表情。他在那陌生人面前第一次細數自己讀過的小說，對方竟每本都知道才更教他心喜，只因當時不知那人的背景。在對方眼裡，剃三分頭穿夾腳拖鞋的男子是餿水嗎？因爲並無自覺，他那晚說個沒停，說到母親過世，自己在作化療，那人突然岔說那怎麼還喝酒？他頓了頓，一句平常卻始終沒人這樣問過的話，讓他無法回答。

埋單時那人說，留個電話吧！大哥規定過和客人不准出這個店門，他偷偷把字條夾在零錢裡塞在對方手裡。

那人始終沒撥過他給的那個號碼。可是沒多久他便常在周五周六夜出現了，不再拘謹，與其他客人自在攀談敬酒，和喜歡叔叔的小妖們勾勾搭搭。

爲什麼連他都熬不過寂寞？他以爲他還有機會和對方說自己學會用茶混充酒了。他再也沒機會讓對方知道，周日午後他喜歡在路邊攤叫瓶啤酒，切盤鵝肉，讀著剛買來的小說。

醫生宣布治療無效後他便再也不讀任何東西。周日發呆也是一天。

他想忘記所有後悔的事。包括自己留過電話給那人。

某國立大學已婚教授與新生代歌手同志戀曝光。那斗大的八卦報頭條標題，讓他再也分不清後悔與悲傷。

●

那穿牛仔夾克的中年女人目光開始緊盯住十一桌，教阿Ben說不出爲何有些不安起來。十一桌的Jimmy帶來一批他的徒子徒孫，假以時日個個都將成害人精。誰遭誰毒手都是自己犯賤。阿Ben才這樣想著，那T婆豁地跳下吧臺高腳椅朝十一桌走去。

看到那邁步的背影，驚叫卡在他喉頭怎麼都發不出聲……

●

禿光了的桑樹在月光下抖著椏，被看不見的風拴住似地掙不脫。有葉的生命與無葉的生命，差就差在前者還有孤單的瀟灑，後者看起來只剩一種驚惶。

他回到床邊坐了半晌，才確定自己已是無葉了。

甚至於他連自己的容貌都已沒有清晰記憶，浴室鏡中的人，病前的母親，她那頭灰白參差的長髮披繞在自己肩膀。他想起最後爲母親擦身時曾目睹的一對癟奶，不由自主便伸手探向自己胸口，一驚縮回手。腦裡空白了一下才又用手撫住胸，揉著揉著便發出一聲乾笑。這具新的身體他能擁有到何時？死去又活來，氣數還是逼近零點。多這一趟，也是由於這嚥不下的一口氣吧？他已沒有剛剛睜眼時那麼有精神了，每一呼氣都讓他覺得更虛弱。他撐起身子，把脫在床頭的衣物一件件套上。沒時間去翻出他私藏在床底那件母親常穿的洋裝了。那對癟奶在鬆舊的汗衫底下晃盪好不自在，他掙扎走到衣櫃打開門，取出他生病後就沒再上身的那件牛仔外套。

起風了，他現在有了一頭長髮在月光下飄。

●

看著那女人一刀捅向十一桌的 Jimmy，阿 Ben 一時愣住沒法反應，直到同桌小妖們鬼哭神號起來他才有了知覺，感覺那個牛仔夾克的身影從眼前閃過直朝大門樓梯奔去。他一路跟追，身後疊聲酒杯啷啷粉碎落地。不可能不可能，他不停跟自己說。

門口蜷倒的人影看來好安詳。雄仔——他試探地喚。

那T婆早已不知去向。她怎會穿著雄仔的牛仔外套？難道是自己看花了眼，明明坐他面前的就是半個月前離職的雄仔？起來了，你不能醉倒在這兒，大哥看到會罵人喔——

那人無聲無息躺在原地，水果刀緊緊握在手中，一雙濃眉微鎖。「君無愁」的小小招牌閃著霓光投影在眉間，彷彿他的睫仍因一個遙遠的夢在歙動著。

——原載二〇〇八年二月二十二～二十三日《聯合報．聯合副刊》

暮色將至

賴香吟

臺南市人，一九六九年七月十二日生。臺大經濟系畢業；日本東京大學總合文化研究所碩士。

出版小說《散步到他方》（一九九六，聯合文學）、《島》（二〇〇〇，聯合文學）、《霧中風景》（一九九八，元尊／二〇〇七，印刻）、《史前生活》（二〇〇七，印刻）。

曾獲聯合文學小說新人獎（一九九五）、吳濁流文學獎（一九九七）、臺灣文學獎（一九九八）。

主編《邱妙津日記》（二〇〇七，印刻）獲行政院金鼎獎「最佳主編獎」。

曾任國立臺灣文學館副研究員。

目前就讀國立成功大學臺文所博士班，研究範圍爲日治時期臺灣文學。

初冬，寒氣教人還不太習慣，所以感到分外地冷。外頭天色陰沉沉的，林桑從衣箱裡找出厚外套，這是今年第一次穿它，但衣服是早已穿舊了。在國外那幾年，冬溫低得嚇人，即便多麼窮學生，也得常備幾件厚衣。此刻上身這件猶記是在星期天跳蚤市場買來的，那時他和阿君，簡單娛樂就是去逛跳蚤市場，少少錢換一整天樂趣。阿君挑東西眼光不知該說怪還是獨特，總能從一堆毫不起眼的貨色裡翻找出特別東西，且那價格通常低廉得很，彷彿除了阿君沒有人會去爭搶。那些奇奇怪怪的小配件、布料、提包、裝飾品，他總不能同意多麼好看，但等阿君把它們裝飾在屋裡或在身上穿搭起來，卻有了一股不俗味道。阿君向來有她自己鮮明的風格，對比突兀而不講章法，但愛上的人就會很愛，好些朋友就說阿君光憑這跳蚤市場的撈貨技巧，就足以回臺灣開家二手精品店轉手賺錢，餓不死的。

餓不死，這的確是阿君的本事。阿君也常不在乎調侃自己是草根命，丟到哪裡長哪裡，怎麼樣的環境都可以活下去；不像他，阿舍命，嘴上說要吃苦畢竟是挺不住的。他對著鏡子把外套釦子一顆一顆扣好，舊衣服舊歲月，過往的經濟生活，好像從來沒有光彩過，國外那些年更是克難得緊，然而問題並不在窮，這點小事根本打倒不了阿君，她是那種只有百元日幣也可以把日子過下去的人，眞正使她投降是他的心。他總想從與阿君的共同生活裡逃離，然而眼前生活不盡滿意，推翻又要怎麼辦呢？他嘴巴上說得好聽，認爲自己隨便捲幾個紙箱過流浪漢生活也是可以的，事實上，他從來沒有眞正跨出一步。他惱恨自己，偏偏人對自己的惱恨是最難以承認的，於是便把氣全推到阿君身上，認爲這麼多年就是阿君絆住了他，而他從來沒有愛過阿君。

他對阿君從來沒有承認過，若非出國需要，他們之間恐怕是連結婚登記也不會去做的。在一起那麼多年，阿君沒要過什麼，他也不覺得有什麼不對或愧疚。阿君唯一有過念頭只是小孩，然而那些年他的心已經跑得那樣遠，時不時總在準備哪一刻就要跟阿君提分手，怎麼可能再有小孩。泥沼般婚姻生活，他以爲自己欠缺的是眞正的愛情，夠殘忍的心，如此才能讓他有所動力來處理與阿君的關係。外遇就是這樣來的。誰知一次、兩次他還是拖拖拉拉吞吞吐吐，阿君也不復往日理性，兩人要嘛完全裝死不談，要嘛鬧到歇斯底里，捶胸頓足追不回重點在哪裡。他們在這樣的關係裡驚覺彼此已經變得這樣多，不再是當年那對率性革命情侶，面對輸贏竟然放不開手、對人生殘局躊躇恐懼起來。

兩人眞正簽字離婚，已經不干任何第三者的事。在好幾次鬧到大打出手，彼此無比憤恨計較之後，混亂滿屋，寂靜滿屋，他看阿君背影，知道她要放了，兩人畢竟走不下去了。不久之後，阿君便回臺灣，他以爲兩人情分終於到了盡頭，他安慰自己，盡頭是好的，在此分路揚鑣，各自新人生。

沒想到，事情完全不是那樣。

他從山坡居處走下來，穿過捷運地下道，來到鐵軌對岸的醫院。這一帶出國前他熟得很，但捷運通車後很多地景都改變了。他在醫院入口處按了按乾洗劑，抹了抹手，準備進入一個與外頭兩相隔離、截然不同的世界。大廳有人圍聚說話，說不多久便哭了起來，然後是止不住的激動吶喊。路過的林桑偷偷瞄了幾眼，盡量不流露出好奇神情。生老病死，過往他總習慣避開，告別式的悽涼，醫院裡疾病折磨的場景，推給阿君代爲處理，他能逃則逃，現在，他逃不掉了。

電梯上到六樓，一開門就見阿君看護正在走廊上和人聊天。他輕手輕腳走進病房，阿君睡著，她體力愈來愈差了。床邊小桌擱著寫字板，上頭阿君字跡記滿她提過的朋友名單。到這地步了，阿君還是什麼都自己來，紙上毫不避諱交代著身後事，細節諸如家裡健身器材、大型家電可分發給誰，工作保險事務問誰，誰會來幫忙清空房子，遺孤愛貓又要託誰，若不就範可找附近哪家動物醫院來打麻醉針等等。

上頭沒有他的名字，阿君對他只有口頭交代，安撫他說諸事皆已安排妥當，就差時候到了得有個人來打個電話通知大家，而他，就是那個負責通知的人。

他有過抗拒，哪來一個責任框架又從天而降砸在他頭上？他不是已經和阿君離婚了嗎？爲什麼又是他？

實在作夢也沒想到，甚少鬧病的阿君一病就這麼重。當阿君第一次告訴他，他不以爲意，他早習慣阿君自己料理自己，待至後來回臺，見阿君頭髮掉光，才不免驚惶起來，慌慌張張問了病事。彼時阿君已動完大刀，化療也告一段落，坐在週末咖啡廳裡，看得出來特意打扮，花頭巾，披披掛掛的穿著，甚至上了淡妝。她老在他面前故作無事，一整個下午淨是口氣樂觀，說自己怎樣抗癌，吃喝講究，誰又不吝惜給她送營養品，一生時光大約現在最是奢侈云云，阿君深信意志力將會戰勝，說自己身體感覺不壞，再休養一兩個月，便要回去上班。

後來果真這樣過了一段日子。其間，他回來幾次沒地方住，借住阿君家也是有的。那是藏身於傳統菜市之間的租處，他跟著阿君在氣味混雜的巷弄走得納悶，卻見阿君跟商販說笑招呼，踏進一間家庭美髮，屋後小樓梯爬上二樓，竟有兩間房佈置得色彩繽紛。他很意外，和阿君在一起那麼多年，沒想過阿君生活竟也需要這麼多東西，以前他們住屋堆的淨是他的書與收藏，阿君個人擁有不過簡單幾疊衣物，現在，放眼望去，完全是女性嬌嫩的佈置，除了那些砸下重金的抗癌設備：鹼性水過濾器、空氣濾淨機、健身器材之外，花飾、畫架、瓶瓶罐罐、杯碗瓢盆、絨毛玩具、拼布抱枕等小物亦不缺少。窩在阿君丟給他的懶骨頭裡，他想，阿君是在過另一種生活了，憑她的本事，她很容易可以過得很好，如果她不生病的話；阿君應該覺得跟他離婚是對的，因爲她要精采人生並不難，如果她不生病的話……

可是，現在，她病了。那幾回合的相處，阿君的話裡偶爾會洩漏一些怨哀，想要依靠，使他不知所措。他忽然發現，他沒有太多照顧阿君的經驗，癌或死這些字眼他也覺得負擔不了。他想逃。他跟阿君坦白：我不知道怎麼處理。阿君看他幾眼，默默收話不再講下去。總是如此，他不知道怎麼辦便說實話，兩手一攤說實話，阿君會放過他，原諒他。

後來，他回臺灣便改找弟弟找朋友，沒再住過阿君那裡，偶爾幾通電話問問病情。離日回臺，搞得灰頭土臉，上百箱書耗神費金，工作又沒他想像的容易，只能靠著以前朋友關係，這裡接接計畫，那裡做做顧問，看似風光，頭銜好聽，但總沒個定數。這些生活裡，他單身漢地到處棲息停泊，他想他跟阿君畢竟離婚了，就各走各的吧。若非阿君情況後來惡化，他是沒準備要和阿君再次恢復成這種關係的。

夏天，阿君的癌往腹部、肝臟擴散。秋天再度入院，這回不開刀了，阿君託人捎來消息，簡短、明白地說：時日不多，希望見上一見。

這消息不能說有多意外，一盤棋局擱久了，最後幾步終要點名到他。他想逃，卻無所遁逃。他說不出這不關他的事，也不能要賴說這不是他的局。呆著腦袋到醫院，他期待阿君會告訴他怎麼辦，孰料阿君跟他一樣無所遁逃地垮下去了，她躺在病床上，虛弱，安靜，看不出想些什麼，惟朋友來訪，談及生死後事種種，才洩漏那麼幾絲情緒。好比前兩天跟他一起來的汪明才，以前留學時代的朋友，離開時，從口袋掏出紅包往阿君手裡塞。

「我不需要錢。」阿君推回去：「你倒說說看，錢現在對我有什麼用處？」

她沒有怒氣，也沒有怨意，只是苦笑說出了事實，讓人不禁要爲自己的舉動慚愧起來。汪明才靦腆應答幾句，沒再硬推，嘆口氣：「你要想開點。」

「我是想開了，總歸早晚要走的路。倒是你們也要想得開，你們想得開，我才好走得開。」

他聽出一絲哽咽。他抬頭看阿君，她要走了？她準備好了，那他呢？他打開報紙，心內陌生得彷彿有扇打不開的門。有時候他不明白自己是眞準備好了？還是根本還沒進入狀況？

眼前情景彷若阿君只是生了個小病，他煞有介事來演一演探病的情景，或者，如果他不轉頭看阿君那病瘦的臉，坐在這個房間裡也好像只是跟阿君在過家常生活，報紙裡那些消息很快可以引他讀得興味盎然：總統大選倒數不到百日，隨處可見他熟悉的名字與言論，那是他們過去黨外歲月的成果，阿君和他共同的回憶，如果他們倆人還能一起跟人說點什麼興致勃勃的往事，大約就是那段時期吧，那包含了他和阿君的患難生活，以及那些如今成爲檯面人物的點點滴滴……

阿君在這個時候張開眼睛。他收起報紙，問問早上情況，說點外頭天氣，兩人之間其實沒什麼話。他把看護沒關上的電視調回正常音量，像以前那樣佯裝自己自在得很，時不時還對選舉動態加上幾句評論。播到那幾則派系慶生新聞，他起興致轉頭要叫阿君，但她低垂著眼，一種他不敢猜測她在想些什麼的枯萎神情。他獨自回味那些已經廣爲流傳的舊照片，十來年前的大象和一幫朋友對比今日竟然顯得那樣稚嫩，在一幕稍縱即逝的靜坐畫面中，他甚至看到人群縫隙裡的青春阿君……

阿君生病消息一傳開，多位朋友包括大象二話不說就開了支票，這是交情，但又有點令人感慨。前幾天阿君幽幽說：「大象要送阿平去美國唸書了。」阿平是他和阿君看著長大的小男孩，阿君對待阿平甚至有幾分情人意味。這個有著白皙臉龐、活潑、敏感的孩子，當年無論抗議、演講、行軍，跟著爸媽無役不與，在那些充斥憤怒與委屈的場合，童言童語若非教人開心就是讓人心碎。如今，阿平十六歲了，有他自己的世界可闖，與他和阿君早已不復往昔親密甜膩，而大人之間也同樣隨著時空互起變化，雖然都還是朋友，但隨著今昔身分、權力之不同，碰到的問題及其解決方法也跟著不同了：以前沒錢，現在有錢；以前有空，現在沒空；以前作什麼都一票人夥在一起的，現在阿君形單影隻進出醫院，大家都忙，沒空來看她，花倒是送了一堆；以前默默無聞的朋友，現在人盡皆知，花卡署名搞得護士和看護工都緊張起來，本以爲阿君是毫無家族支撐的單薄女子，這下子竟有名人政要送花，那天老胡匆匆來探，還有人擠來要簽名，搞得看護也驚奇了，逢人就要虛榮兩句。

聯繫他與阿君的過去，很容易可以作出一份現今政壇點將錄，其中有些仍是好友，有些則不然了。偶爾他也有所憤恨，感嘆人心冷暖，聽他們發表意見，有些依然敲痛心中角落，但有些已經不對勁了。他痛心於以前付出的如今濫用糟蹋至此，且竟有那麼些不知哪裡冒出來的小角色，牆頭草，見風轉舵者，以及令他難以置信之聰明伶俐、敢吃敢拿的政治金童；他不知道事情怎會變成這樣，選擇不是愈來愈多，而是幾近沒有選項，衝突非但沒有化解，且是更草莽地對立，他放任自己心情低落，縱還有三兩朋友說得上話，但彼此好有默契地悶嘴不談，失望透頂惟嘆口氣罷了。

緊接著一場決戰即將再來，他們會不會再勝？他看著新聞，不知道自己應該怎麼抉擇。他依舊不認爲自己過往那樣相信是錯了；他也知道自己不免還是會基於舊情誼而替老朋友找藉口；他不希望他們輸，但他們贏他似乎也不感到多麼高興了。他看著枯萎的阿君，現在的她很少評論什麼，依她的時間演算法，政治輸或贏皆影響不了她，因爲她是不可能活到答案揭曉的。

就在阿君昏昏沉沉即將睡著的時候，門口有人探臉，竟是多年不見的安。國外那幾年，安在他家搭飯過一陣子，算是很熟悉他與阿君的人，但他簡短打個招呼便讓身出去，這陣子，他實在被阿君一幫女朋友罵到怕，在她們的審判下，阿君的病全是他害的。他待在走廊盡頭躲避安，沒想安從病房出來卻主動找到他，邀去樓下咖啡吧坐坐。安一開口便問他現在做些什麼，這當然是樣板問題，他隨便講點兼課的事，閃過那些囤積在心裡其實非常想要傾倒出來的埋怨與求援，這些年，他學會不要輕易說出眞心話，也不希望別人莫名其妙說起眞心話來。

眼前的安看起來氣色不錯，臉上的微笑是穩定而不虛僞的。這很好，她是怎麼辦到的？她曾是那麼迷惘的一個小女生，叨叨絮絮在電車裡、在餐桌上說個沒完，對自己要過什麼樣的人生舉棋不定。見他意興闌珊熬著學位，安也勸過他不如換跑道重新開始，他當她小孩子說大話，他畢竟不是安的年紀，且他當初帶著阿君來日，何嘗不是以爲自己正要轉換跑道重新開始？他酸溜溜說重新開始談何容易：「妳有後援又年輕，當然可以重新開始，我這可是形勢已定，頭栽進去洗一半了，不弄完又能如何？」

這樣的話安通常是接不下去的。這是他的本事，他很知道怎麼以退爲進。尷尬幾回，安不再多提。他反倒有點寂寞起來。其實他心裡感謝過她，至少她那麼煞有介事跟他談論他的人生。那些年，他以爲安和他一樣是不穩定的人，是那種能夠理解不穩定之必要與無奈的人，可現在，連她這樣的人也過得很好了。他應該爲她高興，但有另一種不可理喻的懊惱騷弄著他，他想，如果安膽敢再跟他提到重新開始，他就要使出這陣子堵人封口的殺手鐧：「重新開始？你瞧瞧我，這年紀，連改行當大樓警衛都有問題吧。」

結果，安沒提，什麼也沒提。約莫半個鐘點的談話，安僅止乎禮說：局勢大不如前，暫時這樣也很好，再等等機會之類。然後，他們談到阿君，安感嘆阿君命薄，堅強抗癌至此，卻在短期間宣告失敗。安說起阿君，家常氣味要比悲哀多一些，他由此知道阿君如何興致勃勃跟人玩電腦，如何重拾畫筆，並決心去學義大利文……

聽起來安一點都不怕。她甚至陪阿君度過一段親密的抗癌生活，SARS期間上醫院，打化療，看剛跳樓的張國榮拍鬼片，枕頭貼著枕頭睡覺。爲什麼安可以不怕？自己又爲什麼想逃？他低下頭，感覺自己心肉如蝸牛般地蜷縮起來，叫不動，就是叫不動。巨大而無情的死亡，他是敗兵一名。寂靜黃昏，安沒爲阿君抱怨什麼，也沒像阿君其他女朋友責備他薄情寡義，惟小心翼翼結論：「現在，有你陪她，應該是最好的結局了。」

兩人站起來告別。不過是剛結束下午茶的時間，外頭天色卻陰鬱得好似夜晚已然降臨。他站在醫院大門口，望著安背影漸行漸遠。「最好的結局」？這小女生當眞知道人生的滋味？否則爲什麼老要裝成熟地跟他說關鍵詞。「最好的結局」？他與阿君的結局難道不應該是在辦好離婚登記走出戶政事務所的那一刻嗎？夫妻一場，斷不乾淨也就算了，誰還想出這種結局來整他，無可轉圜，不只是關係的結局，還是生命的結局！

他回到病房，裡頭來了護士在幫阿君作排毒，阿君的消化器官幾已全部作廢，不僅沒辦法吃，就連排出來都沒辦法。護理過後，阿君叮嚀幾句明天老父和律師要來確認遺產與安葬的事情，便似氣力盡虛。他讓她睡下，離開病房。多年不見阿君父親，沒想到再見是此情景。阿君雙親早早離異，全託阿嬤拉拔長大，這回阿君病況，至今仍盡力瞞著老阿嬤，白髮人送黑髮人的悲哀，明天得靠那畸零人似的父親來登場承受。這個婚姻失敗、職業不定四處漂泊、在阿君生命裡單薄得像隻影子的父親，對阿君跟他在一起，結不結婚，去不去日本，請不請客，生不生小孩，從來沒表示過贊同也沒表示過反對，但那陰鬱的表情、骨肉親情也化解不了的疲憊，總讓他感到背脊發涼。

懷著往事波湧的心緒離開醫院，時間說晚不晚，說早不早，一下子還眞不知往哪裡去。他擠進捷運站人潮，在月臺上候著班車來了又去，去了又來，終而登上往北投的列車。北投變得讓他不認識了，原本寂寥小調的溫泉山徑，現在商業炒作熱鬧，泡湯這個模仿接枝的東洋詞彙隨處可見，可這情調既不是他入境隨俗早已適應的日本溫泉鄉，亦非他記憶中那個荒廢、隱匿歷史角落的舊北投。

他往社區深處走，找家比較冷清的旅社，要了一個單人池。光線很暗，衛生不能算太好，但半圓形浴池，木框玻璃窗，仍是舊時款式，很適合他現在的心情。他把自己泡進去，讓熱氣緩緩消解他的疲勞、他的自尊，汗意如地熱滾冒，他閉上眼睛深深吸了一口氣，沒錯，就是這個熟悉的硫磺味。

出國前很長一段時間，他和阿君就住在北投山角。那是八〇年代，朋友讓他們免費借住的老房子，四處怎麼刷也刷不乾淨的黃垢，各種零零落落被氧化掉的家電小物，但他們一點不以爲意，在黨外雜誌風吹草動的驚險生活之餘，大夥經常聚在他們這間無政府狀態的屋子裡吃火鍋、打麻將、那卡西，他能唱一曲一曲的老調，又笑又淚。那時節的阿君吶，活力充沛，果敢勤奮，無論瑣務、文稿、勞動，樣樣不挑，樣樣做。看似最沒特色的她卻最廣受喜歡，驕傲的人也好，暴戾的人也好，苦悶的人也好，阿君總有辦法跟他們相處，怎麼樣的人都會被她的坦率與行動力說服。

那是一群人最同心一氣的時代，各種不同原因所引來的覺醒、創傷、憤怒與絕望，在一起聚合發散出純粹的美與力，那應是他人生時光最初的抒情小景，也像大多數史詩故事開場所鋪底之脆弱的美好，各種情感尚未變質前投射出來的燦爛色澤，眞讓人懷念呀，然而，故事會繼續發展下去，有時候，現實人生的轉折、驚爆力道之大，還超越了那些虛構的故事……

後來雜誌社燒成一片焦黑廢墟，他不是全無預料，是不相信眞、會、發、生。死去的人果眞履行其誓言：Over My Dead Body。死去的人像一把火，燒燙了他們這群不見棺材不掉淚的旁觀者。抒情小景結束了，史詩故事進入精彩主軸，很多朋友就在那時明確介入了政治，可他卻發不出聲音，槁木死灰地沒法再作什麼。同樣一把火，他被擊倒了，某些他以爲會實現的東西粉碎了，不過，阿君並沒有被擊倒，以前他大概會說這是因爲阿君想得太少所以沒有感覺，可事實證明想得多又有什麼用，思想上找不到出路，終了他只能依靠謊言或自我麻痺活下去。他想離開，不再提起，他貪圖活下去不要那樣痛苦，然而，阿君不怕痛苦，她相信就是相信到底，即便被抓、被關甚或活不下去也沒什麼可怕的，人肉鹹鹹，阿君老這麼說，她最大的籌碼就是，她一點籌碼都沒有，沒有什麼害怕失去的。

他們離開了北投，在海外像對小夫妻那般克勤克儉地生活。屋子裡不再有很多朋友吃飯喝酒說話，一天沒有什麼工作行程要趕，經常只是把幾本書翻過來翻過去，聽阿君在砧板上一刀一刀把高麗菜剁成細絲；他們互相依賴的是兩人間的感情，最好還有點愛情，可是，他們有嗎？他刁鑽起來，他不習慣毫不浪漫的生活。他期待臺灣朋友來訪，聽他們各言爾志，讓阿君在小廚房裡絞盡腦汁變出炒米粉、蘿蔔糕等家鄉味道伺候大家。他樂於讓自己這座東京小屋成爲反抗者的祕密基地。然而，時代在變，東京小屋訪客逐年減少，反抗者既已爭到舞臺，便不再需要擠在祕密基地相濡以沫，剩下來的，仍然只是他與阿君的婚姻生活，眼高手低的學術之路。人近中年，本該想要安分秩序，他卻反而因爲秩序而焦慮得像隻蚱蜢，四處亂撞亂跳，來不及了，來不及了，想要的人生再不去試就要沒機會了，他惟恐局面眞的定下來，日子過得愈平靜就愈發不安地挑剔小事吵鬧。

跟阿君離婚之後，他以爲自己會重新開始，可自由於他竟是冷寂，至少不是歡欣鼓舞的。沒了阿君幫他料理柴米油鹽醬醋茶，他才知道生活很快就可以一團亂。沒有人束縛住他，可以重新開始了，但他還是什麼都無精打采的，就連愛情也沒那麼令他掛念。他考慮過回去找老同志一起做事，但很多局勢讓他領教到今非昔比，光憑活力、體力、苦幹實幹未必行得通，還得有具體搞行政、人脈、甚至口頭辭令以及繁文縟節的能耐，他得承認這方面他是生手。他不夠老，也不夠年輕，做頭，他的歷史不夠，做幕僚，有更多像安那樣的年輕人才可用；過去，他曾憤慨這批年輕人沒吃過苦，憑著光鮮學歷、咬文嚼字的理論，收割了他們前代人應得的好處，現在，就連這批人都顯出了老態，腐敗了，他還期待自己排上什麼？

權位與利益的洗牌結束，他得平心靜氣接受自己沒拿到什麼好牌，充其量陪打而已，不如下牌桌吧。現在的他，連拱在一旁看賭局的興致也漸減了。如果說，這些政治上的改變之於他有什麼好處，大約是過往憤怒與悲情有了出路，使他感到胸口輕鬆一點。至於其後敗壞的，他不想管了，他安慰自己，這不是他的責任，更不要想甚麼救贖。現在，他應該想，人生如何過下去，過得快樂一點，精神一點。

他好不容易克服了自己，打算讓自己換一種方式活著。卻爲什麼在這種時候，阿君病了。病的實情這樣可怕，病魔，病魔，從骨盆腔、腸腔，上延到肝臟，將阿君整個身體予以霸佔侵蝕。他發現，病魔和他們以前反抗的霸權異曲同工，全是蠶食鯨吞，橫取豪奪，毫不手軟；過去還是看得見的政黨、敵人、殺手，現在一刻一刻啃蝕過來的卻是誰也看不見的病變、命運、死神——難怪阿君要沉默了，這身體的痛苦，精神的冤屈，是怎麼吶喊、爭取、抗議、甚至自焚都沒用的，一個 dead body 就只是 dead body 吶——

死之將至，生之往昔的點點滴滴彷若海浪打上臉來。他覺得自己像個孤獨老人守著阿君，目睹病魔怎樣分分秒秒掏空他們，沒有人可以眞正講講話，分擔他內心龐大的恐懼。他甚至想，也許，當年該順阿君的意生個小孩，不至於如今兩人悽慘以對。原來，阿君是對的，但她卻總對他讓步。他總怨憎阿君，認爲自己人生就是過早卡在阿君這個點上，以至於他只能老是錯過、放棄。然而，事實恐怕不是那樣，沒有阿君以後，他並沒有更好，更難堪的是，他再沒有理由可以推託，他恍然大悟，原來，阿君一直在給他的人生當墊背——

他錯了，他願意承認，他錯了，如果可以交換取消現在這種局面。他知道不能放下阿君不管，但他眞想逃開；就算過去一切都是他的錯，但也不必要懲罰他到這種地步吧？他搗著臉，泡在熟悉的溫泉故鄉裡，多想像個孩子可以追討遊戲的重來，母親的原諒，然而阿君那變形的病容使他知道什麼叫做殘忍，他被狠狠拒絕了，阿君不僅不會再調侃他，也不會再跟他吵架，她連睜眼看他都很少，阿君不再有能力包容他，也不再需要原諒他了——

揮之不去記憶與悔恨的糾纏啊，他不斷抹去臉上的汗，感覺天旋地轉，故鄉溫泉竟是如此柔溺，然而他得強悍一點，阿君這關無論如何是得挺過的，不能逃，再逃他也實在太差勁了，他怎會是這樣的人？他難道錯看了自己？莫非阿君比他還更了解他自己？他搓揉自己發白泡爛的身軀，汗水淋漓，他想自己應該哭上一哭，甚至放聲吶喊這人生是錯了！亂了！可他依然沒有流出淚水，怔忪泡到水愈來愈涼，聽到女服務生不安地在澡間外叩門：「林桑，時間超過了喔，林桑，林桑，你沒事吧？」

日後，他確實做到了不逃避，時間允許便去病房，去了不知道該說什麼，便拿本書一頁一頁讀。事實上，阿君體力愈來愈差，睡睡醒醒，未必清醒知覺他的存在，更不可能說出什麼使他無法應對的話。日子一天一天過去，已經兩個多月沒有進食的阿君開始幻想食物，像以前國外生活那樣輕聲細語：如果現在可以吃一碗蚵仔麵線或滷肉飯多好呀，要不來一碗熱騰騰的牛肉麵，加上一盤粉蒸地瓜，還有冬天裡香噴噴的藥燉排骨湯……，當夢裡開始出現食物的時候，他們便知道思鄉夠了，該回去了，倘若一下子回不去，阿君也會用克難材料變出類似料理來，她是餓不死的，不是這麼說嗎？可憐如今卻活生生受著餓的折磨，他要看護工把食物帶出房外去吃，這房間，不要有食物的香氣，太殘忍了。

最後的晚上，昏迷阿君有幾分鐘忽然能夠張眼。他靠近她，喊她，說幾句無濟於事的話。阿君彷彿聽著，定定看他。

他忽然察覺到，這是阿君在跟他告別。他想自己該說一聲對不起，握一握她的手，很溫柔很溫柔地說：阿君，對不起。

偏偏他說不出口。他怕說出口眼淚會掉下來。

眞是可恥到極點了，在阿君的死亡盡頭之前，他在意的竟還是自己的眼淚。阿君閉上眼，他走出病房外，眼淚不聽使喚淌了滿臉，不知道是在爲阿君哭還是爲自己哭。

他開始打電話給阿君的朋友們。隔天，交代來誦經助念的朋友依約虔誠肅穆在阿君病床邊守了一天。阿君沒再清醒，閉眼，動也不動，唯一證明她活著的不過是身邊那些機器變化。他想，也許，自己等不到機會說對不起了。

窗外天色還是陰沉沉的。有人在門上叩著，他知道，最早出現的是清潔工打掃，再來是護士送藥，然後是廚房人員派餐。如斯反覆，一天，又是一天。然而，這一天可能即將有所不同，截然不同——他初次感覺時間有限得可怕，他試著回想與阿君相遇的這一生，把握住眼前有限的時間，趁阿君還在的時候，重想一遍——然而怎麼來得及呢？來不及，來不及了——他慌張混亂不知道該怎麼想，怎麼解釋，怎麼收場，很多時候，他根本是愣著，直到那些數據驚動了他——

年輕醫護人員湧進房來，彼此交換眼神，房內氣氛陡地升起一陣驚顫，又很快平靜下來，彷彿你我都明白似地，沒有人說話。他握住阿君的手，動也不動，沒有人在這時候哭出聲來，也沒有人膽敢在此時叫喚：阿君，阿君——

他看著床畔儀表數字倏地陡降下來，曲線圖愈來愈緩，最後，水平地，停止了。

又是暮色將至之時，島國紛紛擾擾之際。他不知道該說什麼，也不想說什麼。原來，生命結束的情景是這樣，他竟然眞的經歷了，阿君，眞的與他分離了。叩，叩，這次來的是主治醫生，他們站定，鞠躬，近床檢視病人狀態，抬頭看看牆上時鐘，如此記下了時間，然後，他們說：請節哀。再鞠個躬，出去了。（紀念二〇〇三年）

——原載二〇〇八年三月一日《印刻文學生活誌》五十五期

晚餐

陳雪

臺灣臺中人，一九七〇年六月三日生，國立中央大學中文系畢業。出版短篇小說《惡女書》（一九九五，皇冠／二〇〇五，印刻）、《蝴蝶》（一九九六，遠流／二〇〇五，印刻）、《鬼手》（二〇〇三，麥田）、《只愛陌生人》（二〇〇三，印刻）、《她睡著時他最愛她》（二〇〇八，印刻）；長篇小說《惡魔的女兒》（一九九九，聯合文學）、《愛情酒店》（二〇〇二，麥田）、《橋上的孩子》（二〇〇四，印刻）、《無人知曉的我》（二〇〇六，印刻）、《陳春天》（二〇〇五，印刻）及散文《天使熱愛的生活》（二〇〇六，印刻）。

曾以《橋上的孩子》獲二〇〇四年中國時報開卷十大好書獎。

現專事寫作。

那是一種咻咻的聲音，像從某個沒有關緊的窗戶滲透進來的風，也像是口哨，我在睡夢中被那聲響驚醒，但轉頭四望，房內並無異樣，所有的窗戶都是緊閉的，聲音聽來像是有誰在氣喘，難道是我媽氣喘發作了嗎？轉念又想到她已經去世五年了怎麼會氣喘發作。咻咻的聲音還是繼續著，搖搖頭想驅散那聲響，卻靜止不了，趕緊到浴室用冷水沖臉，咕嚕嚕喝了幾口自來水，感覺舒服點了又鑽進棉被裡想睡覺，但再也無法入睡。走出房間，通往客廳的走道燈光昏暗、瀰漫著幾種聲音，從左邊傳來的是我爸爸的鼾聲，右邊傳來的是我哥房內收音機裡的佛經，隔著房門傳來的那些聲音並不響亮只是悶哼著，單調重複的佛經樂聲伴隨忽高忽低的鼾聲融合成一種奇怪的節奏，每天我們家都是這樣的，但這個早晨我特別無法忍受。

衝到廚房拿了菜刀再走回去，站在走道前思考著該先破哪一片門，是用刀砍呢？還是用腳踹？是砍左邊，踹右邊，還是相反？我思考了一會，決定閉著眼睛隨便砍，砍到哪間是哪間，哪扇門先破都行，雙手將刀柄握緊眼睛閉上，用力揮出去，我揮得如此用力，卻有種揮棒落空之感，既沒有打破什麼的聲音，更沒聽見破門後屋裡人的大叫，都沒有，但手臂卻痛得很，睜眼一看，怪了，菜刀不見了，上上下下到處找，甚至連門板上都沒插著，剛才握得死緊的菜刀到底去哪了？這時我才弄清楚，剛才我根本沒去廚房，也沒拿菜刀，一直都還站在這個走道，沒踢門踹門破門，只是傻傻站那兒直到自己出現了幻覺，空手亂舞。

隨意換了衣服就往樓下跑，一路跑到兩條巷子外才停，冬天的早上六點鐘，天色將明未明，似亮非亮，周遭景物都像被水融化的黑白照片那樣浮泛著朦朧光影，沿著住處附近的小巷子快走，直達附近的小學操場，眞不敢想像這個小學一直都在這裡，據說有五十年歷史了，我爸老是得意地吹噓我爺爺當年還是這學校的家長會長，說他當年國小六年都是模範生跟班長，每次他這麼講我就會氣得抓狂，除了吹牛他還會什麼！

胡思亂想之際我已經不自覺地繞著操場打轉了三圈，再過一會學生們就要進來了，看著手上的塑膠玩具手錶，才六點半，只睡了三小時，心神混亂躁動不安，想做點什麼讓自己靜下來卻只能不住地快走。從校園裡離開後，一路跑步到最近的早餐店買了早點，早餐店的工讀生是個很年輕的男孩子，只因爲我連續買了兩次冰咖啡跟蛋餅，一走進店裡他就問我「冰咖啡跟蛋餅對嗎？」我搖搖頭，你以爲你跟我很熟嗎？即使想買冰咖啡被你這麼一說也不想要了，「冰奶茶跟包子」，我說，心裡想著下次再也不要來這裡了。離開早餐店之後手裡提著那個小塑膠袋突然覺得很煩，回家的路上就把早點給了騎樓下的流浪漢。在清晨的街道上到處亂竄，穿街走巷，我想打電話給阿國，卻發現自己忘了帶手機出門，就算接通電話又能對他說什麼呢？

回到家裡先去房間看了我爸，他沒死，還在睡，持續的鼾聲一如往常，又去看了我哥，自從同居的女人把他趕出來之後他就一直賴在家裡，開始吃齋唸佛晝伏夜出，幾個月來不見他踏出大門一步，滿臉鬍子滿頭亂髮，鎮日喃喃自語但問他什麼卻不回答，跟瘋子沒兩樣。

對於這個屋裡住著這兩個無賴似的年長男子我雖然反感卻也不能趕他們走，這房子是我爸買的，房子登記在我哥名下，或許該走的人是我吧！但可是我一個人辛辛苦苦邊繳房貸邊還助學貸款，他們倆吃的用的全都是花我的錢，再怎麼說走的人也不該是我，可我又能怎樣。

換了衣服照常去上班，在公司一直恍恍惚惚地，誰跟我講話我都聽不清楚，這是個爛工作，錢少事多同事碎嘴老闆機車，但五年來無論遇到什麼鳥事我都沒有離職，不僅是爲了賺錢，而是骨子裡不想步入家人那種頻繁更換職業的命運，我害怕一但離職自己也會變成每天窩在家裡的廢物。恍惚之際又開始在網路上瀏覽各種租屋資訊，其實看了也沒用，已經不知找過多少次房子，還付了好幾次訂金，最後還是沒搬出去。

或許我應該搬去跟阿國住，但又怕每天看到他很快就會厭煩，當然我也可以自己出去租房子，可是又不甘願自己是那個從這場比爛大賽裡出局的人，每天晚上只要一聽見我爸的拖鞋摩擦著地板發出的聲音都很想發狂大叫，最可厭的是我哥每次都把廁所弄得又髒又臭，廚房裡總瀰漫著他煮食素菜的怪異氣味。有時我覺得自己之所以不搬走只是爲了爭一口氣，總有一天我會提著行李離開這個房子，但現在還不是時候，我怕我老爸跟老哥把這個老房子給偷賣了，又或許我不離開的原因都不是這些，但現在還不清楚原因。

●

認識阿國的時候他在我常去的義大利餐廳工作，那家店很小，總是他和老闆兩個輪流進去做菜，那家店距離我上班的公司很近，東西便宜好吃，客人又少，真是最佳的選擇，下班後我經常會去那兒吃晚飯喝杯酒混到很晚才回家，有天他跑來跟我借打火機，逕自拉開我面前的椅子就坐下來，自顧自地說了很多話，問我要不要跟他交往，他說他急需要一個女朋友，我問他要女朋友幹嘛，他說他準備跟他老爸要一大筆錢來投資開店，我笑說，這算是把妹的好辦法嗎？他說：「我覺得這會比我說喜歡你或者你很漂亮還能夠說服你，而且我眞的急需一個女朋友」，這人可眞逗！我問他想不想跟我上床，他說當然想啊！我就說那我們去汽車旅館。

「爲什麼要去那種地方？」阿國露出很驚訝的表情，「我這樣說太直接了嗎？」我問他，「不是啦！我可以帶你回我家，我們又沒有開汽車，幹嘛去汽車旅館？」阿國驚訝的時候總會把眼睛瞪得很大，那使他原本清秀的長相顯得有些滑稽。

「首先，我不喜歡去別人家，再來，我也不讓人去我家。而且我喜歡汽車旅館，這樣解釋可以嗎？」我回答。明知道這種說法會讓人當作輕浮而隨便的女孩子，但我無所謂。

我們叫了計程車到了最近的一家汽車旅館。

那天整個過程都不順利，後來才發現只要跟阿國在一起什麼倒楣的事都會碰上。第一個房間冷氣壞了，服務人員給了我們另一間房的鑰匙，打開第二間，冷氣順利地運轉，我鬆了一口氣摟住阿國的身體，他卻說要上廁所，等到他從廁所出來就哭喪著臉說：「馬桶壞了，我一按沖水設備就一直冒出髒水，好可怕。」我衝進去看，果然馬桶像正在燉煮著什麼一樣嘶嘶冒出灰灰的髒水，想再換一個房間，阿國卻說我們走吧！這種地方我不喜歡。「沒有做愛也沒關係，這裡讓我渾身不舒服。」阿國抓住我的手，眼神看起來很驚慌。

本以爲那是他推託的藉口，「你錢都付了，眞的不要做嗎？」我問他，他拿起床邊的遙控器打開電視，電視突然發出轟然巨響，整個螢幕黑掉，開始冒出陣陣黑煙。

我一直笑個不停，直到服務人員把錢退還給阿國還送我們兩次休息的招待券幫我們叫了計程車，都無法止住那狂笑，阿國卻莫名其妙抽抽搭搭地哭著，在計程車上我突然覺得好累，阿國也說他很累，我們不發一語靠在彼此身上，覺得這一整天眞是夠了，車子開往我住的地方，在老舊的公寓巷子口停住，不知哪根筋不對，又叫車子往前走，「去你家吧！跟司機講地址」我說。

樓梯似乎沒有盡頭，「你到底住幾樓啊！」我問他，阿國一直嚷著：「小心不要碰到旁邊的東西」樓梯間電燈壞了，轉角處都堆滿了雜物，好幾次幾乎要跌倒，狹窄的樓梯終於到頂，阿國打開漆成綠色的鐵門，刺眼的日光燈立在露臺上，他住在位於公寓六樓的加蓋屋，頂樓風好大，露臺上擺放好多舊家具。大門敞開，客廳裡擠滿了人，他一一跟屋裡的男女點頭打招呼然後帶我進了他的房間，那是用木板做隔間隔出來的狹窄空間，說是房間也太勉強了些，整理得倒是挺整齊，除了一張單人床跟鐵架上幾件衣服，只見隔間木板旁堆放兩個大的旅行箱，塑膠啤酒箱上一臺筆記型電腦，就什麼都沒有了。

後來才知道這裡只有三個房間卻住了六個人，大多是跟他一樣沒有固定工作跟收入的人，這裡住的人口衆多，來來去去也不一定幾個人。但亂歸亂卻有一種奇妙的和諧，客廳的書架上歪歪倒倒各式各樣的書籍唱片雜物，地板東拼西湊的好幾塊不同花色的地毯，露臺的曬衣繩上掛著內衣內褲襪子和牛仔褲，門口至少有二十雙鞋子。

單薄的木板隔間可以聽到隔壁的房客正在聽 JIMI HENDRIX，大麻的氣味從門縫裡滲透進來，我一直覺得很昏亂，阿國動作笨拙地試圖要愛撫我，卻一下子碰倒檯燈，一下又踢到床腳，我還是很想笑卻忍住了，擠在小小的單人床上，床邊的牆壁貼著幾張明信片跟照片，照片裡的阿國跟幾個人在海邊玩樂，他曬得很黑咧嘴大笑露出白牙齒，眞是個奇怪的人，忍不住拉過他的手放在我的兩腿間，他忽然變得很激動，一會動手解我的扣子，一下又想拉開自己牛仔褲的拉鍊，手忙腳亂間差點從床上跌落，這一切眞像個鬧劇，就在隔壁狂亂的吉他聲拔尖地結束之際，他遺精在褲子裡，而後軟塌在我身上，一臉抱歉地親吻我的嘴，「對不起我太緊張了」他囁嚅著，我揉揉他的頭髮說：「我們睡吧！」發現他的眼睛就像我小時候養過的一隻狗，老是濕潤潤地閃亮，那時我想，跟這個傻瓜在一起也不錯。這就是我們交往的開始，沒有羅曼史，只有不斷冒出髒水的馬桶跟快爆炸的電視機，瀰漫著臭襪子味道的房間裡喧囂不停的吉他聲，一個笑得像瘋子另一個哭得像傻瓜，這正好適合我們。

●

一下班就發現阿國在公司樓下等待，這不是我們見面的習慣，「幹嘛！」我問他，「今天是你生日耶！想給你一個驚喜啊！」他喜孜孜地說，牽著一臺不知哪弄來的腳踏車，說要帶我去吃飯。

難怪我一早起床就渾身不對勁，但我還是跟他走了，二十八歲生日，這樣的日子應該做點什麼不讓人那麼悶的事，但那是什麼事我也想不出來。

「這星期六陪我回老家吃晚飯好不好？」飯吃到一半他突然這麼問我，我就知道今天不是個好日子。我們交往兩個月，一星期有兩天會一起吃飯然後回到他的住處過夜，星期天早上他會騎著摩托車來載我，穿越大半個臺北，找個定點開始沿著小巷子走路，走累了就回去他那個小房間，其他時間很少見面，根本就沒有到達應該見父母的階段，正確地說，他只是要藉由把我帶回家這個舉動贏得他父親的信賴，砸下大把銀子投資讓他開一家咖啡店，阿國也確實把他的目的告訴我了。對於開咖啡店的事我不置可否，我們說是情侶不如說是一種共謀的伙伴，阿國是做任何事都不會成功的那種類型，基本上是個爛好人，我則是幾乎對任何人都很反感，我們湊在一起是因爲我跟其他人都合不來，而阿國跟誰都可以相處得好。我無法確定自己是否是那個可以讓阿國父母信賴的幌子，但我長得不錯，只要我菸癮不發作的話打扮起來要假裝成什麼名門閨秀或許也做得到，我早答應他要陪他回家，只是沒想到這天來得麼快。

「可不可以只到你家去但不跟他們一起吃飯，我最討厭一群人圍著飯桌的情況，眞的很討厭。只要一起想跟家人一起吃飯的畫面就想吐。」我說。阿國點了一根菸遞給我，還輕拍我的手背，他可能以為我要哭了吧！眞是白痴。

談起這星期六晚上要去他家見他父母這計畫時，我跟阿國正在一家日本料理店吃飯，老舊狹小的店面食物價格卻十分昂貴，一次就要吃掉阿國兩三天的收入，和他的流浪漢似的舉止完全不相符地，阿國吃飯時總不自覺流露出吃慣美食與大家族的生活習性，從小過著優渥生活的他，或許是教養使然，還是保持著吃飯就應該好好地吃那種習慣，即使現在的生活朝不保夕，他對吃還是十分講究，他說自小吃飯時間全家人都像參加婚禮那樣打扮整齊地圍著一張長桌，他爸爸有兩個老婆，小孩共生了六個，連同爺爺奶奶跟離了婚的姑姑，十幾個人總是行禮如儀地吃著傭人端上來的一道一道菜，在爺爺沒有把筷子放下來之前，誰都不許離席。

「你們家吃飯是什麼樣子？」阿國問我，這還是第一次他問起關於我家的事。

「我媽死後這幾年我們家人就不一起吃飯了。」「但我記得以前一起吃飯的場景，就是讓人不舒服。」我說。

在那些欲言又止的畫面裡靜止著幾個人，每次都是那樣的，默默地扒著碗裡的米飯，爸爸胡亂地拄著筷子幫我夾菜，我嫌太多又把那些雞胸肉放回盤子裡，我哥總是快快吃完飯就躲進房間跟他女友講電話，媽媽有時在家有時不在，整個晚餐時間大多只有我跟我父親兩個人像比賽耐力一樣面對面做著類似的動作，一來一往之間除了筷子跟湯匙敲碰著碗盤的聲響，就是電視節目的噪音，客廳裡的電視機總是開著一整天，音量很低以至於既無法忽視那些聲音也無法聽懂其內容，家人不在的時候他成天都守著那臺電視，好像被什麼抓住了一樣，直到他要睡覺才肯關上。一頓晚飯我們吃得很久，感覺上像只是反覆把飯菜從盤子或碗裡慢慢挾出來然後卻又放回原位，一點也沒減少分量，幾乎是越吃越多了，有時會聽見我爸粗喘著氣，似乎吞嚥困難，好像被什麼哽住了喉嚨立刻就要窒息，但我把視線從碗盤裡抬起，只見他的大頭低垂，已經在瞌睡，一張肥滋滋的臉幾乎要掉進湯盆裡。我拿起自己的碗筷站了起來，拉開椅子發出吱嘎聲音，「怎麼了？什麼事？」我爸睜開眼睛說了這麼兩句。我才想問你怎麼了？你白天睡得還不夠多嗎？但我沒開口，我媽說不要去刺激一個因爲失業而待在家裡的人。

我爸塑膠玩具工廠的生意失敗之後，賣掉了他名下的兩棟房子，全家開始到處租房子住，他失業賦閒在家了好久，我高三到大二那幾年，我爸幾乎不出門，體重從七十公斤攀升到一百零二公斤。後來我爸終於走出門去賺錢，他不知去哪弄來了一輛計程車，每天早上他都開著計程車載我媽去上班，晚上又開著車去把我媽接回來，中間的時間他大多把車停在天橋下的排班站跟人玩十三支，我媽說沒關係，總比他閒閒在家裡好，我不知道哪個方案比較好，只想趕快畢業找到工作有能力搬離這個家，但我大學剛畢業工作都還沒找到我媽就死了。

最後的日子我媽白天在工廠上班，晚上去一個小吃店當服務生，後來我知道那根本不是什麼小吃店而是有陪酒服務的卡拉ＯＫ，每天都弄到三更半夜才回來，晚飯時間總是不見她，為此我經常熬夜，總是要等她回到家我才能安心回房入睡，夜裡見到的她很累身上很臭，有時她一回家就吐了，嘔吐的聲音如此響亮連我在房間裡都聽見，有天早上我發現我媽昏倒在浴室裡，整夜竟無人知覺。

我一直擔心她若不是醉死就會是累死的，結果她是在一次氣喘發作延誤送醫之際斃命。我爸把她生前投保的高額壽險理賠拿一部分付頭款買下這個公寓，剩下的錢都拿去投資，他養了一陣子蘭花，做過直銷，賣過靈骨塔也賣過免治馬桶，在那個年頭可算是相當有先見之明的嘗試，但失敗了，之後有個朋友找他到大陸投資開工廠，他妄想著可以一舉恢復當年有三十幾個員工的盛況，就把老本全投了進去，結果那個朋友捲款潛逃，又落得一場空。我爸這兩年唯一做過的工作是大樓管理員，雖然賺不了多少錢，但好歹是個固定工作，誰曉得他做兩個月就不幹了，之後又開始窩在家裡，跑去買了一臺二手筆記型電腦，叫我哥教他電腦，說要研究公益彩券的中獎模式，他誇口說自己開發的程式中獎率高達百分之七十，光是賣這個程式就可以發財，等我哥跑回家裡賴著之後，電腦就被我哥占著，我爸好像找到什麼理由似地終於放棄了他的研究計畫，又恢復啥也不做的生活。做你的大頭夢啦！我很想這麼對他說，他不管作什麼看起來就是寒酸而不會成功，他似乎很有遠見，但預見的都是錯覺。他好像很有計畫，但計畫趕不上變化，最後變成只是空想，等到他想要奮力一搏，結果就是倒楣透頂。

真奇怪，我像個局外人看著他們兩個人的種種行徑感到不可思議，明知故犯、重蹈覆轍、自我欺瞞，卻樂此不疲的個性到底從何而來，我不願相信這世上眞有這種笨蛋而這種人還是我的家人，即使看到他們滿身傷痕、痛苦不堪我也很難心生同情。

高中時班上有個叫吉本的男同學，長相俊秀舉止優雅，大家一直都以爲他是什麼教授或醫生的孩子，有次他突然邀請我跟幾個同學去他家玩，那天我才知道他家開自助餐店。一樓是店鋪二三樓是住家，整個房子到處瀰漫積年累月造成的油垢氣味，三四個小孩子與兩隻雜種狗好像嫌屋子太小似地到處亂跑，失明的阿嬷一直大聲叫罵著他的嫂嫂，他大哥給我們帶路，從左邊的樓房上到二樓，打開連接右側樓房中間小小的木門，那與牆壁相同的水泥漆漆成米白色的木門不仔細看還找不到，開門後是一個小通道，低矮得稍微低下頭蹲著走才不會碰到天花板，通道盡頭有個木樓梯，只有六級高度，往上走，一個門的寬度但沒有門板的開口，走到此處眼前一亮出現一個美輪美奐的小房間，這位在雙拼兩棟三層樓的透天厝之間用奇怪的方式蓋出的樓中樓就是吉本的私人城堡。

五坪大的套房裡一應俱全，木頭地板，一整面牆的書架整齊疊放著幾百本書，米色小沙發靠牆邊擺放，小型音響電視機、矮櫃上的空間佈置成小吧臺，那個房間做了特殊隔音，屋裡流洩出古典音樂，單人小床被鋪摺疊整齊，床上方的牆壁還掛著一把小提琴，我們幾個人都吃驚地說不出話來，只見吉本悠哉地拿出很多希罕的寶貝收藏給我們看，過一會有人在門口輕聲地說：「打擾一下可以嗎？」來的人是他媽媽，「進來吧！」吉本輕聲回應，他媽媽端著一盤水果態度恭敬地欠身對我們說：「沒什麼好東西可以招待眞不好意思。」放下水果又欠身道了歉才放心地走出去。那下午短短的兩小時裡感覺眞的怪透了，他們家全家人都帶著像是看待神那樣的表情來對待吉本，好像他是寄居在民間的流亡王子或貴族後裔，彷彿讓他生在這種家庭對不起他似地。那天之後吉本對待我的方式就變了，似乎我與他之間已經有了某種祕密的連結，在學校裡碰見他我只好躲開，因爲我一看見他的臉就會想起那個祕密的房間，那種景象讓我忍受不了。

他的房間彷彿諷刺著我，原來我也是這樣的人吶！這樣的人大家都會暗自嘲笑，我從小就占著家裡最大的房間，我們家破舊而陰暗，燈泡不是壞了就是沒裝夠瓦數，好像恨不得大家都在原地不要移動一般，到處都好暗，唯獨我房間有落地大窗，有各種日光燈、美術燈、壁燈、檯燈，亮得像個展覽室，從小我只要身上有零用錢就拿去買各種東西佈置房間，工作賺錢後我更是將房內裝修得優雅舒適，原來我也在打造一個空中閣樓，隱藏自己，以爲可以獨立於那個醜惡的家庭之外，自立爲王。我跟吉本的不同僅是他們家人配合演出，我卻只是在默默演著單人劇。

「我話太多了。」一口氣講了這麼多，阿國既沒有打斷我也不曾問問題，只是用那像狗一樣的眼睛望著我，我並沒有眞切看見他，眼中看見的都是過去的畫面，像檢視某種病理切片。不知道自己爲何一開口就不能停，這不是我的作風，我一向是能少說一句是一句，從早上開始就有種想嘔吐的感覺，結果吐出來的竟都是話語。「盡量講沒關係，我好喜歡看你講話的樣子。」阿國眼神迷茫地說，我拿起皮包打了他的頭。

「我也一直都覺得我不是那個家族的人。」阿國邊揉著頭髮邊對我說，「你可以陪我回家吧！親眼看到你就知道，很怪。我家人都很怪你知道吧！」

交往至今我聽他許多次說起他家裡的事，那些事對我來說沒有一句值得對別人訴說，可是他說起來好自然，一點不離奇不羞愧。他說自己也不像他家族的人或許是想安慰我，但這個句子他說出來就是沒那麼矯情。他們家的產業是醫院，性格古怪的父親並沒有把錢做其他投資，只是不斷把醫院附近的地都買下來，家裡的孩子都是從小栽培要當醫生或醫生娘的，從祖父輩開始他們家族出了七個醫生，只有他跟別人不同，他沒那個本事，高中讀了四家才畢業，大學還是到美國去讀了六年才拿到文憑。回國後他用家裡資助的錢跟朋友合夥開了一家酒吧，倒了，開唱片行，倒了，開撞球間，倒了，他連到朋友的啤酒屋幫忙那家啤酒屋也倒了，除了他家的醫院凡是被他碰過的產業都倒閉了，人生裡僅有一次的嫖妓經驗是朋友帶他去一家三溫暖，結果那家三溫暖竟在他光顧之後一星期便宣告倒閉。

他父親不再願意贊助他金錢，要他回老家在醫院找個事情作他不願意，執意留在臺北的結果就是被家裡斷絕金援，只好四處打工，沒工作就混著，就這麼一路混下來，他可說是另一種廢物的類型，卻一點也不討人厭，他很自得其樂，身上沒有那種孤芳自賞或懷才不遇的味道，好像對自己不管作什麼都失敗的事感到有點抱歉，卻不以爲意，不管作什麼他都很起勁，好事壞事、好人壞人在他看來都一樣有趣。

手機突然發出收到簡訊的聲響，按下接收鍵，「明天可以見面嗎？」我知道傳訊來的是誰，是彼得。

●

沒有跟阿國見面的日子，有時我會跟彼得到汽車旅館，他是我們公司的客戶，一年前因為工作緣故認識，我們很快開始幽會，大概一個月有兩三次，彼得傳簡訊給我說要見我問我方不方便，如果我也想見他，那天傍晚他就會開車到公司附近的路口等我下班，直奔汽車旅館。整個過程裡我們幾乎不交談，而是把整整兩個小時的時間都用來做愛，從我一上車彼得就開始隔著裙子愛撫我，往往在到達汽車旅館之前他已經把我弄得很濕，在入口處付錢拿鑰匙的時候，蓋在大腿上的薄外套底下我的裙子已經撩得很高，而他的手指正撥開我的內褲深入體內慢慢地滑動，我喜歡看他一臉正經若無其事地付錢，而我在一旁忍耐著呻吟，在這方面我們從開始就有良好的默契，車子滑過一間一間鐵皮搭建外觀華麗的建物到達我們該去的房間，他從不問我廢話。

剛開始每次見面彼得都會送我禮物，香水手錶皮包或者洋裝之類的，一次到旅館途中我對他說：「你直接給我錢可以嗎？因為你買的禮物我都不喜歡。」彼得停了幾秒鐘沒有說話，之後便苦笑著說：「你想要多少錢？」我認眞想了一會還是想不出個價碼，我突然覺得付錢這件事非常有趣，好像那代表的是我的身價，彼得問我想要多少錢，是表示我對自己的時間還是對身體的估價呢？說眞的我不知道該怎麼開價，只是覺得不拿錢很奇怪而已，那天之後每次見面他都給我六千元，隔天我便一分不差地存進我爸的郵局帳戶，讓不事生產的爸爸領用彼得給我的錢，似乎是這筆錢最好的用途。

他有錢而且捨得花，懂得享受如下午茶時刻的半晌偷歡，我們去過好多汽車旅館，最後挑上的是一家位在郊區而生意興隆的店，最常去的房型有個小隔間，四周都是鏡子而中央放置一臺八爪椅，我仰躺在猶如婦科診所的皮製椅子兩腿掛在椅邊的架子上，彼得蹲坐在附設的小凳子趴在我腿間，四周都是鏡子而鏡子裡都是我們的影像，狹窄卻無盡地反射出深不見底的鏡相，一層又一層地不斷深入，看得人眼花撩亂，他可以不停止地連續舔我半個小時以上，然後再用手指讓我高潮，大多時候他甚至根本沒有進入，只是賣力地舞動著手指跟舌頭，連西裝外套都沒有脫下，像是專注地在作什麼手工藝，而他的手藝眞專業。我常納悶，花錢花時間只想幫女人前戲，甚至只是想看著女人高潮的他心裡在想什麼呢？但我不曾問過他，我們之間並沒有問這類問題的氣氛。

「到此爲止吧！」我按下這幾個字，按了傳送鍵。「我懂了。」彼得立刻回傳，眞不知道他懂得了什麼我自己都不懂得的道理，這本來就是隨時會停止的關係，至於爲什麼停在這一天我自己也不十分清楚。

我眞的跟阿國回家了，比原定時間還晚了一星期，因爲要跟他家人吃頓飯可眞不容易，還得先挑黃道吉日，最初是我不願意，後來是他爸爸在龜毛，好不容易喬到時間卻換成他祖父住院了，終於約定好時間我想阿國早已忘了他的咖啡店計畫，他正在朋友的寵物店裡幫忙洗狗洗貓忙得不亦樂乎，這天阿國借來一輛破車，歪歪斜斜開上高速公路帶我回去他中部的老家，到達那個宅院的時間已經超過約定的六點半。

正如他所描述的畫面，但比想像中還要怪異，一樓是挑高至少五米的空間分隔成客廳餐廳跟廚房，半開放的空間每一個單位都好巨大，可以容納十二個人的長形餐桌占據了餐廳的中央，我們到的時候，每個人都已經就定位坐好，這天只來了六個人，他祖父、父親、他媽媽、大伯、大姑姑跟他妹妹，「阿公那個，那個因爲塞車……」阿國一走進餐廳就開始結巴。

結果阿國不但沒對他老爸提起開咖啡店的事，我們也沒把飯吃完，上第三道菜的時候發生了一個意外，菲傭羅莎不小心在廚房打破杯子，大姑姑突然衝進去打了羅莎一巴掌，我很生氣，但阿國比我還早發火，他立刻跟大姑姑吵了起來，後來他爸跟阿公也加入戰局，他爸跟大姑不知怎地開始翻舊帳，吵著幾年前分家產的問題，誰吃虧誰受騙誰到現在還憤恨不平，最後一言不合還互丟碗盤大打出手，美輪美奐的客廳突然變得杯盤狼藉。

趁亂我就拉著阿國從屋裡跑掉了。

我們跳進阿國的車子裡，車子卻怎麼都發不動，他爸不知何時出現在我們車窗外，用力敲打著車窗玻璃，喊叫著什麼，感覺像是過一會就會把車子整個拆毀，「怎麼辦？」阿國不斷地說。他爸忽然把整個臉貼在車窗上，那張臉孔看起來跟阿國其實有幾分相像，我忍不住用手指輕敲玻璃窗，彎起的指節正對著他老爸的鼻尖，他爸還在吼叫著，車子突然順利發動了，阿國猛力倒車，而後猛踩油門，我們便飛也似地逃出了那個豪宅。

彷彿又回到我們第一次到汽車旅館那天，只是這次笑的人是他，哭的卻是我，一個像笨蛋另一個像瘋子，我們身後都拖拉著許多瘋狂的家人，以阿國倒楣的個性說不定等一下車子就會突然爆胎或熄火，但這些都不是我哭的原因，車子在高速公路上行駛，路好像沒有盡頭，我想就這麼開下去也好，我想繼續跟他在這個狹小的車廂裡，到哪裡去都可以。

這晚，我帶阿國回家了。

他一走進我家客廳就像回到自己家裡似地那麼自在，深夜裡我爸還在客廳看電視，阿國竟跟他聊起天來，或許因爲這是我第一個帶回家的男人，或許因爲阿國有種讓人放鬆的本領，更或許他們兩個人在本質上有某些相像，我在浴室洗澡的時候都還能聽到阿國在客廳跟我爸談笑的聲音，他似乎比我更適合住在這裡。

阿國開始頻繁出入我家，我給了他鑰匙，我爸還搬出一床陳年的古董老棉被說要給阿國，一切都那麼怪異又如此自然，他沒問任何人就動手修理我家裡各種東西，換門把、漆油漆、裝窗簾、把瓦斯爐上的多年髒污清除、修理壞掉的馬桶，還把我家的所有電燈都換過了，連著十幾天他白天來做工，晚上都還做飯給我爸吃，我發現這些工程有一半是我爸幫忙做的，他們簡直是最佳拍檔。晚上休工，他們兩個在客廳喝啤酒聊天時，我就走進房間裡上網。基於某種奇怪的理由我沒有阻止他的任何作爲，放任他繼續在我家裡自由來去。

●

我下班回到家，看見我哥的房門大開，我忍不住走上前查看，看見阿國正在裡面跟他說話，站定在哥哥房門口好一會，他房內不再瀰漫著素食跟垃圾的味道，老是播放著的佛經音樂也關掉了，他們兩你言我一語並肩坐在書桌前盯著電腦螢幕討論著什麼，他跟阿國忽然一起回頭看我，不知多久沒有跟哥哥說過話，甚至沒有正眼瞧過他，長時間幽居家中使得他的臉色蒼白，面容浮腫，剃去鬍渣的臉顯得光滑，他甚至還剪了頭髮。

太怪了，我喃喃自語，阿國到底做了什麼啊？之前他在我家敲敲打打這麼久也不見我哥出來探問一聲，他大概有八個月沒跟人說話了吧！我匆忙轉身走回自己房間，躺在床上發呆了好久，剛才那景象是怎麼回事，不免懷疑是我自己眼睛花了，聽見阿國在外頭叫我，他喊了一聲又一聲，我只好走出房門，熟悉的走道已經加裝了電燈顯得明亮，爲什麼到處都那麼亮呢？粉刷過後的牆壁白得近乎反光，屋裡的人影也好像都在閃動，回到客廳看見阿國跟我哥都坐在沙發上，我爸從廚房端了一個火鍋，「我來幫忙。」阿國說，「我已經拿好碗筷了。」我哥說，屋子裡瀰漫著某種我不熟悉的氣氛，彷彿意外闖入了某個陌生人的家中，我本想轉身就走，卻被我爸喊住了，「我今天找到工作了，你們快去洗手準備吃飯。」

那句話像個咒語，定住了我。

光影裡那三個男人看起來好相像，卻好不眞實，亮晃晃的客廳，濃重的火鍋香氣，蒸熏出白濛水氣，我想把一切都敲下來看看是不是眞的，想打開我哥的頭腦看看他是否還是前陣子那個長髮怪物，阿國走過來拉住我的手，我覺得很害怕，他該不會想叫我加入我爸廢人那一國吧！我一直這麼努力就是不要成爲他你懂嗎？我哥突然也走向我，我對他那張新的臉還不熟悉，還怕怕的，他到底要走過來作什麼，我爸猛地站起來，手裡握著湯勺轉身過來看我。

你們三個，你們是共謀的了，我開始歇斯底里地大叫起來。

結果，我並沒有叫出聲音，如同往常那樣，那些喊叫與驚恐都只發生在我自己的想像裡，眞實的情況是，我們四個坐下來吃飯，吃那個用料特別豐富的火鍋，他們三個都很興奮地說話，我還在想著到底發生了什麼，阿國到底把我家變成什麼奇怪的地方，即使我還不確定，可是我有個很確定的感覺，這個倒楣鬼，終於在這屋子做出了某種不倒楣的事，造成了某種我暫時還無法評價的改變。長久以來，我第一次在吃晚飯時沒有想要把誰踹死，發現我爸吃飯並沒有發出可怕如豬的咀嚼聲，他小心翼翼地動作著，臉上儘是卑微與討好，好幾次想幫我夾菜卻又不敢，便夾了一隻草蝦給我哥，我哥把那蝦放進阿國碗裡，阿國又把蝦子放到我的盤子，看著那被傳來傳去的蝦子，我原想凶他，卻忍不住笑了起來，然後他們都笑了，奇怪的笑聲迴盪在狹小的客廳，好似多年前某個熟悉的時刻，但那是什麼時候呢？會不會那是我自己的想像，只是我爸找了工作，我哥剪了頭髮，有什麼值得大肆慶祝？或許我一直期待這件簡單的事情發生，多年來緊繃在我心裡的一條線突然斷裂，以往我總擔心那根線斷裂的那天我若不是瘋了就是會殺了某個人，可是，什麼可怕的事都沒發生，我的身體變得好鬆軟，好累好想睡，想大聲哭一場，想大笑幾聲，但我只是繼續一口一口扒著飯，心中暗自期望眼前一切不是幻覺，如果是，也讓我把這頓晚餐吃完再說。

——原載二〇〇八年三月一日《印刻文學生活誌》五十五期

暴民

吳鈞堯

福建金門人，一九六七年五月二十五日生於金門，十二歲遷居臺灣，中山大學財務管理學系畢。曾獲中央日報（一九九七）、聯合報（一九九七，一九九八）、中國時報（一九九九）等小說獎；梁實秋文學獎（一九九七）、教育部文藝獎（一九九九）、臺北文學獎（一九九九）等散文獎。著有《女孩們經常被告知》（九歌，一九九七）、《龍的憂鬱》（九歌，一九九七）等書。六年來全心投入金門書寫，出版散文《金門》（爾雅，二〇〇二）；小說《如果我在那裡》（聯經，二〇〇三）、《崢嶸》（金門文化局，二〇〇六）、《凌雲》（金門文化局，二〇〇七）、《履霜》（金門文化局，二〇〇八）等，均以金門之時代演變爲背景，爬梳百年來金門人之身世滄桑。

現任《幼獅文藝》主編，並就讀於東吳大學中文所，論文題目《金門現代文學發展之研究》。

吳建國拿尺，量臥房長寬，問陳先生，衣櫃的確切大小。吳建國移板凳，踩上去，確定高度，再量臥房、書房跟廚房。陳先生亦步亦趨，怕漏失任何細節。吳建國拿出小記事本，仔細塡上尺寸。妻子林秀蘭跟陳太太在客廳，面對各式木料，猶豫難決。林秀蘭再一次解釋，檜木要百年、千年才長得好，耐磨、耐髒，最常被客戶使用，臺灣氣候熱、冷差異大，檜木不易變形，當然也貴了些。木料不好挑選，硬度、耐用度跟價格都要考慮，再是每一種木料顏色不同，檜木色深，黑而沉，檀木色淺，金而亮，像畫紙底色，選出後，家具等配置才有根據。

主人兩週前挑了檜木，突又猶豫，急電催來吳建國，再又變更衣櫃、書架等尺寸，讓他再量。量妥尺寸，兩個女人還在客廳討論。兩個男人加入話題。吳建國聽了一會，研判主人有經濟顧慮，不知爲何又不好意思表明，他插嘴說，不然就用金檀木，印尼進口，質地密，耐用，花紋漂亮，價格便宜些。他一連數說金檀木的優點，陳太太越聽臉色越開，終於釋懷地依照他的意見，改用金檀木。林美蘭急急地說，檜木的貨已經叫了。吳建國揮揮手，阻了妻子發言，主人、女主人才如釋重負。

美蘭出門，閃身進入貨車車廂，馬上問丈夫，那些檜木怎麼辦呢？吳建國說能退就退，退不了，就先留著。車發動，過建國北路上臺北橋，到三重溪尾街住處。途中，吳建國突然說眞奇怪，花不起直說就好，何必拐彎抹角？難道，我們長得像惡霸？他朝妻，嚴正一看，領悟地說是啦，一定是被你嚇到。林美蘭反駁，沒那回事。望見妻子正色辯駁，不禁笑出，美蘭才知道丈夫逗她玩。

夫妻倆卸下工具，搬到四樓租處。溪尾街，社區老，樓梯間漆影斑駁，往上，濕氣濃，壁癌越重。兩人駕輕就熟，但來回幾趟，卻也喘息。吳建國說，陳先生民生社區住處，地段佳，學區好，三四十坪不算大，肯定花了不少錢，裝潢只好能省就省。妻子笑他，講了等於沒講。夫妻倆經手忠孝東路、仁愛路等地段的房屋裝潢，屋主確實樣樣都用最好的。她沒接話，倒提醒丈夫退貨問題。本預計隔幾天上工，檜木貴，都移到客廳，堆得老高。吳建國撥電話跟木材行商量後，神色不定。木材行無法全退，但可以折讓成金檀木，隔天，他們運走六成檜木，換足要用的金檀木，運到陳姓屋主家。

房屋空蕩蕩，積塵重，每踩一下，就落個腳印。屋主都在裝潢跟油漆後，才打掃，但髒成這樣，卻讓美蘭不舒服，只好拿掃帚清理。要打地鋪的有兩個房，得先架好基板，再鋪上金檀木。吳建國打掃地板，再用抹布沾水，仔細擦。妻子曾打趣說，看他做工，親像幫自己的家裝潢。吳建國說不掃乾淨，基板架上以後，就再也無法打掃了。他接著說完工後，屋主進屋看，裝潢都嶄新漂亮，但看不到的地方，比如基板，就是咱做木人的良心。美蘭嬌罵，說得好像只有他有良心似的。

陳太太在外商公司服務，午休長，趁隙進屋查看。林美蘭聽到門鎖喀啦一聲，起身，出臥房查看。陳太太滿臉堆笑，瞥見吳建國赤裸上身，睡在臥房，臉色不快。美蘭說做息人，都要小睡，才有體力。陳太太不接話，東看西瞧，不一會就走了。美蘭忿忿不平，跟丈夫抱怨，屋主都會帶涼水慰勞工人，陳太太沒有，還擺臭臉。吳建國問，陳太太來過？是啊，來過，你正午睡著。美蘭沒好氣。當晚，陳先生撥電話來，問他結婚幾年，有孩子了嗎？東扯西扯，引到正題，裝作爲難地說，他朋友剛裝潢，費用卻很便宜，沉吟幾秒，再問吳建國，工資能不能打折？

吳建國心裡嘀咕，工資哪有打折的？當是百貨公司週年拍賣嗎？他委婉說明，已經算便宜了。陳先生那頭欲言又止，隱約聽見陳太太在一旁抱怨，付他工錢是來工作，不是來睡午覺。吳建國再忠厚有禮，也不免動怒，不等陳先生回應，直接反駁，沒有人裝潢前還臨時換料的，他現在客廳堆了退不了的檜木，他工錢的一半，都要賠掉了。陳先生一聽，自覺理虧，才掛了電話。美蘭問清狀況，氣憤地說，七點、八點就上工，他要算加班費嗎？吳建國午睡照睡，但提前半小時用餐、午休，陳太太再來視察，他也已經醒來。

週末晚上，夫妻倆應邀拜訪三叔。三叔住三重三和路，距離溪尾街十分鐘路程。上公寓三樓，三叔備妥酒杯，邀他喝酒。從茶几底下拿出鐵製餅乾盒子，抓幾把花生。三叔說下午剛收到。吳建國一看花生，眼睛亮起來，坐下，不客氣地抓一把吃。花生從金門寄來的。三叔跟吳建國遷居臺灣前，在金門務農。金門乾旱，作物以地瓜、西瓜、高粱、花生爲大宗。金門花生不用炒，收成後，用大鍋煮，取酌量鹽巴入味。鍋子必須乾淨，不能有油污。有一次，吳建國母親煮花生，鍋底有油，沒清洗乾淨，煮成後，花生都沾了臭油味，進城兜售，連一斤都沒賣掉。花生新煮可以賣，但農家多費心神，曬乾再賣。吳建國在早晨，拖幾袋花生到庭院跟廟埕曬，傍晚收回。濕溽的花生越曬越精瘦，輕壓花生，噗一聲，就知是否曬到好處。曬許久，父親再載到城裡賣。母親會幫每個小孩預留花生，吳建國跟兄長一樣，找來裝餅乾或蛋捲的鐵盒，藏進衣櫃、桌角。嘴饞時抓一把，兜起衣角盛著。花生煮後曬乾，跟炒的、烘的不同，火氣去除，毫不上火。他們邊吃邊喝邊聊。

三叔也做木工，美蘭禁不住問他，可曾遇過「奧客」？三叔調侃她，才來臺灣多久，就懂得臺灣人用語。美蘭說，都來五年了，三叔忘了。五年嗎？這麼久？三叔想算，但歲月過去後，都壓做千層派一般，總難算清。三叔當然遇過「奧客」，還有過花了工料、人力，最後卻連一塊錢都沒有收到的。美蘭問，怎會那樣呢？三叔回憶，屋主被通緝，一家人都跑了他還不知道，直到法院派人查封屋子，看他還裝潢屋子。當時的情景眞是哭笑不得，那位查封的先生也有意思，請他抽菸，他坐在剛打開的木料上抽，撿起地上一條木屑，邊抽菸邊燒。那位先生訝異地問，什麼木頭，這麼香？他們聊了一陣子，後來那位先生也成爲三叔的客戶。三叔說，他以前都到完工再收錢，現在議價後，會先收一半的錢，免得本錢都沒有。

美蘭看了一眼丈夫，那涵義是三叔的經驗要學著，再是這次沒收前款，收不到怎麼辦？吳建國懂得意思。他轉移話題，說今年花生收得好。三叔點頭認同，金門現在生活改善很多，聽說縣政府按門牌配給高粱，一些豬舍、牛寮都加了門牌，如果夠機警，一年多賺好幾萬。吳建國提到，戰地政務解除後，建設恢復常軌，以前金門人避談政治，現在卻有不少人積極從政，連民進黨都在金門設了分部。吳建國喝不少，回家時搖搖擺擺，隔天放假，正好休息。

上午，陳姓屋主來電，表示不知道做裝潢的，週日也休假，吳建國吸幾口氣，回復精神，心內幹譙，難道做木工的就不是人嗎？陳姓屋主停了一下，才說明他們急著搬進去，能趕工嗎？吳建國挑明講，頭期款還沒收，假日趕工要多收錢。陳姓屋主說，這樣啊，話接不下去。吳建國掛了電話，睡回籠覺。下午，換陳太太來電，說瓷磚上有污漬，請他清乾淨。吳建國耐住性子，會的會的，完工後他會巡一遍，能清的都會清。什麼叫能清的都會清？弄髒的，都得清乾淨才行，陳太太近似咆哮。吳建國話筒拿遠，盤算著該怎麼先取得頭款。

陳姓屋主還是等到完工後，一次給清。金檀木色澤亮麗，打地鋪，耀眼迷人。付款時，陳太太發現一塊金檀木上缺了一小角。吳建國解釋，榔頭掉落敲的，一小塊缺角，不影響。陳太太堅持要扣工錢。吳建國說，這樣要扣工錢，那沒退掉的檜木怎麼辦？他能賣給她嗎？陳太太說，要那些木頭幹嘛？美蘭搶白，他們留下那些木頭，又有什麼用？爭論後，陳先生還是爲難地交出整筆款項。

夫妻上車，都鬆了一口氣。吳建國說，他們也不是壞人，就是刻薄了。美蘭再提涼水的事，丈夫安慰她，三叔提過，屋主怎麼接待，是他們的修行，不能因爲屋主接待不好，就胡亂做。

做完民生東路工地，氣候入夏，吳建國夫婦趕往新莊、桃園等工地，堆積幾月的檜木還是派上用場，沒賠了本錢。新莊、桃園，外來人口多，交談多用臺語，厲害的屋主一聽口音，分辨出他們不是在地人，還指出，金門的口音酷似鹿港一帶的海口腔。美蘭沒去過鹿港，但接觸過澎湖人。澎湖口音粗樸、豪邁一如鄉親。美蘭發覺操閩南語者，多純樸好相處，人情濃，便當、涼水供應無虞，一個歐巴桑完工後交款，還頻頻鞠躬道謝。入夜，熱風陣陣，吳建國搬板凳上頂樓，從公寓頂樓向外看，光跟暗，點綴城市，也佈滿城市，暗的也好、亮的也罷，都是他們的棲身之地。

吳建國想到城市中，有一個房屋、一個衣櫃或一塊木頭是他跟妻子釘上、砌上，就覺得自己沒有白活。美蘭不久也抬另一張板凳上來。板凳是檜木廢料釘製，活像一塊拼布。東拼西湊，看似輕簡，但檜木的廢料仍屬檜木，結構扎實。建國調侃她，難道是在健身嗎？美蘭放下板凳說，住不起檜木裝潢的屋子，總是坐得起吧。說完嘻嘻笑，緊鄰丈夫坐著。吳建國提到，許久沒回家，計畫過年或中秋回一趟。民國七十幾年，已有金門、臺北航線，來回不過九十分鐘。但建國夫婦總把歸鄉路看得無比遙遠。民航啓通以前，往來金門、臺北兩地都靠軍艦。單程二十或三十小時，浪顛簸，海渺茫，天地間唯有雲、天跟鳥。所以，建國像看待大事般，跟妻子商量。

美蘭說，回去看看也好。據說觀光後，金門也蓋飯店，眞新鮮。軍管時期，金門住宅有樓高限制，車燈得貼上黑布，遮掩一大半，照相機、收音機都有管制，而今管制都撤了。那是新時代的金門。建國也隱約明白，那不是他的時代，他的世界在眼下一片光的、暗的跟灰的盆地裡。他環抱妻子說，再幾年，就能買間自己的屋子，到時候，一個月、就一個月，徹徹底底不接工作，只做自己的。美蘭說，到時候可以發給自己工錢，說完哈哈一笑。

八月下旬，吳建國接到三叔電話，金門立委陳清寶打電話給三叔，說是隔天，將從金門帶領鄉親到臺北抗議，要三叔帶些住在臺北的鄉親到場支援，三叔轉述陳清寶的話，要把場面做大。吳建國一聽，有點猶豫。民國七十幾年來，民間跟中央溝通不良，民眾無以訴願，常走上街頭，製造新聞，引輿論重視。吳建國雖年輕，但生長金門，習慣平和度日，雖也當過幾年自衛隊，射擊、跆拳都學過，畢竟不是暴戾之人。這一點，美蘭倒看得詳細，她說，那是官逼民反，沒法度，不公平的事情多，政府法令老，不能一一應付，只好靠自己。吳建國沒料到妻子竟同意，又說去聲援，就不能上工賺錢，美蘭說，他可以跟三叔要工錢啊。吳建國大笑。

隔天，吳建國先到三叔家，再一起集合中正紀念堂，鄉親幾百人，聲勢浩大。吳建國不知道臺灣竟住了這許多鄉親，大家口音同，聊起來，不是親戚，也是同學的同學、朋友的朋友，眞是一家人。警察圍起拒馬，防禦示威民眾亂闖。吳建國常在新聞裡，看見氣憤的民眾綁頭巾、舉標語、比手勢，跟政府嗆聲，沒料到他今天卻在現場。他也注意到現場架了幾臺SNG。有人注意到他跟三叔還穿便服，塞給他們迷彩T恤跟黃色頭巾。他們不好意思當眾解衣，進廁所更衣。才出廁所，已聽到陳清寶立委帶領民眾大喊口號：「賠我損失」、「還我糧餉」、「還我土地」、「廢除安輔條例」。兩人距離隊伍有一段距離，跑過去時，正撞上電視臺採訪小組，他們持攝影機對著他跟三叔，衝著他們問話。三叔跟他都不知道該怎麼回應，急著擋開攝影機，往遊行隊伍走。一旁的女記者卻驚慌陳述，抗議的民眾撞開攝影機，要衝倒拒馬了，吳建國回頭說，你是在胡說什麼？不等記者回應，直接跑回隊伍。

在陳清寶的領頭抗議下，鄉親抗議的聲浪整齊劃一，聲音宏亮。吳建國不知道正在開會的立法院委員是否聽見了？如果聽見，能夠解決嗎？吳建國在抗議隊伍待了一陣子，才知道金門遭受戰地管制有礙金門建設。戰爭時期死的、傷的，吳建國常年以來都認爲那就是命，原來命運的不公必須讓國人知道。國軍強佔民宅、耕地多年，吳建國當是事實，無法更改，卻還有翻轉的餘地。鄉親抗議金馬撤軍，民衆還賴什麼維生，金門人要當自己的主人，不要再被奴役。吳建國一知半解，但熱血沸騰，跟著吼、跟著喊，雖熱氣炎炎，卻越見精神。

回家，妻子問他累否，他說不累，三叔有年紀，卻累壞了。他跟妻子提到抗議現場有趣的事情。像有人掉了鞋子，有人帶稀飯到現場吃，卻翻倒了，吳建國神采奕奕說道，像頭一回做新郎官，刺激、有趣。吳建國洗澡時，美蘭料理晚餐，電話響不停，他光身子，跑出來接。他聽許久，才知道是民生社區陳太太。她生氣地說，地鋪出問題，要他來修。他想都隔幾個月了，有什麼問題？陳太太吼著，倒楣，找了他裝潢，地鋪木板都翹起來。夫妻倆第二天到陳姓屋主住處，進屋看，吳建國噤口不語，面露羞愧。吳建國沒抓穩金檀木習性，向光的一邊受熱膨脹，互相擠壓，地鋪形成一個弧度。陳先生在一旁抱怨，本來要用檜木，接受建議改用別的木頭，卻發生這樣的事。美蘭搶白，是他們不用檜木，才改用金檀木的。吳建國神情低落。從事木工以來，也不是第一次處理金檀木，卻第一次碰到這事。三月，天氣冷，木質收縮，七、八月受熱膨脹，扭曲變形，吳建國看一眼了然於胸，這屬於木工的專業問題，沒拿捏好就是錯。

陳太太挖苦吳建國，當初誇說技術有多好，卻做成這樣。美蘭警覺到丈夫心情，默默不語，回車上，搬工具。拔木板比釘上去更費工，吳建國默默地做，美蘭隨在一旁，不說話，搬撿廢料。近午，陳太太在廚房炒油蔥，香氣飄，吳建國才被飢餓感觸動，抓起地上的茶壺，灌一大口水。美蘭小聲問他，可要休息一下？他從上午就安靜地拆卸、安裝，連水都忘了喝。吳建國抬起頭，提醒妻子快中午了，去買個便當。兩人走出房間到客廳。陳先生看電視，吳建國怕坐髒沙發，坐在工具箱上。陳太太拿餐盤出來，看見吳建國，問他做好了嗎？他說還沒，再釘上幾塊木板就可以了。

陳太太準備好午餐，兩人吃起來。吳建國愣愣坐著，等美蘭買便當回來。陳先生兩人盡量不往吳建國這裡看，但又無法閃避他的存在，胡亂轉臺，調高聲音。吳建國感到尿意，但想，忍著點吧，吃完便當，到外頭抽菸，再到鄰近公園方便。美蘭遲遲沒回來，吳建國聞著麵香，肚子咕嚕咕嚕響。肚子一餓，尿意更急，他想先去外頭方便，想跟陳先生交代一聲，若美蘭回來，讓她先吃便當。

一站起來，尿意忽然釋放開來，他皺眉、沉臉忍著，輕咳一聲。不知爲何，兩人卻驚恐地看著他。吳建國覺得奇怪，陳太太看他、又看電視，吳建國好奇看向螢幕，連他自己也嚇一跳。昨天到中正紀念堂抗議正成爲新聞播放著。畫面從陳清寶立委帶到整個示威隊伍，特寫的，卻是他隔開攝影機，阻攔採訪的畫面。他還衝回來，對攝影機說，你是在胡說什麼？

記者搭配的旁白是抗議隊伍失控，還有民衆鬧事，意圖對攝影記者施暴。吳建國驚訝得說不出話。民國七十年間，自力救濟常見暴力出軌，滋事民衆成爲媒體焦點，電視臺也喜歡捕捉、傳送這樣的畫面。吳建國平日在家看新聞，不知道那些抗議群衆何以那麼激動，也厭倦那些衝突新聞，哪想到今天，自己竟成了鏡頭焦點！

他並沒有對攝影記者動粗，不知爲什麼卻被鎖定了，稍後的畫面是他在人群中，跟著鄉親怒吼「賠我損失」、「還我糧餉」、「還我土地」。他也不知自己在鏡頭下是那麼地激動，那激動像從骨髓裡、肺腑裡發出來，每一聲每一句，都飽滿激昂。記者旁白：這是剛剛企圖衝撞記者的民衆，在人群裡大聲示威抗議……。他的臉被放大，青筋透出脖子，拳頭握實，手高於頂。吳建國回想抗議後回到家，跟美蘭說，本也不知道金門人是委屈的，跟鄉人聊，才知道軍管對居民心理、建設發展，造成嚴重扭曲，才知道姑婆被砲彈炸死、表哥被地雷炸瘸，原來都不是命，不是冥冥中的主宰作祟，而是歷史、體制，帶給金門人苦難。口號喊倦了，有人帶頭高呼，「討回來」、「要尊嚴」、「要性命」，吳建國跟著喊。

吳建國看著新聞，想起昨天情景，右手輕輕握拳，舉到胸口。

陳太太的一陣驚呼，活像警察深吸一口氣後，嘴含口哨猛力吹，嗶嗶聲大作。吳建國怕聽嗶嗶聲，何況尿意正急，連話都來不及說，轉身出門，奔向大樓對面公園。

——原載二〇〇八年三月一日《聯合文學》二八一期

守屍人

陳璿丞

臺灣屏東縣人，一九八五年一月三日生於屏東市。

現就讀於國立臺灣大學醫學系五年級。

曾任臺大第二十屆學生會文化部長。

曾獲臺大第十屆文學獎小說組評審推薦獎。

習作皆發表於個人部落格：

http://paligen.blogspot.com

本文爲第一次在平面媒體發表小說作品。

「靈魂固定所」

身爲守屍人。現在的你，在幽暗的地窖裡，等待著遺體的到來。在這裡，你都稱呼他們爲大體老師。這是這禮拜的第二位了，等待一具願意捐贈的大體老師時常是一年半載。這禮拜有點弔詭。嘔咿嘔咿擾人清夢的救護車開了過來，你熟練地拉開後車廂，搬移大體老師，裝上擔架，按開電梯，直接抵達這棟黃色大樓最深處隱晦的角落。在那裡，已有縷縷青煙在等待著大體老師：依照慣例設立的靈堂，老舊的對聯，還有反覆吟頌的大悲咒佛經機。在這單薄的簡易靈堂、空洞的佛音裡，你打開救護人員剛剛遞給你的死亡證明書。上面寫著死亡時間、地點、病因。咦，來自屏東?!你好奇地多瞧了大體老師幾眼，喃喃自語說：「這麼恰巧啊，我是你的老鄉啊。」你納悶著，爲何要大老遠的送來這裡？高雄不也有醫學院嗎？你看了看死亡時間，大約十小時前。是送錯了嗎？不然怎麼會送來這麼遠的地方呢？你又看了公文上指示送達地點，的確是這裡沒錯。公家機關怎麼會難得這麼有效率，極短的時間就送到這麼遠的地方來？在你陷入長串推理過程的時候，香焚盡了。

恭敬地給這位同鄉最後一次的膜拜，你悄聲說：「失禮了。」你把他運到了工作室，穿上那件變色的實驗衣，掛上護面罩，戴上手套，熟練地調配福馬林和水使它們達到完美的比例——這是讓大體老師可以永垂不朽的神祕配方，古代的萬年仙丹。接著，你劃開股動脈，接上機器後，福馬林液大軍壓境，通往永世長生隧道。你自詡爲現代木乃伊的製造人，擁有比六千年前更純熟的技術，你不需要把內臟取出來裝在陶罐裡，也可以使這軀體永遠留在最完美的狀態。此時，微醺的感覺在空氣裡飄動，變得有點茫茫然，不知道是酒精濃度太高，亦或是在扮演神的角色太讓人沉醉？讓黃金比例的人體結構，完整呈現在學生面前，看他們傻楞楞的樣子，是你一年裡最歡樂的時刻。昏黃的狼狗光影，讓你得意了起來，前些日子裡你在探索頻道看到報導說埃及的天空之神荷魯斯，法老都認爲自己是祂的化身，而祂的四個兒子們分別守護著死者的肝、胃、肺、腸，你豈不是超越這一切嗎？福馬林液，經過身體的每一個角落，讓每個細胞固定，成爲上帝完美的瓷器保留下來；再從身體的各個孔洞冒出，你看著大體老師，猜測下一次液體會從哪裡冒出？

過了漫長的數小時，看看手中的錶，才驚覺已是晚上，才意識連中餐都忘記吃。簡單的收拾後，把大體老師放入酒精液浸泡，在月曆上打上大大的圈提醒自己三十天後再過來。你打了個大哈欠，關了燈離開。這就是你工作多年的地方，你稱它爲：「靈魂固定所」。

「爲什麼我會在這裡？」在回家的路上，你捫心自問。實驗室的抽屜中有本簿子，裡頭記載每位大體老師的名字，死亡時間，去世原因，哪一年交到學生的手上，以及何時入殮。回想幾十年前的某個陰天，年輕的自己在外科診所當助手的日子，看著醫師流暢的刀法，天賦精巧的手藝和銳利的眼睛，是如此令你讚嘆不已。直到在醫師旁邊看到了某種超乎自然、不可預期的大失血，雖然全力搶救，但也於事無補。生命逝去的瞬間，某種說不上嘴的東西吸引你。你在死亡幽谷中漫步，想要徹底體會死亡的心情與日俱增，想要認清人體的點點滴滴。外科醫師說他有認識的熟人在這家大學醫院當醫師，幫你引介來到這裡。年復一年，對於死亡，你不敢說懂；但對於人體奧祕的結構，你的確了然於胸。「可靈魂到底在哪裡？」在昏黃的燈光下，你悵然若失。

「手」

這是一年一度所有醫學院學生的第一堂課，學生們生澀的表情，害怕卻裝一臉鎮定的模樣，你將運用所學帶領著這些日後各個爲再世華陀的年輕人，讓他們走入醫學最神聖領域的廳門。此刻你陪同這一屆的學生上課，打算藉由上課回憶那艱澀的解剖名詞。老師的手時而揮向右，時而揮向左，你辛苦地向學生講解等一下要解剖的手部構造。但你的眼睛好痛，頭好暈。昨天沒睡好，這學期的工作讓你覺得很累，很倦怠。抬頭看著老師揮舞的雙手，突然間，皮膚被你用銳利的眼神切割開了，內部的肌肉清晰可見！清楚的二頭肌、三頭肌！你想大叫！這太瘋狂了。老師似乎沒發現：他自己的手，成爲了最佳的教材。投影片上的照片，怎麼比得過這活生生的實體！肌肉的連結、收縮的方式、神經如何支配、血管走向，全部活靈活現展示在老師不停揮舞的手臂上。你以爲這是夢，一種職業夢。太荒謬的世界怎麼可能存在呢？可你左顧右盼發現大家都沒有驚慌失措，依然鎮定上著課。你揉揉眼睛，可依舊如此。你再次深呼吸、閉上眼，告訴自己或許是太累了，打開眼睛後一切就會恢復正常。你用極慢的動作打開眼睛，像是小孩在祈禱媽媽送的生日禮物是不是他心中想要的呢？慢慢地，先是老師的鞋子、褲子，你緩慢的把視線上移。腹部、胸前的衣服，都是正常。你安心地張開眼睛，發現老師的左手，依舊是清楚的解剖立體電影！你不動聲色地走出教室，但腳步不知覺地加快，同學們以爲你只是要去接一通緊急的電話。你無法停止地大口呼吸，開始懷疑自己是不是瘋了：這麼嚴重的幻覺、這麼嚴重的疾病！你瘋狂地奔跑，跑到電梯，想要回到屬於你的工作室，安靜一下。

笨重的電梯緩緩開門，你鑽了進去蹲在一角，放聲大哭、近乎崩潰。你害怕自己，不是眼前看到的，而是心裡的恐怖慾望：看著手掌弓狀的動脈，誘惑你的，是飽實的弓身。你彷彿意識到自己正拿著弓形的血管，宛如古代戰場中，神準無比的弓箭手。用盡力氣使手中這把仍不停跳動的血弓彎成最美的形狀，朝天空射出一箭後，爆破，直到鮮血沾滿全身，再舔幾口左肩上的鮮紅如楓，才能釋放壓抑多年的快感。在血淋滿全身，覆蓋著每一寸肌膚時，回頭望向電梯鐵板反射的臉龐，你微微上揚嘴角，你竟然笑了，滿足的笑。你向鏡中的自己鞠躬，像是謝幕一樣，敬這一場完美的演出，用這把世間最完美的弓箭。

就在這時，電梯門緩緩打開，有人正要進來。

「實驗室」

是一個你熟識的研究生。她跟你點頭打招呼，你的古戰場被移動到了這狹小的電梯裡。你偷瞄她的右手，完美的弓形血管隱藏在她光滑的肌膚下，於是你鬆了口氣。你沒有向她解釋爲什麼你在電梯裡，沒有要移往其他樓層。你也沒有告訴她，關於那場瘋狂的戰役。她一進門看到你，就很高興地吱吱喳喳跟你說實驗的進度，假期去哪裡玩。她在地下室的幾隻小老鼠很有趣，想邀請你去看看，分享她的實驗成果。你疑惑了一下，還是答應了。那裡，你去過。噁心的老鼠體味，老鼠在籠子裡焦躁不安的橫衝亂撞。你回憶起某次跟著醫學系的學生上實驗課，桌上的鐘形罩裡，公老鼠和母老鼠互相騎乘、插入。學生們像極了國中畢業旅行晚上躲在旅館房間看鎖碼臺，是那樣興奮、好奇的鼓噪著。最後，公老鼠射精了，鐘形罩就如同發光的房間，發出些許救贖的光暈。

你們一邊走一邊聊，分享這些故事。這段期間，你仍一直擔心著，剛剛自己邪惡的模樣有沒有被瞧見？她似乎沒看到？你用「電梯門很厚重加上老舊的門要打開需要一段時間」這個理由說服自己可以放心，她沒看到。但剛剛的瘋狂感還存在一些。你們繼續往前走，瀰漫著越來越重的老鼠騷味，壓在你身上讓人快要喘不過氣。直到……你看到一隻老鼠身上背著人的耳朵。你瞠目結舌，她倒是很得意的說：「厲害吧！我們教授之後還想把眼珠子試著放在老鼠背上呢。」你清楚看見了耳殼、耳輪、耳輪棘、外聽道、還有耳垂。在他種的生物上有部分的人類基因，人都不再是人會是怎樣的情形？耳朵或許有一部分人的靈魂，不完整的，只有關於聽覺的一部分。一隻老鼠的背上竟可以傾聽人的聲音。一種屬於同種間靈性的溝通，你跟他打聲招呼。小老鼠在籠子裡更顯得激動。這不就是梵谷割下的耳朵：強烈、熱情精神內在的折磨後，想要在自己耳朵劃下一刀以求解脫。這隻小老鼠是否也是如此？亟欲擺脫這不屬於自己的一部分。

晚上，你做了個關於耳朵加老鼠混在一起的怪夢。在你的幻想中，似乎有個人是老鼠臉，搭配著正常人大大的耳朵。那個老鼠臉大耳朵的人對你打招呼。你竟然回了他：「你的耳朵好怪。」這時你張望四周才發現，許多長這副模樣的「人」包圍著你，你成了世界上最奇怪的人，是孑遺生物來自古老的二十世紀。你覺得被孤立，沒有人了解你。人類和老鼠融合、人類迎接自己的祖先，而老鼠等待千萬年，也終於擁有了人身。該死的探索頻道中出現的不再是埃及的人面獅身，而是鼠面人身。人，這物種，還是消失在時間的長河裡。夢困擾著你，可你短暫時間醒不來。在夢裡，你覺得好難過，究竟，驅動人的那個動力是不是靈魂？靈魂在哪？你想起拉梅特里的一本書：《人是機器》，那本撼動十八世紀的唯物論著作。終於，在這失落的情緒裡，才被夢釋放。

「慾望之翼」

接下來的一個月裡頭，你不只做了一個關於老鼠的夢，還夢見天使，夢見自己成爲典型英雄故事的主角，你聽到歷險的召喚、走過試煉之路，最後在一個安詳之地度過晚年。而天使的夢境是由你這凡人經過殘酷的進化。如同天使雙翼的鎖骨延長，衝破肌膚，突破限制。像把利刃狠狠地割破肌肉，羽化成仙。你飛到上帝的面前，你問祂，爲什麼這麼痛苦？祂對你笑而不答，還一腳把你踢下天堂，你又摔回人間，經歷過一段奮鬥，又成爲英雄。你用鎖骨轉化的劍刺死龍怪。死了，就這樣死了，你贏了。在夢中你滿足地閉上眼，醒來卻又悵然若失地躺在床上，望著天花板。「最近是怎麼了？」你想著。一個力量迫使著你，似乎要透露個訊息給你，你反覆夢到：鎖骨化成天使之翼，那椎心刺骨的痛，還有從天堂摔下來的愚蠢模樣。你開始成爲夢的導演，試圖在每天的夢境裡，用著不同的姿勢著地。既然，逃不了這個夢，不如就去迎合它吧。第一天你降落在一個高原，第二天在海邊，第三天在巴黎的鐵塔，第四天在……，你也和不同種類的龍怪打鬥，藉此享受在空中短暫飛翔停留，這是整個過程中，讓你覺得最愉快的事。沒有成仙的喜悅，沒有成爲英雄的快感。取而代之的是痛苦，無止盡羽化成仙的痛苦，還有殺死龍怪後伴隨勝利而來的空虛感。你好累，每天漫長的飛翔和筋疲力竭的打鬥。拖著疲倦的身軀，你意識到這夢，是象徵著一種贖罪的過程，唯有打敗龍怪，你才能得到解放，才能由此覺醒，進而得到啓蒙。

這是否意謂著快要可以找到靈魂存在的證據？一種身爲守屍人的驕傲油然而生，你可以在人體內自由探索。工作室可以忘記一切的疲倦，這裡才是天堂。不需要天使，也不需要面對龍怪，就一個人。空氣中殘餘的防腐氣味，使你放鬆。你熟練地操縱機器，放掉體液和福馬林液混合的汁液，一種關於非自然物質包藏著腐朽的味道，企圖掩蓋大自然對天地不仁的事實。這樣不安分、不確定的氣味分子飄蕩到你的嗅神經，一路往上鑽進你腦內的接收器，慢慢地，一顆、兩顆，隨著釋出的液體增加，揮發越多，在你腦內，形成了另一場戰役，你意識到這不安分的分子，不甘心就這麼揮發，就這樣煙消雲滅。裝滿著故事的氣味分子，闖進你的思路。它們在你的腦內任意形成突觸，插入新的記憶，安裝新的人格。你放縱這一程序，因爲你也無所適從。不想躲開，說不定這裡裝載著你盼望已久的靈魂。這裡既然是靈魂固定所，當然可以藉由你的大腦裝載這些縹緲不安的分子。

你繼續沿著程序完成工作，意識到似乎有另外一個人存在。該稱呼他爲「人」嗎？你既興奮又害怕；興奮這奇特的體驗，害怕自己會消失。你把這個僅有形體的人身，裝進空白的大塑膠袋，加上一些化學物質後，推開了笨重的鐵門，走到寒冷的冰室，那裡充滿了等待解剖的大體。求知若渴的學生將要戰戰兢兢拿著他們的解剖刀，在大體老師的身上千刀萬剮做學問。這比課本還要眞實體驗的生命之旅，都在這冰室裡。一股你習以爲常的寒意包圍著你，彷彿迎接著新來的夥伴，拉開一個鐵櫃，把這位「人型」裝入。但「他」已附著與你，成爲你的一部分。

「面對鐵窗時」

你體會到這就是靈魂，是你一輩子想追求的答案。放縱這另外一個「人」在你的腦內任意進駐任何角落。漸漸，你的童年回憶變成了兩個人，多了個童年的玩伴，那些曾經孤單一個人的過去全換成了兩個人。他陪伴著你，塡滿你每個內心深處的死角，佔據這些荒蕪之地。你喜歡有人陪伴著你，當你獨自工作時，那一具具整齊的大體老師，似乎就是你多年的摯友。而如今，你獲得技巧，開始在這狹小的工作室和這些「人們」溝通，交流，聊些關於死亡的過程。你想體會，在這麼多人的經驗裡，你好想體會。但再怎麼樣，還是別人的經驗。你放縱寄生在你身上的靈魂，讓他控制著你的身軀，讓這些經驗變成屬於自個兒的。轉瞬，你意識到，你無法做任何反抗的時候，你就被關在鐵窗裡了，關在由十二根肋骨構成的監獄。你敲打著每根肋骨，吶喊：「要自由！」你知道自己走火入魔，縮在小小的一角，看見自己心臟在跳動，看見自己肺泡在拚命交換氣體，好害怕，這裡沒燈啊！只有透過皮膚傳來淡淡的光線。你想跟他換回來！但是他竟跟你說他有事要去辦，需要借用你的身體，對於佔用你的身體感到抱歉，非常感謝你的大恩大德。你問他，要你的身體幹嘛呢？他跟你說了個故事，關於遺憾的故事，關於那些還沒做到的故事。他說，「回到鄉下探望祖父母，只是睡一覺而已，因爲腦溢血去世了。父親把我的遺體捐給醫學院，希望我年輕的身體可以對學生更多幫忙。」他還跟你說，在啓用儀式那天，看到自己念醫學系的同學，還打了聲招呼，只是誰也沒看到。你害怕顫抖地跟他說：「還不快去屬於自己的世界呢？」他搖搖頭，繼續跟你說聲抱歉、說聲拜託。你跟他說，身體先還來一天，你得請假，你得去把手頭上的事情先處理完。就這樣，你又握回自己身體的駕駛權。

從肺部的監獄解放，你感受到呼吸的快感，光線刺激進來，你欣喜若狂，雖然眼睛睜不開。似乎去地獄走了一趟，但明白你只是待在自己的肺部而已。古代人說靈魂在腦下腺，但你用實際證明了，靈魂座落於胸前的某塊肌肉內。所以當人失去意識，準備脫離這世界，會先到胸前的海關轉接到另外的世界。你以爲剛才一切都是你的幻覺。你去翻了死亡證明書，打電話給相關單位，還找出剛出版不久的校訊上記載了這奉獻的大愛。一切都是眞的，眞的有那麼一個學生捐出了自己，供同學們學習。你晃晃頭，敲敲自己，仍然不相信。

「路倒的人們啊」

你奪回了身體的使用權。你開始想像著如果每個大體老師都藉由這種方式去完成人生的遺願，那怎麼行！譬如說，眼前這位路倒的老先生。遊民有什麼願望呢？他們是叛離社會的一群，在這社會的邊緣，像空氣一樣，如同夜晚在地下道或公園涼椅上的空氣。你常看電視新聞，每每到了歲末時節會有善心人事辦桌請遊民吃飯。有那麼多人啊！可是平常路上也看不到幾個啊。看著電視，想起了他們當中有些人最後的落腳處就是這裡。他們壓根兒也沒有想到，死了還得讓學生在他們的遺體上一刀一刀的慢慢割。伍子胥鞭平王屍三百下，跟這比根本就是小巫見大巫。或許應該要讓那些死刑犯來這吧，他們生前的罪孽就讓學生們用一刀一刀慢慢償還吧。不過你又想，來這可以受到學生們的愛戴，可以被叫聲老師，還會有隆重的告別儀式。如果死後可以這樣，對比生前的狼狽樣，在路上根本沒人搭理寂寞的死去，或許來這裡還有人會在固定的季節裡追思緬懷。路倒的人們啊，在倒下的那一刻會是什麼樣的心情，有怎樣的願望呢？希望和家裡的人見上最後一面？可是都已經離開家，怎還會想見親人呢？你看過太多家屬曾經藉由管道找來這裡，發現自己的親人已成爲讓人供奉的老師們。你最討厭這種虛僞的哭，或許就是眼前在哭的親屬把老人家趕出門的吧？噁心！你胸前痛了一下，那置入你體內的靈魂鼓譟著，似乎不同意你的想法。你敲了胸口警告他。你得把十六具大體老師準備好，因為一年一度的解剖課快來臨了。學生們快要動刀了。你喜歡看到學生被嚇到的表情、害怕的表情。這是他們第一次直擊死亡在眼前展開，在他們手裡幻化為另外種死亡的可能。你看太多了，在當外科助手的那個時候，你常常參與別人的生死關頭，這些孩子以後也是會的。

你去找主任請了兩天假，說家裡有事得快點回去處理。你看起來有點憂心忡忡，你過去良好的表現換來毫不遲疑的答應。「但是要準時回來啊，課程要開始了，需要你的幫忙。」主任說。你簡單的收拾一下，搭上夜車，回家鄉去。你決定還是把另外一個靈魂壓在胸前，除非你走到死亡終點要轉機到另外的世界，否則不想再去那裡。

「鐵橋」

火車過了這座日據時代的舊鐵橋，就宣告著家鄉到了。你敲敲胸前跟他說，家到了。啊，好懷念的鐵橋。你懷念年幼時通學去隔壁縣市念書。太陽在橋東方初升時，你離開家；太陽在西方落下時，你回到家。就這樣日復一日。河水西流，太陽光映著流水，你感覺光就這麼流掉了，時間也這樣流掉了。過了幾十年，終於回來了，是這麼陌生又熟悉的地方。遊子歸鄉，近鄉情怯。你陣日在大體老師間打滾，複習著一遍又一遍的肌肉、骨頭、血管、神經，一直想知道那所謂的靈魂在哪。如今一切都已揭示，而逝去的年輕人要回到何方呢？你問他，他也不知道。他只知道，他想回老家，再給父母親最後一個擁抱。擁抱也許這樣困難；誰抱？你這活人嗎？你這個靈魂的載體。你瞧瞧自己，思忖著不過也只是一個載具罷了。所有一切肉體上的，都反應著載具的需求。就像汽車要加油、要保養。而所謂醫師不也只是個工匠罷了，高級工匠。只會修理，不會製造。否則，怎麼還會有那麼多重症病患呢？

鐵橋下方的草皮，現在已經是公園了，以前那裡是蠻荒地帶，停著舊火車，停著各種想洗滌自己的人們。你把這裡當成恆河，縱身而下可以洗清滿身的罪過。你問他曾經來過下面的河床嗎？他說來過，也喜歡這橋的日出日落。相同地域的人，分享著相同的記憶。

火車停了，你走出車站。外頭的景色依舊，小城總身處在變化之外。問清楚他家的方向後，你要前去完成英雄的最後任務：回歸。

——原載二〇〇八年四月六～七日《中國時報．人間副刊》

（本文獲第十屆臺大文學獎小說組評審推薦獎）

佛的裸像

成英姝

原籍江蘇興化，一九六八年生於臺北，清華大學化學工程系畢業。出版短篇小說集《公主徹夜未眠》（一九九四，聯合文學）、《好女孩不做》（一九九六，聯合文學）、《私人放映室》（一九九六，聯合文學）、《恐怖偶像劇》（二○○二，印刻）；中篇小說集《究極無賴》（二○○三，印刻）；長篇小說《人類不宜飛行》（一九九五，聯合文學）、《無伴奏安魂曲》（二○○○，時報）、《似笑那樣遠，如吻這樣近》（二○○四，印刻）、《地獄門》（二○○六，皇冠）、《男妲》（二○○七，聯合文學）、《Eelgy》（二○○八，聯合文學）；及散文集、攝影作品集等。二○○○以推理長篇《無伴奏安魂曲》獲時報第三屆百萬小說獎首獎。曾任環境工程師、電視節目企劃製作、電視電影編劇、勁報出版處處長、大成報創意總監暨整合行銷部總經理。亦涉獵展覽攝影、繪畫、裝置藝術之創作。現專事寫作。

上了車才發現忘記帶地址。

雖然知道粗略的地點，但因爲不是掛有招牌的店面，沒有明確的地址要碰運氣找到那地方似乎不可能。果然在我抱著自信的地點，舉目望去一片荒涼，寥寥幾棟房屋當中似乎任何一棟都不像是目的地。我只好打電話給H，H是派對的舉辦人尙恩的好友，我猜想他肯定也受邀，不料，「派對？今晚？不知道有這麼一回事。」H在電話那頭說，令我臉上發熱，一直道歉，自覺這電話打得彷彿包含示威之感，我在受邀名單當中，而H沒有。掛了電話，乾愣了半天，想不出還有哪個我認識的人也可能在受邀名單之列，胡亂猜只會冒同樣尷尬的險，偏偏我的手機裡沒有尙恩的電話，竟想不出別的辦法，硬著頭皮再一次打給H。H在電話裡聲音和悅，一派輕鬆淡然，管他心裡就算眞不介意，我都感到狼狽，懊惱自己心思之粗。

從H處得知尙恩的電話，才正要撥出，尙恩打來了，早知道一開始就不需要打給H，等著尙恩打來就好了。我若心思細密，就不會犯這種錯誤，但我若心思不夠細密，也就不會意識到自己犯的錯誤。總覺得這種不安是來自某種災難的後遺症。

尙恩選擇的地點很古怪，是位佛像雕塑家的工作室，屋內連地板都沒有，是水泥地，紅磚牆，放著一張長桌，鬼氣森森，後來才知道水泥地和紅磚牆都是刻意裝潢的，但不管是否刻意，粗陋的感覺很眞實，繼而想到，這竹子製作的椅子搞不好出自名家設計師之手，還所費不貲。

這是個很小型的派對，參加的人不多，不到二十個，當中有五、六個我不認識的面孔，我在桌子旁空著的一個座椅坐下，旁邊坐著的是個做政治評論的新人，在電視上見過幾次，剛巧就看到被轟得最慘的一次，看的時候覺得可憐，不過，去碰跟政治有關的東西，臉皮一定要夠厚，這種入門洗禮都跨不過也不行。我來之前還不知這派對的名目，原來是雕塑師的新作品完成。兩尊佛像，打開遮布的時候我眞是嚇一跳，一尊是頭像──佛像一般的臉與凡人不同，其超凡脫俗使得五官輪廓有種抽象感，好像那不是一張臉，而是雲朵美麗曼妙的流動；西方的聖像則不同，耶穌基督有各式各樣的臉，但卻都活脫脫是一張受苦男人的臉，因爲神之子被派到人間，就是以凡人肉身行走於世，自然有張凡人的臉──但這佛像令我震驚之處不是祂也有人性化的容貌，而是祂的臉跟尙恩的臉簡直一模一樣。

以當一尊佛像的臉來說，用尙恩的面容實在顯得太突兀，這尊佛像的臉甚至微微作出尙恩習慣性略瞇著眼，那種眉毛和眼睛距離靠得很近的迷濛感，且尙恩的鼻子很細，豐厚的嘴唇太過性感，說到此，近年男人流行豐厚的嘴唇，無論是東西方新冒出頭的年輕俊美的偶像男星，都有豐厚的嘴唇。

另一尊佛像是裸身像，就和之前描述的頭像狀況一樣，普通佛像的身體也不是眞人的體態，而是由更圓滑渾融的線條組成，不似西方的希臘羅馬神像有著凡人血肉肌理，而這尊佛的全身像卻十足是個人類胴體的裸男子，我沒見過尙恩的裸體，從穿著衣服的他的外觀來看也許會有錯覺，但我敢說尙恩也是這尊裸像的模特兒。這裸像的身材並非黃金比例，體態亦不健美，胸肌也不發達，手臂和大腿都稍嫌瘦弱。

既然是雕塑家的作品發表，卻不見雕塑家本尊，一問之下，這傢伙從白天就開始喝酒，已經醉得不省人事，眞讓人驚訝，他還是當了十六年和尙，才還俗沒幾年的，不過聽說還俗之後，一切回到跟出家之前沒兩樣，所有惡習都在一瞬間恢復，出家之前就是個很愛亂來的怪人。

今天的酒可都是由我所供應，叫酒商直接送來的，那是之前兩次參加酒商辦的派對贏得比賽的獎品，一共二十四瓶 V.S.O.P.。現在人們不時興喝白蘭地，喝蘇格蘭威士忌和紅酒居多，我問尙恩有沒有關係，他說管他的，又說雕塑家嗜酒如命，雖然喝酒也是挑剔的，但不得已的時候也照單全收，只要有酒就好，我心想他倒只在乎那雕塑家怎麼樣。

我到處閒晃，跟認識的人打打招呼，不意也聽到各種零零落落的話題。「他拿到的是經營權嗎？你不是一直跟他很熟？」「他現在對我很有戒心，我也不知道爲什麼，他表現得很明顯。」「別看報紙說的，那是鬼扯，我才剛從澳洲回來。」「我也這麼想，我一直打給你都沒找到人，我就猜你出國了。」「我不是因爲出國才關手機，只是這件事實在是太煩人了。」「他們兩個是好朋友嘛！聽說會一起出國玩，我不知道他們好到什麼程度，不過反正就是一丘之貉。」「他們兩個倒眞的有相似之處，一到鏡頭前面都會口吃。」「我上個禮拜在他的手機留話，昨天才得到回音，這麼巧，他打來的時候我也沒開機，他也是留話。反正，我已經仁至義盡了。」「這樣說來還是沒談到癥結。」「管他那麼多，他也是很可憐……」「千萬別告訴人是我說的，這件事天底下我只跟你說了，不可能有別人知道，她自己絕對不會說出去，否則會天下大亂。」「眞可惜，我也覺得這過程太刺激了。」「別嚇我，你眞的不會說出去吧？」

尙恩準備了壽司，不過一下子就被吃光了。

我聽到有人的交談中出現「克雷杭波症候群」這個字眼，說話的人是精神科醫生K，和一個我也認識的音樂家，我立刻也加入談話。克雷杭波症患者是克雷杭波氏以其姓氏命名的精神病症，患者深信名人或有權位之人和自己有親密戀情，若非是讀Ian McEwan的小說，我根本不知道有這種病症，但K小聲說，克雷杭波症患者異常衆多，只要是有名氣的人，幾無例外都會碰到，在場有三分之二的人都曾私下告訴過他，他們曾遭克雷杭波症患者騷擾過。我驚訝的不是舉目望去有三分之二的人都有此不幸遭遇，而是此地有三分之二的人都是K的病患！被克雷杭波症患者侵入生活圈的話，不僅聲名受累，有時還影響家庭或原本的愛情關係，我也遭逢過顯然是克雷杭波症候群造成的困擾，所幸沒碰過像在場許多人曾遇到的，對方公然到家裡來，或者到工作的地方胡鬧的痲煩狀況，但是在背後胡鬧就已經教人夠受了。克雷杭波症患者的想像力究竟從何而來，令人費解，因爲其所杜撰的情境內容異常眞實，尤其是瑣碎的生活細節，出神入化，難以讓人相信那是編造的。K開玩笑說克雷杭波症患者是天生的小說家，寫小說的能力讓眞正的小說家自嘆弗如，我連連點頭，因爲當初我收到這種人寄來的信的時候也是瞠目結舌，裡頭記載的日期、地點、人名、事件種種，都煞有介事，這種東西拿出去，恐怕外人都會相信他，不會相信我。

「你可聽說過X的事？」音樂家問我。

X在大學教書，幾年前因意外殘廢，但詳情我不知道。

結果X也是克雷杭波症受害者，只是他的例子很特別，X是同性戀者，但這一直是祕密，暗地裡他交過不少男友，甚至包括和男學生有性關係，但周圍的人並不知道，這個女人冒出來說是X的女友，且在校園到處散播，並說曾懷X的孩子，但背著X拿掉了。這令X非常狼狽，他雖極力澄清，但正如先前說的，克雷杭波症患者的虛構能力卓越超凡，同情者衆，一面倒向那女人，X苦笑說清者自清，但另一方面卻竊喜這女人無疑讓一直以來懷疑他是同性戀者的人無話可說。不料縱容對方的結果導致悲劇，一天X與情人幽會，晚上從對方住處出來的時候，感覺自己遭到跟蹤，甚至懷疑對方手中持有刀械企圖刺殺自己，X加快腳步，對方便也跟著加速，X拐入岔路，對方也跟進，X終於在慌張之下狂奔，跑過馬路時摔倒，遭卡車輾斷一條腿。

音樂家提這事時，臉上帶著點微笑，若遭逢類似的倒楣事，但得知有其他受害者的下場更悲慘，自己大概會慶幸一番，原來的憤恨不平也跟著減輕了吧！

我注意到有人持攝影機在進行拍攝，感到有點狐疑，但我只是提高警覺，小心避開而已。倒是我注意到有個唇紅齒白的男子，好像是某旅遊還是美食節目的外景主持人，也是個新人，那攝影機沒在拍他，他自己倒是不時移動位置，每到定點，都神不知鬼不覺自憐地擺出各種矯情的pose。音樂家發現了攝影機，吵嚷起來，尙恩這時走過來，一手搭在那持攝影機的人肩膀上，笑嘻嘻地說那人是導演R，在拍紀錄片。「什麼鬼紀錄片啊？我可沒有准許你拍。」音樂家說。「你的部分全部剪掉就是了嘛！到時候別後悔噢！」尙恩說。「簡直是亂來。」音樂家說。尙恩穿著我最喜歡的男性裝扮，白色襯衫，藏青色牛仔褲，黑天鵝絨外套。

我再一瞧那導演，發覺很面熟，仔細想想，不但是以前見過的人，而且交情還不只如此。我對人很健忘，並非情薄，而是天生有這方面缺陷。

「他只是拍點東西參考，爲了他的新電影，」尙恩說，「他要拍一部逗馬片。」

「誰准他在這裡亂拍的？你吧？你事先有跟我說嗎？」音樂家仍舊很激動。

「逗馬片是什麼？」音樂家一會兒才回神。

「他打算寫一個故事，全部內容就是一個派對上發生的事情。」尙恩轉過臉，咧開嘴笑著對我說，「怎麼樣？確實很適合逗馬吧？」

一個個子很高的女孩走了過來，我很少碰到比我高這麼多的女人。「她就是小幸，我跟你說過的。」那導演對我說，我一頭霧水，忽地我輕拍一下額頭，我想起來了，這導演R曾經找我寫一個劇本，就是要爲小幸量身訂做的，當時爲此我還跟R見過兩次面討論這件事，第一次約在他的工作室，第二次約在咖啡廳，他遲到兩個鐘頭，若不是因爲我剛巧有稿子要趕，坐咖啡廳順便寫稿，我怎麼可能等個半生不熟的人等上兩個鐘頭！那時他說要讓我和小幸見面，我嫌麻煩，說不用，告訴我小幸的特徵就好了，他只說很高、氣質典雅，就只這麼兩個形容詞，光靠這兩個詞要琢磨出小幸的形象，說老實話，完全想不出來，後來因爲沒找到錢，這個戲也沒拍。現在瞧瞧這女孩，要說氣質典雅似乎有些勉強，相貌也很平凡，不過給人感覺挺老實的就是了，我還半開玩笑跟尙恩小聲說，R如果能成爲李安的話，小幸算是個湯唯呢！R拍過幾部片子，我以爲全都沒做過商業放映，後來有人跟我說，全都上過院線，我還吃了一驚。

R跑來指揮大家「進行一場精采的交談」，眼看衆人正打算拒絕，評論家卻突然毫不介意逕自開口談起時政，因爲內容是關於文化政策，倒也很快引起話題，包括對文化預算、意識形態掛帥、官僚態度、充滿不食人間煙火的外行決策、私相授受的批評，說到私相授受，不免點名大開殺戒，我內心暗自莞爾，想起我過去的心得，派對這東西不能不參加的原因是，只要你不在場，你就會是那個被談論的人。不過談得雖然「精采」，但導演R的表情顯得有點無聊。

幾個帶頭的高談闊論，慢慢一小撮一小撮人便游離開來，捉對壓低聲音聊別的，爲此醫生K還被導演R喚住，「你說那麼小聲我聽不到！」R喊。「就是故意不給你聽到啊！笨蛋。」K旁邊的音樂家說。

小幸和另一個女孩兒聊起國內最稱得上時尙代表的男子爲何，此時唇紅齒白的外景主持人也伸長脖子湊了過來。醫生K在我另一側，和小幸搭話那女孩，越過中間的我問醫生K，尙恩和雕塑家是不是一對？醫生K聳聳肩，說沒聽說過，音樂家則跑到我耳邊小聲說：「這女的眞是個十三點。」不知爲何，評論家從文化政策的世界突然抽離，變魔術地像一尾泥鰍般滑進這邊的水田，「有些快樂是邪惡的，不是嗎？」他忽然問道。「快樂全都是邪惡的。」音樂家禮貌地說，但他的禮貌，看起來有點喝醉了的樣子，喝醉的人坐直著，裝出矜持的那種模樣。「男同性戀全都看起來很猥褻，女同志好一些。」一個娃娃臉的男子說，他是投資顧問，最近正跨足藝術品買賣投資這個熱門領域。並沒有人認眞再討論關於同性戀者的話題。有人提到占星，在文壇，星座這個話題很受歡迎，但是在這裡似乎有點冷，投資顧問聊了些占星術對投資上的幫助後，因爲今年沒有什麼有趣的大預言，這個話題也很快被遺棄。說到遺棄，一個年近五十的男人（我還眞不知他是誰）說起新一代的嚴重失落，但有人反駁，這是每一代老人的家常話。評論家延續這個論點，說時代的變遷就跟房子的裝潢一樣，有個詩人則用名畫的塗改和修復來比喻。

啊！我談到了詩人，這我又不得不提尙恩了，此時正巧他也顯得有些奇異的亢奮，小幸剛才問我尙恩是做什麼的，這還把我問倒了呢！幸虧尙恩最近喜孜孜地到處說他開始寫詩，於是我有可回答的東西，我就說尙恩寫詩。尙恩前一個嗜好是玩車，他以前是運動員，但很早就因爲受傷退休了，隔一段時間便玩玩不同的東西，我心裡也納悶尙恩靠什麼維生，才這麼想，尙恩就敲敲杯子以高聲量說他有話要說，尙恩揚起下巴，一派驕傲的表情，轉過臉的時候，視線與我相對，那一瞬間我就一清二楚，這傢伙醉得很厲害。

尙恩開始抱怨愁煩錢的問題讓他不能專心寫詩，一旦有俗務，他就無法完全沉浸在詩的世界裡，希望大家能捐錢給他，以免葬送一個天才詩人的創作生命。我不知道他到底是在胡鬧還是當眞，但有好幾個人竟馬上嚴肅看待此事，並沒有意思要自己掏出錢來，倒是一個接著一個想幫尙恩想湊錢的方法，有人說他可以提供住的地方，這是一件很慷慨的貢獻，但尙恩根本不缺住處，說到後來在場的人都同意捐出一百元來買樂透彩券，籌募尙恩寫詩基金，如果全都槓龜的話，這事就算到此爲止。

尙恩偷偷對我吐了吐舌頭。

之後有人聊起了三個死人，近期死的，近期指的是這半年內，眞有不少。有人問我是否曾替他們寫過追悼的文章，我說沒有，然後我有點意外地發現，在場除了我，沒有人是寫文章的，詩人雖然寫詩，不過還是有些另當別論，當然他們可以詩的形式表達任何意見，包括追悼，這一定的，還有比詩更適合嗎？也包括作政治評論，至於那評論家，他原則上是說的比寫的多。

他們談到畫家F，說他得了一種病，有人說是癌症，但沒有人說得出來是什麼癌，有人說不是癌，是種罕見疾病，自然也有人暗示和縱慾過度有關，反正，他快死了，現在大家看到他都把他當個死人看。感覺你似乎清楚看到死神一直站在他的肩膀上，活像死神是他的守護天使，剛開始你會有點吃驚，但久了你會很納悶那個穿黑斗篷手持鐮刀的傢伙幹嘛不快點把他帶走，化妝舞會持續得太久，連大白天也漫步到街上未免就古怪了，再有同情心的人也覺得他剩下的那另一隻腳何不趕快也跨進墳墓才教人鬆一口氣。音樂家說我可以開始著手寫F的追悼文章了，他是認眞說的，並沒有譏諷的意思。

有個廣播節目主持人談及A，A不是近期死的，是去年死的，她提到A講過一個小故事，大概是在她的節目裡說的，她正要說到情緒的爆點上（也就是說那時她會哭），尙恩忽然舉杯說：「敬死人！」

因爲這三個字究竟是一種興之所至的致敬，還是亢奮的惡意，無人搞得清楚，皆猶疑不決是否要跟著舉杯，最後只有尙恩自顧自一飲而盡，根本不在乎是否有人附和。

我問音樂家，近來除了總是和藝人合作通俗音樂的表演之外，是否有自己眞想搞的東西？他皺著眉，一臉很痛苦的模樣，我猜想這問題是有什麼地方刺痛他，因此有些內疚感，後來發現與這無關，他只是被問倒而已，且不是因爲這問題有多難。如果你問一個問題會令對方難以回答，可能會有些成就感，好像這問題有多傑出，或者高深，意味層疊豐富。常演講的人有個訣竅，當有人發問時，一律先來上一句「這問題問得好」，彷彿問題本身較答案來得重要。問題引人思索，但答案有時只是迂腐的垃圾。你一定有這個經驗，記得自己問了別人什麼，卻不記得對方回答了什麼。但即使是笨問題也會使他陷入痛苦。過於愚笨的問題也會令人答不出來，我們通常會對笨問題視若無睹，假裝沒聽見，或者擺出不屑一顧的樣子，電視的叩應節目中，當敵對的質問來了的時候，那些嫻熟這套遊戲的人會馬上翻白眼，問題都還沒問完，導播就會去帶那個表情鄙夷的鏡頭，充分暗示這問題內容的滑稽與不可靠。

音樂家沉吟著似要開口，但我懷疑他肚子裡有沒有答案，此時雕塑家走出來了，一臉沒睡醒的模樣，理著個光頭，大概是和尙當慣了，覺得沒有頭髮比較輕鬆自在吧？或者習慣了自己沒有頭髮的模樣，總之，因爲頭型很好，光頭看來也不錯。穿著藍色襯衫，領子還漿得挺挺的，實在出人意料之外，我原先的想像，雕塑家似乎都應該是野人一般，留著雜亂的絡腮鬍子，這種想像當然是無謂的，畢竟不是想要有絡腮鬍子就留得出來。雕塑家的臉孔很乾淨，時常流露出受驚小鹿的眼神，一陷入思考就抿著嘴唇，與我原先的想像相比，眞是絕倒。

「你那兩件新作，眞的是很棒。」評論家說。

雕塑家輕啓嘴唇啊了一聲，露出驚訝的表情。

「佛像。」評論家又說，提醒他似的，確實是提醒，因爲雕塑家顯然很茫然。「噢，是噢！」他喃喃囁嚅兩聲，開始抱怨肚子餓，尙恩解釋壽司都吃完了。「可是，我眞的很餓。」他這麼說的時候，模樣像孩童一般，很可愛，他低下頭，把手在襯衫上抹，好像這是他平常愛做的動作，然後他又再度露出愕然的表情，「原來我把我最好的衣服穿出來了……」他低下頭，仔細凝視他的袖子，然後猛一抬頭，睜大了他那雙吃驚小鹿的美麗眼睛，「我都沒發現……這是藍色的那件。」他宣布。

「你那兩件塑像，花了多久時間做的？」一個年輕女人問，剛才我好像聽人說她在藝廊工作。

「我覺得這裡有風吹過來……」雕塑家聳起肩膀搓著自己的手臂，他掀起袖子看，「媽的，我起雞皮疙瘩了……」

「你才讓人毛骨悚然，」尙恩說，「我去幫你買吃的，你想吃什麼？」

隨即聽到令人作嘔的聲音，不知道是誰在後面嘔吐，有人回頭看，但明智的人都沒有回頭。「啊！吐出來好過多了，剛才眞的好難受……」是那外景主持人的聲音，但這句話才說罷，又是嘔吐聲，聽起來像一種來勢凶猛的瀉肚子，嘩啦啦的。雖然告訴自己千萬別回頭看，但還是忍不住，一轉臉便瞧見外景主持人眼睛飽含淚水，下巴還黏著嘔吐物，一臉無辜的模樣。「沒想到酒量這麼差，特地在來這之前吃飽的，心想比較不容易醉，人家不是說空腹不能喝酒嗎……」

尙恩懶得出去買吃食，打電話叫披薩，在看到嘔吐之後馬上聽到叫海鮮和牛肉披薩的聲音實在令人反胃。

「虛僞，究竟人要如何不虛僞地活在世上？」雕塑家忽然說。

他的聲音雖然有氣無力虛無縹緲，但不知爲何卻清清楚楚地傳送到耳旁。

有人似不以爲然但謹愼禮貌地問道：「你暗指我們都是虛僞的人嗎？」

一股屏息等待的氣氛，好像人人都聽到神諭的聲音：「你可知道你正要進行的是一個嚴厲的指控！」然而雕塑家泫然欲泣的眼神卻與這很不匹配。

「你所謂的虛僞，指的是說謊嗎？」醫生K問，他看起來不像是眞的問這個問題，倒很像包圍綁匪藏匿之處的警察，或者企圖接近站在樓頂上打算跳樓的人，小心翼翼地進行語言的誘導。

雕塑家揮揮手，露出簡直算是傷感的表情，但嘴型卻又像在微笑，嘴角微弱地抽搐，浮現一些細細的皺紋，彷彿要說什麼但又被自己這種錯亂的情緒嗆住似的，他伸手指著尙恩，也許意味尙恩可以接替他說出他心裡想要說的話，但尙恩攤攤手，露出滑稽的笑容。

「噢，眞可怕……」發出嘖嘖的聲音，一邊搖頭，「你說說看，到底是誠實和虛僞……哪個比較噁爛？」雕塑家說，他的表情看來好像他的腦子裡比較的是嘔吐物和糞便，然後他盯著外景主持人，強忍著笑意。

外景主持人剛才吐過之後（總共吐了四次），神清氣爽，沒有人去清理嘔吐物，因爲這裡沒有打掃服務生，雕塑家沒有助理，尙恩也不可能去做清掃工作，沒有任何人會去做清掃工作。有幾個女孩子看不下眼，女人溫順和愛清潔的本性讓她們有股衝動去做這件事，但此時此地這樣做絕對有失身分，且會汙辱女性的性別，顯示此一性別較另一性別低下。如果是打翻酒瓶，或許衆人還會做點熱心的表面工夫，爭相去拿個抹布面紙的，但嘔吐物太噁心。至於嘔吐物的製造者，也不覺得自己有此責任。有人問外景主持人自從在電視上露面後，是否在街上被人認出過呢？這樣一來，是否造成生活上的困擾？外景主持人一派瀟灑地說：「我還是我，我不會因爲這樣而去改變原本的生活習慣，我還是照樣到路邊攤去吃麵。」

我身邊的詩人輕輕推了一下我的手肘，說雕塑家從走進來至今，喝酒就沒間斷過，但動作實在太順暢自然，竟不易爲人察覺。我的視線望向雕塑家，此時我和他之間有段距離，但他也正望向我，嘴裡說的話簡直像是特別在對我說的，更神奇的是我可以聽見他說的話，儘管聲音似乎並沒有眞的傳到我的耳裡。「國王的新衣……噢……這是眞的嗎？」他閉上眼，搖搖頭，「如果付錢給我，我可以說謊。」

說謊二字令我微微顫抖，就好像雕塑家剛才說有令人起雞皮疙瘩的冷風吹過。從小父親對我的教導，萬惡第一是說謊，不誠實是對一個人清白活在世上的最大侮辱，但誠實這個制約卻令我吃盡苦頭，受了百般傷痛，當我發現什麼時候自己已排除萬難學會虛僞之時，感慨萬千，但同一時刻又盡其所能拆自己的臺，硬是想揭露謊言。善意就是虛僞，我不相信人心中有眞正的善意，不存在任何善意的人間，根本就是只有虛僞的人間。

尙恩忽然提議，不如下次的派對，就包下一間溫泉來舉行，衆人不分男女裸裎相見，全都要一絲不掛泡在水裡。既然袒裎相見，所說的話都必須誠實，一字不假。尙恩對自己想出的這點子得意非凡，我悄聲對導演R說這是個好電影題材，當然不是指尙恩眞的辦裸裎泡溫泉派對，導演R也眞的去實地拍攝，只是說一群人裸裎只說實話的派對，實在適合拍部逗馬電影。池子裡只見水氣瀰漫，攝影機在前面，所拍的一切將成爲彼此日後用來相互牽制威脅的證物，這個晚上所有的人都可以吐實，而日後誰也不可能洩漏出去，因爲把柄都在彼此手裡。這部電影的點子挺不錯的，不是嗎？

我自己只泡過一次溫泉，同行的是一群男人和一個年輕女孩，男人們在男湯，我和那女孩去女湯，我和女孩其實不熟，但打從一見面就注意到她的胸部很可觀。在健身房的按摩池倒是經常和許多女人裸裎相見，因爲全是陌生人，也沒什麼羞赧的，若旁觀者皆爲事不關己之人，袒裎似乎無害。全身贅肉皮膚鬆弛的女人居多，擁有緊實肌肉和優美線條的女人則如鳳毛麟角……眞的是鳳毛麟角嗎？仔細想想，似乎一個也沒有。

沒去過男人的浴池，但猜想那裡也充斥著距離完美身形相當遙遠的男體吧？不過，現在在螢光幕上，越來越容易看到裸露身體的男人，發現不僅男人的胸形各異其趣，乳頭的模樣也各有千秋，雖然說女人的乳頭要小巧而呈粉紅色才被視爲上品，但男人的乳頭也有又大又黑的，男人的乳頭和女人的一樣，也必須有適中的形狀、大小、色澤才好。忽然想到雕塑家的那尊佛的裸像，右乳下方有一顆很大的黑痣，很難不揣想尙恩是否在右乳下方也有黑痣呢。

正當衆人紛亂地談話之時，發生了騷動，音樂家把導演R的攝影機搶過來，摔在地上，這還不只，又抬起腳來猛踩。導演原本要去搶救那臺遭殃的機器，但索性這也不管了，他衝上去抓住音樂家，顯然是要咒罵他，但情緒過於激動，竟絲毫講不出什麼憤怒尖銳的辱罵臺詞，只是重複著「你怎麼可以這樣」這種無關痛癢的軟弱語句。兩人扭打起來，亦不像電影裡每次出現的打架鏡頭那樣互用拳頭毆打對方的眼睛和下顎，而是像娘們一樣盲目地胡亂搥一通或用手掌亂拍對方完全不是要害的部位，仰著臉哇啦哇啦不知道在吶喊什麼。

音樂家和導演R的亂鬥令人啼笑皆非，然而更教人吃驚的是，外景主持人在這時突然昏倒，由於沒人伸手扶住他，人一癱軟，便躺在自己方才的嘔吐物上。有人問現在該怎麼辦，是否該叫救護車？也有人懷疑此時應該進行人工呼吸才是急救的正確步驟，但誰要跟他做人工呼吸？這太噁心了，他的嘴巴裡八成都是嘔吐的味道。「就算沒有嘔吐也噁心，我絕對不替男人做人工呼吸的，即使是女人，也必須是美女，醜女也休想。」音樂家說，他與導演R的鬥毆已經停止，但假裝沒看見R撿起損毀的攝影機翻來覆去查看的悽慘表情。

「醫生！」有人忽然大喊，把醫生K給推出來，「你不是醫生嗎？快看看他怎麼樣了。」K面有難色，再三強調他是心理醫生，這種事與他的專業是兩個不同的領域。

「即使是心理醫生，總念過醫學院吧？」評論家這麼說的時候，又自我懷疑起來，支著下巴喃喃自語，「難道念的是心理學系？那似乎就與醫學無關，這麼說來，精神病並非醫學的範疇？」

醫生K好說歹說被推到外景主持人身邊，百般無奈他硬著頭皮蹲下去靠近這昏倒的男人，他仔細瞧瞧，這年輕男子也確實如人們所說的，相貌清秀唇紅齒白，他以爲自己的任務是要去替此人做人工呼吸，不覺靠近他的紅唇，像要接吻，這種軟綿綿的意象讓他把頭縮了回來，不妙，他說，用手去探外景主持人的呼吸，又摸他的頸動脈。

「死了。」他嚴肅地宣布。

「敬死人！」尚恩站到椅子上，舉起酒杯又一次大喊。

「要叫救護車嗎？」再一次有人問。「已經死了還叫救護車？」「不叫救護車的話，用什麼運屍體呢？」「說得也是，但要運到哪裡去呢？」

因爲一時之間不知如何處理屍體，衆人皆沉默，不約而同都去倒了杯酒，安靜了十分鐘，有人打破靜默，找些話題聊天，氣氛又回到先前那有一搭沒一搭的捉對談話，「你說那個女人嗎？就算她再高明，終究只是個女人哪！」「是啊，他的烹飪手藝確實了得，如果去他家叨擾，必能吃上一頓好料。」「他兄弟都好賭，所以說，家家有本難念的經，他再怎麼賺也不夠全家人花。」「賭？賭什麼？」「每一代都會失落些東西……」「這個你剛剛說過了。」

屋子裡充滿有氣無力的喧鬧之時，外景主持人醒了過來，坐起身。一個女孩尖叫了一聲，其實算不上尖叫，只是她驚訝的呼喊聲尖銳了些。

「這是殭屍嗎？」有人問，並不是在開玩笑。導演R顯然氣急敗壞，若是他的攝影機沒壞，這眞是值得拍的鏡頭。「不，他沒死。」醫生K鎮定地說。「剛才說他死了的就是你。」音樂家說。「那麼他就是死了，只是他又活了過來。」醫生K眼睛盯著復活的外景主持人，正眼也沒瞧一下音樂家。「死人怎麼會復活？」音樂家反駁。「這並不稀奇，這種案例多得不勝枚舉。」暗示音樂家的孤陋寡聞。「你想這算是神蹟發生了嗎？」廣播主持人問。「不，像這樣的情形還搆不上神蹟的等級，這太普通了。」「你是說死人復活是很普通的事？」「他不算完全的死。」

詩人推開衆人走過來，蹲在外景主持人身邊，「你剛才必然有看見白色的光吧？是否有條甬道在你面前打開，通往白光的所在？」這是瀕死之人事後描述的共同經歷。衆人頓時興味盎然，圍攏過來聆聽外景主持人的瀕死經驗。

雕塑家始終沒有移動一下，方才都呆滯地坐在那裡的他，忽然狂笑起來。哇哈哈哈哈哈哈……那股勁頭很驚人，排山倒海地，一發不可收拾。突如其來的大笑已經讓人吃驚了，原本還沒因他突兀的笑而錯愕的人，也因爲這笑一直持續而呆住。「他喝醉了。」醫生說。「喝醉了應該是會狂哭，從沒聽過喝醉了狂笑的。」評論家說。

雕塑家就像吸了笑氣般笑個不停。

我想起早年在劇場學習表演的時候，狂笑與狂哭同樣令我覺得困難，我在電視連續劇上看過人狂笑，大多是古裝劇裡的土匪頭之類，或者不合邏輯瞎編一氣的時裝劇裡的壞人，狂笑得很瘋。狂笑不能說不粗獷，我想我狂笑不出來，狂笑太誇張，微笑尚且是種很假的東西了，遑論狂笑，但是有次表演課，連我在內的學生被要求同時狂笑不停，我才發現狂笑不難，我居然也能狂笑不止。我心生懷疑雕塑家的狂笑是眞是假？

也許他等會兒就會由笑轉哭了，有人說。

於是，所有的人都停下動作，安靜地，等著雕塑家什麼時候由笑轉哭。

——原載二〇〇八年四月十二～十六日《聯合報・聯合副刊》

有一隻懷錶

黃春明

臺灣宜蘭縣人，一九三五年二月十三日生於羅東，屏東師專畢業。曾任小學教師、中廣宜蘭臺記者、廣告企劃、電影及紀錄片導演等職。出版小說《兒子的大玩偶》（一九六九，仙人掌）、《鑼》（一九七四，遠景／一九八五，皇冠）、《莎喲娜啦．再見》（一九七四，遠景／一九八五，皇冠）、《小寡婦》（一九七五，遠景）、《我愛瑪莉》（一九七九，遠景）、《青番公的故事》（一九八五，皇冠）、《放生》（一九九九，聯合文學）；散文《等待一朵花的名字》（一九八九，皇冠）；童話繪本《小駝背》（一九九三，皇冠）、《愛吃糖的皇帝》（一九九三，皇冠）等二十餘冊。

曾獲吳三連文藝獎（一九八〇）、國家文藝獎（一九九八）、時報文學獎（二〇〇一）、東元獎（二〇〇六）及噶瑪蘭獎（二〇〇七）等。

現為蘭陽戲劇團藝術總監、《九彎十八拐》雜誌發行人、黃大魚兒童劇團團長、國立臺灣藝術大學駐校作家。

第二次世界大戰結束後的第二個月，被拉去當日本軍伕的小明父親，他從南洋的戰場上，撿了一條命回來了。他像乞丐，除了臭蟲虱子，還藏了一隻銀殼子的舊懷錶，當著禮物給爺爺，其他什麼都沒帶。爺爺很高興，不但喜歡這隻懷錶，也覺得它特別寶貴；因爲它好像是兒子冒著生命的危險，去遠方可怕的戰場帶回來的寶物。事實也是如此。那是日軍當時登陸新加坡時，日本的伍長，從一位陣亡的英國年輕士兵身上搜到的；而小明的父親在掃街戰的時候，替一家說同樣閩南話的華僑，閉一隻眼讓他們帶走了細軟，人家爲了報答他，給了他十英磅的紙幣，他就用這個錢買了這一隻懷錶。這一隻懷錶是小鎮裡唯一的外國懷錶哪。

這一隻懷錶有一個蓋子，它蓋起來的時候，整隻錶有一個小月餅那麼大，不過沒那麼厚。它的整個錶殼上下都刻了葛藤交錯的細花紋，看起來就覺得它是一隻很貴重的骨董懷錶。打開圓碟型的錶蓋，背後的凹面，還刻了三排英文字母；較大而顯著的是 Simpson（辛普生）這樣的人名。這是後來他們去問小鎮的一位英文老師才知道的。

小明對這一隻懷錶最感興趣的是，那一根特別細長的秒針，它走動起來，一秒一頓、一秒一頓，很像軍人踢正步，煞有精神得很。將它移近耳朵去聽更妙，好像踢正步的軍人，是穿著擦得亮亮的馬靴。如果把蓋子闔起來聽的話，那更有趣；這時所聽到的聲音是遠了一點，但是聽起來卻像是一隊穿馬靴的軍人，刷！刷！刷地踢著正步。小明常常把闔上蓋子的懷錶貼在一邊的耳朵，一邊摔另一隻手，隨著一隊軍人踢正步。

剛開始，小明百聽不厭懷錶的聲音，他想聽，爺爺要和他交換條件：說要乖才讓他聽。要怎麼乖？當然聽爺爺的話，更具體的說，那就是要替爺爺掏耳朵。爺爺有喜歡掏耳朵的壞習慣，奶奶死後就沒人替他掏耳朵了。小明八歲了，有一天爺爺耳朵癢得不得了，他冒險的想到小明，要他試著輕輕替他掏耳朵。開始時小明覺得好玩，他小心的試了一下，爺爺竟驚豔的稱讚他手巧，很滿意的賞了錢，讓他去租連環漫畫看。從此之後，這一份替爺爺掏耳朵的工作就牢牢的跟在小明的身上了。

替爺爺掏耳朵這一份工作，小明越做越有心得，做得有模有樣。白天就在外頭，夜晚就在燈下，爺爺坐在一張椅子，小明墊著小板凳站在後頭。爺爺的頭，任小明擺弄；小明要他的頭側一點，歪一點，側得太低也不行，太高更不行，歪嘛太偏也一樣不行。小明把爺爺的頭，挑剔的擺來擺去，甚至於像大人替小孩子剃頭一樣，叫在家裡人人敬畏的爺爺不許亂動。這一份工作可以叫爺爺從頭到尾聽他的話，這是小明最大的成就感。看他右手拿放鏡，左手拉緊爺爺的耳朵，找光探底，再來就是換掏耳棒，爺爺叫它「耳屎把」的掏耳屎，最後再換小棉花棒清理耳道。這個過程，爺爺總是對小明輕聲細說，懇求重一點，或是快一點，嗯嗯呀呀輕咀。那要看小明高興。小鎮有一位業餘的攝影家，曾拍了一張，小明凝神專注的替老人家掏耳朵的神情，老人家一被掏得舒服，緊緊皺起眉頭，半張著嘴，口水就從歪斜一邊的口角直流下來。作品的標題叫作「專注與陶醉」，而得到縣城攝影賽的第一名。

老人家兩邊耳朵的耳垢，早就被小明掏得乾乾淨淨了，而爺爺還是三不五時就要小明幫他掏耳朵，說他已經沒有耳屎了，爺爺竟有一篇防患的大道理。他說沒有耳屎的時候，更需要常常掏，只有這樣才不容易長耳屎。老人家還拿後院的石槽做比喻，說奶奶以前常常洗刷石槽，所以不見石槽長青苔。奶奶死了，沒人刷洗石槽，石槽長了厚厚一層青苔。現在想洗刷乾淨也不容易了。小明聽了覺得有點道理，又好像沒什麼道理；他懷疑石槽怎麼可以拿來和耳朵相比？能不能他也沒有把握。老人家舉了這樣的例子，得意的一直問小明說，這樣的道理你懂了嗎？小明被逼得只能笑笑，小聲的說懂了。「耶耶耶！懂了就不要跑。」爺爺的話追著跑走了的小明。原來外頭有幾個小孩的人影，正壓低聲音叫小明。

這些來找小明的同學，要小明證明他家確實有這麼樣的一隻外國懷錶，同時也想聽聽秒針踢正步的聲音。小明因為事先沒跟爺爺講好，同學突然來了，不知要怎麼開口，要爺爺讓同學他們看他的懷錶？怕人家笑他說謊的小明，只好硬著頭皮進去找爺爺。

「爺爺，你要我掏耳朵是不是？」小明設了一個陷阱問。

「爺爺耳朵癢死了，快快，快來幫我掏一掏。」

「那你要先答應我一件事。」小明露出有點沮喪的可憐相說。

「除了殺人放火，什麼事情爺爺沒答應過？」

「那你的懷錶要借給我們同學看。」

「哎呀！你這孩子，爺爺不是叫你出去不要亂講嗎？你怎麼可以去告訴你們同學，說我們有一隻外國懷錶？」爺爺有點焦急。

「是他們自己知道的，又不是人家告訴他們。」

「這怎麼可能？你這孩子。」

「爺爺你說嘛，已經有多少親戚朋友來看過你的懷錶了，他們回去也會講啊。我們同學就是這樣知道的啊。」小明突然轉成愉快的笑臉說：「爺爺，你讓他們幾個趕快看完，我就馬上替你掏耳朵。」

「你這個小孩，眞會做生意。」

原來爺爺已經忘了耳朵癢，經小明這一提，耳朵就眞癢起來了。爺爺耐不住的說：「他們呢？」

「我去叫。」小明說著就往外衝。

「幾個？」爺爺追著問。

「七個。」小明高興的一邊跑一邊回答。

「叫他們進來。」

小明把同學帶進來了。小孩子們面對老人家圍個半圈，盼著想盡快看到小明說得那麼傳奇的外國人的懷錶。爺爺很優勢的對小孩們說：

「你們要乖乖的看，要快快的看，看完就趕快回去，到外頭就不要亂講你們看到什麼，知道嗎？」

「知道——。」小孩子像上課一樣齊聲回答老師。

「要眞的知道喔！……」

小明替同學急，也爲自己因爺爺的囉嗦難堪，他耐不住插嘴打斷爺爺的話說：「爺爺，快一點嘛！」

爺爺好像有一套劇本似的要演給小朋友看，經小明一插嘴，打斷了爺爺的臺詞，老人家有點不愉快。

「你的同學不急，你急什麼？」

有一個較敏銳的小孩，怕壞了事，他開口說：

「小明，沒關係啦。」

「就是說嘛，有什麼好急？」爺爺又回到想和小朋友玩玩。

可是小明認爲這是作弄人，心裡有所不平。本來想一氣之下走掉，另一方面，他也想到他一賭氣走開的話，很可能這場看錶的好事就壞了，而讓同學失望。

爺爺把兩隻手掌無力的垂懸在胸前，前後轉了幾下，表示手是空的。就這幾下，小孩子像著了魔，凝神的任由爺爺擺佈，這連小明也覺得有趣。老人家先把懸空的右手移開胸前，讓左手慢慢插入右手邊的內口袋，摸了摸，張口、臉露緊張、搖搖頭。想了一下，臉露笑容，點了點頭，把空手抽出來懸在左邊胸前，右手不慌不忙，插入眞正爲懷錶準備的暗袋。他笑了。小孩子們也笑了。小明心想，爺爺什麼時候有這一招他怎麼不知道？爺爺抽出右手是順著一條三十公分長的銀質錶鏈，原來就和懷錶連在一起的，順著它慢慢滑上來，並沒有把懷錶抽出來，但這已經很少見的錶鏈展現出來了。小孩子以爲這就要看到外國的懷錶了。老人家慢條斯理的伸出右食指，挺在錶鏈的背後，輕推著上下滑了幾下，然後用左大拇指和食指，捏好錶鏈的一端；這一端是勾住胸前鈕扣的扣孔，另一端才是連著懷錶。兩手的大拇指和食指，捏著鏈子一點一點，一前一後，一前一後，慢慢把鏈子往上拉，拉到鏈子有點緊繃時，也就是懷錶要從暗袋裡露臉的時候，小孩子們被老人家掌控到，只要螞蟻放個屁都會嚇到他們的境地，突然，外頭有人大聲喊叫。

「親同叔！我帶幾位朋友來了。」四個大人逆著外頭的光走進來，走到前面了，是誰老人家都還沒搞清楚。「親同叔，是我啦。」叫得那麼親，老人家還是愣著。「是我，我老爸就是茂全，是你的親同啊。你忘了。他說你有一個英國懷錶，我帶三位朋友想來見識見識。」

所謂的親同就是同姓的意思。茂全是親同的話，他的姓名應該叫黃茂全。老人家想了半天，在小鎭裡好像沒這個親同。不過人家已經親同長親同短的，叫得那麼親呼呼，說不認識，不叫人看也不好意思。

四個大人接過懷錶看，小孩子們仰著頭擠來擠去，不但看不到，還挨那叫親同的兒子，大聲罵著說：「大人在看，你們小孩子亂擠什麼？再擠就當心你們的頭。」

最後，小孩子雖然都看到懷錶了，卻抹不掉那四個大人的陰影所帶來的不愉快。連小明的爺爺也抱不平的說：

「我長眼睛都沒見過這麼沒禮貌的人。說什麼親同的，我根本就不認識他們，還直闖到家裡來，說要看人家的東西。」他看到小孩子悻悻然在那兒。「他說他們是大人，大人又怎麼樣？像他們這樣的大人，只有教壞小孩。我們長大就不要和他們一樣，沒教沒示的。」小孩子聽了老人家這麼說，多多少少也得到安慰了。

可是小明的同學豈止這幾個，其他的同學一樣好奇，很想來看看這一隻外國的懷錶。這對小明而言，實在很難擺平，他只好一而再，再而三的要求爺爺讓同學分批來看。首先爺爺還有求必應，後來次數多了，老人家就覺得不勝其煩，拒絕了。小明也有他的絕招，爺爺不叫同學看，他就罷掏耳朵。其實老人家掏耳朵，也因爲小明沒有注意到衛生，從手、耳把子、棉花棒，讓耳朵裡面養了黴菌。有了黴菌，叫耳朵不癢也難。這麼一來，爺爺需要小明掏耳朵，小明要爺爺大方的讓同學看錶；就這樣互相供需的關係，小明除了他班上六十七個同學，還有其他班和鄰居的朋友，都來看過這一隻全鎮唯一的外國懷錶。這隻錶給小明的顏面增光不少。爺爺也因爲它聞名小鎮。

有一次老人家到鎮公所戶籍課，去辦一點戶口證明的事。他一到那裡，引起所裡一陣小小騷動；所裡的人都知道老人家身懷一隻傳奇的外國懷錶，不少人爭相要求觀看。後來鎮長也出來了，他迎請老人家到鎮長室喝茶，展示懷錶，談談有關錶的故事。原來手續不怎麼方便的事，戶籍課的人替他要了印章，自動替他辦好事。爲了享到這一樁特權的事，老人家高興了好一陣子。

爲了這一隻懷錶，老人家早就在古衣店找到一件不怎麼合身，但可以裝帶懷錶的西裝背心，不分寒暑，很少離開他的身軀。另外在起居生活上，每天早上八點，傍晚六點，他都會到火車站，面對小尖塔上的時鐘對時，這樣的行爲，也使他連帶著懷錶而出了名。本來在小鎭的火車站，還有一個蓬頭垢面的大鬍子，他每當火車要出站就站在柵欄這一邊，高舉雙手，用日本話高喊萬歲，目送火車出站走遠。現在加上老人家早晚來對時的情形，給這小鎭的火車站，增添了地方上令人想像的故事風景。

一轉眼小明已經十六歲了，是一個中學生了。替爺爺掏耳朵的事，長大之後禁不起別人的譏笑，早就不幹了。也就在那時候，爺爺的耳朵發炎得很嚴重，化膿疼痛到非找西醫不可。經過醫生一段時間的治療，加上醫生一再的警告，耳朵的病好了，掏耳朵的壞習慣也改了。那個必須每天上發條的懷錶，開始有毛病了；裡面的齒輪鬆脫咬不緊，非得靠老人和小明他們兩個人的經驗，找到一個微細的死角，用又輕又慢的動作捻動小轉軸，才能上五六分滿的發條，如果稍有偏差，就失掉那個死角，並且要再花時間，耐心的找才能找得到；這方面小明比爺爺老練，爺爺只有越來越鈍，非找小明不可。爲了修理這隻錶，祖孫兩人找遍了小鎭幾家鐘錶店，還有鄰鎭的，所有的修錶師傅都說，像這樣的零件再也找不到了。這懷錶已經不能用了，這麼漂亮又精緻的外國懷錶，當著骨董玩更有價值。這個時候不用上發條的，所謂的自動錶，在市面上出現了一段時日，它淘汰了舊式的錶。曾經引起小鎭好奇的那一份興趣，隨著這隻錶的壽命消失了。在火車站目送火車，用日語高喊萬歲的那個蓬頭垢面的大鬍子，有一天被人帶走後，就不再見到他了。小明的爺爺也不再去火車站對時了。他們的影子一消失，給這小鎮的火車站，留下了淡淡的，說不上來的惆悵。

老人家的腰開始挺不起來，背駝了。少出門的他，留在家裡還是習慣地常常拿出懷錶，看看被擦得銀亮的錶殼，或是打開錶蓋，看看停佇已久的錶面，搖一搖、聽一聽而不具一點意義。可是，這個習慣，有一天卻有了另一種感覺的變化，它讓老人家感到沉重；之後，每次拿出錶的時候，都叫他想到，和這一隻錶連在一起的悲慘命運。這幽然而起的傷感，造成老人家內心裡愈來愈沉重的負荷。然而，他並不爲它改變他的習慣，還是照舊常拿它出來，一再重溫著想像中的哀傷。甚至於連白天打盹，都夢見一個外國人的士兵，瞪著他手上拿的那一隻懷錶。驚醒後有些驚慌的爺爺，抓住小明說這場夢的情形時，手還微微顫抖著。小明安慰他，說這隻錶是父親向日本的伍長買來的，意思是說，那個英國士兵要找拿他的錶的人，應該是找那位日本人。小明也請父親向爺爺詳細的說明了當時的情節。老人家認爲再怎麼轉手，這隻錶還是那一位年輕英國士兵的，現在在他的手上。從此，過去拿到懷錶的那一份愉快的表情不再了，一絲爬上老人家心頭的罪責，始終無法抹掉。小明的父親，爲了不讓老人常常撫錶失神壞了身體，他把錶偷藏起來。但是找不到錶，老人反而顯得不安和煩躁。小明和父親商量，是否把錶拿出來還給爺爺？父親的結論是：過一段時間之後就習慣。說是這麼說，老人家在家裡扶牆扶壁移動身體時，常常停下來埋怨的說：「我怎麼還不死——！我怎麼還不死——……」

有一天，小明的爺爺在家裡的後院跌倒了，頭撞到長滿青苔的石槽，血流過多，等家人發現，已經爲時已晚。要出殯那一天，所有的功德法會都已經到尾聲，最後時辰一到，只剩下蓋棺封釘，當道士叮嚀家屬屬虎和狗的生肖的人犯沖得要避開時，小明突然泣不成聲的橫趴在爺爺身上，不叫人蓋棺。道士倒是常遇到，家屬捨不得死者，常常有阻擾封棺的情形，家人也知道小明和爺爺的感情最深，所以細聲相勸，但是時辰不能誤，小明不爲所動，道士急了，叫家人無論如何都得把小明拉開。所有的家人都急了，小明的父親生氣的說：「你這個孩子怎麼這麼番！」過去要抱開他的時候，小明更生氣的大聲的嚷著：「把阿公的懷錶拿來！」說也奇怪，這時大家都聽小明的，不敢多發一語，靜靜的在一旁看。父親很快的到裡頭把錶拿出來交給小明。小明拿了錶，小心翼翼的尋找咬緊齒輪的死角時，老道士想提醒大人要注意時辰，才開了口就被小明喝他「不要吵！」父親安慰道士，說就讓他，他知道他的爺爺要什麼。大家屏住氣，看小明好像在拆一顆未爆的炸彈。大概有五六分鐘，那是一段很長很長，需要某種忍耐的時間，此刻，空氣都凝結了似的，滿臉淚痕的小明，突然綻開了笑臉，錶走動了，那秒針一秒一頓，一秒一頓，仍然走得很有精神。小明將它貼著耳朵一聽，穿馬靴的軍人正踢著正步。他很小心的闔上蓋子再聽了一下，一隊軍人踢正步的步伐刷刷有聲，他想像到爺爺的臉笑了。小明看著爺爺的臉，把活起來的懷錶輕輕的放在爺爺的耳邊，這才讓道士把最後封釘的儀式辦完。

時辰一到，從鄉下找來的八個抬棺，把披著紅毯的大壽棺一抬上肩，棺木前後擱架的兩條板凳一移開，他們的腳步也同時開伐，害得前頭兩支開路的大嗩吶，撒路錢買路的人，他們不能不半跑著上路，雖然老道士一直叫抬棺的慢著慢著，可是那披上紅毯子的大壽棺，像一匹上了馬鞍而沒等騎馬的人上馬就起跑的巨馬，隨著整齊的步伐，一步一彈，一步一彈，刷刷有聲的往前邁進。抱爐、披麻帶孝的家屬，還有送出殯的親朋好友，遠遠的被拋在後頭。當棺木朝著小鎮唯一的一條大街行進時，前頭撒冥紙的人，大聲叫嚷：「閃開——！閃開！……」吹大嗩吶的人，必須用更大的力氣吹出一條路來。路上的行人、腳踏車、三輪車都暫時閃到路邊，還有街上店家的人，全都跑出來看這不怎麼尋常的出殯行列。大家都知道上路的人就是擁有一隻外國懷錶的那位老人。那一隻懷錶和老人家就是小鎮的記憶。記憶一醒，紛紛湧到街上看熱鬧的人越來越多。年紀大的人說：「很少看到人死了，能走得這麼開腳的，眞是罕有啊！」整個出殯的行列，像斷了頭的蜈蚣，頭已經出了街尾了，身體才上了街頭。老道士安慰大家說：「老先生這一路還很遠，他放得開最好，我們不必趕。老人家一輩子都不欠人吧，才能走得這麼瀟灑，我們不要趕。」原來要走在棺材前面的出殯行列的陣頭，有子弟戲、十音、弄車鼓和西樂隊，他們都留在後頭，和家屬以及送出殯的親朋好友，成爲一個隊伍，緩緩的走進市街。小明的父親抱著神祇香爐，小明抱著爺爺的遺像。街上兩旁的人的目光都集注到小明和爺爺的遺像，指指點點，一種善意的言談合聲，產生一種祥和的共鳴送著他們。老人家懷錶和小明的話題，早就消失了，但是在今天的小鎮，這些好像死後又復活了。

穿過一層一層的雲霧，老人家終於被接往西天，說也奇怪，那裡好像也就是基督教徒的天堂。何以證明呢？老人家手拿著懷錶一路心裡念著它的主人時，來到了西天，前面笑臉迎來的是一位慈祥的英國老人，他來到老人家的面前，自我介紹說：

「老先生，您好，我叫辛普生。」

老人家也不覺陌生，他們同時伸手熱烈的握起手來，「我叫黃允成，我有您的一隻懷錶。」

他們各自說自己的語言，但是一點都沒有溝通的阻礙。在這個地方，不管什麼地區，各種不同民族的語言，來到這裡都變成一種心語，也是宇宙的語言，它不但可以和神溝通，與萬物，甚至於和星球也都可以溝通。

黃老先生掏出懷錶還給辛普生老先生。

辛普生接過懷錶說：「這錶很老了，這裡也用不著，它是當時，我的孫子在利物浦軍港要出發到新加坡時，我去送行臨時送他做紀念的。」

「我眞爲您的孫子難過。」

「戰爭嘛，他只有服從國家的命令，我還是以他爲傲。」辛普生話才說完，一個頭戴巴雷帽的英國士兵，臉帶笑容的站在辛普生身旁。「這位是黃先生，把我送給你的懷錶送回來了。經過這麼一趟的轉折又回來，這更有紀念性。」說著就把錶交給年輕人。這位年輕的軍人，接過懷錶之後，很快的立正，向老先生行一個軍禮，老先生的腰不痛了，他也挺起他的腰，回了一個不曾做過的軍禮。大家都笑起來了。他感慨的說：「不要說這裡，說我們凡間，所有敵對的人，只要換個時間和地點，都很有可能變成好朋友。」

「是啊是啊，黃老先生說的一點也沒錯。」

濃濃的霧又從四周包圍過來了，他們各自散開，去找他們想找的人。老人家心想找找老伴，在漸漸飄散的霧裡面，他看到有一個人影走過來了。老人家一注意看，心裡暗叫著：「那豈不是我的牽手老伴!?」

——原載二〇〇八年六月一日《印刻文學生活誌》五十八期

海村明月

張放

山東平陰人，一九三二年九月二十一日生。政治作戰學院一期戲劇系畢；菲律賓亞典耀大學文學碩士。出版長篇小說《荒煙》（一九七〇，幼獅）、《遠天的風沙》（一九八五，黎明）、《海燕》（二〇〇五，詩藝文）、《春潮》（二〇〇七，詩藝文）；散文《望山樓隨筆》（一九八五，臺灣商務）、《煙雨山城》（一九八六，臺灣商務）、《三更燈火》（一九八七，臺灣商務）、《不是過客》（一九九一，黎明）、《是我們改變了世界》（一九九五，三民）、《雜花生樹》（二〇〇五，詩藝文）；及評論集等著作五十餘冊。

曾獲第一屆國軍文藝金像獎（一九六五）、中山文藝獎（一九七九）、吳三連文藝獎（一九九五）。曾任海軍出版社副社長、行政院文建會委員、菲律賓三寶顏中學校長等職。

目前專事寫作。

一

站在海濱，面對浩瀚無邊的海洋，敞開胸膛，放開喉嚨高歌，眞是人生最大樂趣。尤其在月光皎潔的晚上，海潮靜靜湧上海灘，島上一派寧靜，即使高歌一曲，歌聲也淹沒在激盪的浪花中。聽見你高歌的只有海面的魚群，夜空的海鷗，月夜下的海帶島，簡直像是海上伊甸園。

海帶島是浙東舟山群島的一個小島，若是沒有這場國共內戰，即使做夢也來不了這座小島；北端沿海駐防著老五團部隊，時常揚起嘹亮的軍號聲，聽起來備覺凄涼。

我們這個療養所在島的南端，暫屬老五團督導，是十七師從山東撤退到浙東後，爲了收容慢性病員而成立的臨時機構，由少校軍醫丁果與兩名資深男看護兵照料，病員包括肝病、肺結核、關節炎及精神病患，總共三十二人，伙食由團炊事班調炊事兵來辦理，吃飯時每人自備碗筷，菜肴由炊事兵舀進碗中。住在附近媽祖廟的三位無線電臺人員，也在這裡搭伙。他們三人一桌，軍階不高，卻跩得跟二蛋似的，從不跟病號打交道，彷彿我們是痲瘋病人。患精神病的于金茂排長，稱那三位是「美軍顧問團員」，眞是妙極了！丁果所長對于金茂非常同情，盡量紓解他的情緒，以助他早日恢復身心健康。

我搭乘舢板從甩山島來療養所將近兩週，剛來那日吃午飯恰巧和于金茂同桌，他坐在我對面，兩眼不停的盯著我，讓我有點發忧。

「我見過你，你是不是演過『白毛女』，飾演喜兒的未婚夫？你叫王大春，對麼？」他的話引得同桌其他人嘿嘿直笑，飯粒噴了出來。我不敢笑，只是發怔。

「王大春，你不是參加八路軍了麼？爲啥會到此地？」他繼續問我。

「因爲我參加渡江戰役負了傷，不幸被你們十七師逮住，作了俘虜。」我順水推舟地說。

于金茂嘿嘿笑起來，吃完飯拿起碗筷離座而去。

北風那個吹，
雪花那個飄喲。
白毛女呀呼咳……

他的歌聲瘖啞蒼涼，一陣陣遠去，讓人感到一陣陣悲哀。

二

這座海帶形狀的小島，原是無名的小島，據說是清同治年間，南村一位羅姓老先生給取名的，他的後代羅式穀仍住在療養所後面的漁村。那位清癯和善的老人，時常在落日餘暉的傍晚漫步沙灘，我和他便是在沙灘相識的。日久天長，我倆成爲忘年之交，無話不談。

他的孫女長得黑不溜秋，大個子，身材倒挺苗條，沉默寡言，從不見她臉上浮現笑容。她的名字跟島名相近，羅海岱，一派鄉下農民氣質和裝扮，跟她祖父猶如兩家人。我和療養所的人起先以爲她是男的。

那時我傷寒病初癒，羅老先生每次讓她提著鋁盒給我送魚湯或排骨湯，總引起病員的騷動。于金茂走近他，問：「我說，小羅呀，你是個小子還是閨女？」小羅搭拉著頭不作聲。老于說：「你只要講一句話，俺就聽出你是女的或是男的。」在大家嘻笑聲中，逼得小羅張了嘴：「你說我是男的，我就是男的。」他衝開人群，扭著屁股走了。

小羅常到炊事班廚房挑剩菜餿飯回去餵豬，幫助打掃廚房，跟炊事班長有交情，腳上穿的軍用膠鞋就是班長送的。炊事班長向丁所長寫過報告，想請羅海岱進炊事班，補一等兵缺。丁所長找來小羅談話，小羅嘿嘿直笑。

「你別光笑，想不想參加國軍？」

「我怎麼能離開家，我爺爺他八十八了。」

丁果聽了很感動。他覺得班長做事草率，對方的家庭情況還摸不清楚，卻貿然邀他參軍。一日，小羅又來挑餿水，班長問：「小羅，你今年三十歲了吧？」

「沒有。」他搖頭直笑：「我才十九。」

羅海岱羞紅著臉，挑起餿水桶走了。

隨著氣候轉暖，我的面色紅潤，身體逐漸恢復健康。端陽節那晚，我多喝了兩杯酒，氣候燠熱，在房中蹲不住，索性去海灘納涼。上弦月從濛茫的雲層露出來，照得浩瀚的大海一望無際。我脫去汗衫、短褲，赤裸著身子下了海。海灘寂無人影，我伸開雙臂，以最快的自由式向前游向遠方。

上弦月鑽進雲層，大海一片昏暗，心中不覺忐忑不安，急忙轉過身子，用蛙式的緩慢速度輕鬆地划向沙灘。後面突然有條大魚迅速撲過來，激起一片浪花。待大魚側轉頭，我忍不住呼喚起來：

「小羅，是你！」

他一個鷂子翻身又潛入海底，不見了蹤影。等我氣喘吁吁上了沙灘，他迎上來幫我撩頭髮、後背，一隻手無意之間碰到我的下部，唉喲一聲說：「這麼大？」

「這算啥？學問大，像你爺爺似的，那才了不起。」

「你可以當西門慶啊。」

我知道小羅挖苦人，趕緊穿上短褲、汗衫。上弦月又出來了，照耀著小羅清秀的面孔。他穿著緊身的黑色衣褲，顯得胸部特別膨脹而性感，責怪我不該裸體下海，遇上鯊魚一定喪命。又說他穿黑色衣褲游泳，也是爲了躲避鯊魚。接著還說：「我碰到月經來也不敢下海，鯊魚嗅到血腥氣味，一定追過來。」——啊，原來她是女的！

那晚，我送小羅走到村頭。她埋怨我不去她家作客。自從染上傷寒病，我便不願和別人聊天。此病由於吃進被細菌污染的飲食而感染，危險性大，我病癒後雖不會有細菌傳染他人，但別人不一定明白。小羅聽完我的解說後問我：「張大哥，將來你們調防，你帶我走，行麼？」

我聽了一愣，不知如何回答。她轉身跑回了南村。

三

十七、十八月黑頭，這是農民從生活中取得的經驗。繁星灑遍了夜空。漲潮的時候，風卻格外寧靜，浪花發出輕微的碎音，似乎是情侶竊竊私語。小羅倒在我的懷裡，我緊摟著她那苗條的腰肢。她今晚溜出來跟我幽會，下身只穿了件花格短褲，兩條健美的嫩腿，非常刺激誘惑，我彷彿聽見她的心跳加速。

「妳最近爲啥不來見我？」我嗅到她的短髮散發著清幽的茉莉香。

半晌，她才動彈了一下，長嘆了一口氣。「想把你忘了，一刀兩斷。像我爺爺年輕時戒菸，賭咒、發誓，把菸袋扔進大海，最後還是沒有戒掉，一直吸到現在……」

「那就吸吧。咱們也吸……」

「我怕——」她的話像囈語。

我把滾燙的嘴唇，緊貼在她的耳朵上，央求著她：「一回生，二回熟，有啥怕的？」

吻別時，小羅問：「你今年三十幾了？」

「二十三，屬虎的。」

「哦，我差一點給虎吃掉。」

「小心，我會先咬妳的腿，再吃……」她已跑遠了。

那座斷垣殘壁的媽祖廟，戰時被日機炸得面目全非，後來還傳出鬧鬼，村民都不敢整修它。但是無線電臺搬走後，廟裡又恢復了往昔的香火繚繞。村民們懷著一顆虔誠的心，祈求媽祖庇佑島上漁民無病無災，牲畜興旺，國共內戰的炮火能遠離這寧靜的小島。

一天傍晚，丁果所長約我在海灘散步，談起老五團的過去和將來。從抗日戰爭爆發，他便從軍醫學校分發到五團服務，看到不少英勇的同志在紛飛的砲火下變成瞎子、聾子、瘸子和缺胳臂少腿的殘障者。他低聲告訴我：「老張，你別小看于金茂，若不是他敢於衝出沙河峪，咱們老五團要全部犧牲呀！他最後作了俘虜，釋放回來還遭疲勞審訊，懷疑他是窩底的間諜。請問古今中外有這樣的內戰麼？如果這樣繼續打下去，對於國家，對於炎黃子孫有啥好處？你說！」

「老于的精神病，看起來好些了？」我吶吶的說。

丁果搖頭，發出微笑。「他是僞裝的。如果他不僞裝精神病，早去見閻王啦。這個祕密只有我知道，他是一個可憐的人啊！」丁果握住我的手，悲憤地說：「當初是我把老于救出來的。我是醫生，我不能見死不救啊！他雖然學問沒你好，但是對時局可看得比你清楚。」

正是漲潮時分，潮水嘩啦啦沖向沙灘，幾乎打濕了我的皮鞋。轉向廟後的沙石路，丁果才露出笑容，告訴我一件密事：「住在南村的羅式穀老先生，很欣賞你，想把孫女兒許配給你，託我以介紹人身分把此事轉告你。你考慮一下，再回答我。」

「小羅是女孩子？」我故作驚訝地問。

「是啊，前天羅老談起此事，嚇了我一跳。這件事，咱們要保密到底，等水到渠成再說。」

我低下頭，既驚且喜，心噗噗直跳。

「療養所還有一個護士的空缺。如果你們結婚，我可幫羅海岱補上這個護士缺，你考慮一下再說吧。」

那晚，月明星稀，我坐在廟後倚牆納涼，聽得小羅輕聲喚我：「你坐在這裡幹什麼？爲啥不進廟裡去？我還以爲你在廟裡等我，害我找了半天。」

我故意說：「廟裡鬧鬼，我一個人不敢進去。」

她笑了。「你還是政工隊員，也相信這些鬼話？」

她拽我走進廟裡，兩人倒在一張破舊木床上，月光穿過窗櫺，照亮了小羅誘人的胴體，她彷彿變成一隻醉貓，倒臥在我的懷裡。那夜，她從床上哼到床下，從廟裡哼到沙灘，直到東方海面泛出魚肚白，遠海已現出幾點漁火，我才拖著疲倦的步伐，走回宿舍。

次日傍晚，丁果所長在海邊問我：「你考慮了一天，到底有沒有意思？我打算晚上去見羅老先生。」

我從褲袋掏出一只一錢重的金戒指，雙手遞給他。丁果叮囑我：「咱們暫時保密。目前規定軍官一律不准結婚。」他研判老五團不出一個月可能移防定海，等其他部隊會合之後就會搭乘運輸艦撤退。

「依您的判斷，咱們會撤到啥地方？」我低聲問。

「也許大陳島，也許臺灣的基隆，也說不定會在海南島登陸。」丁所長猶豫了一會兒，皺起眉頭：「這場戰事，我看三兩年解決不了，唉！」

剎那間烏雲四合，天上飄下雨絲來。

四

陰雨天，悶在炎熱嘈雜病房裡，心情格外煩躁。幸虧于金茂常找我聊天，讓我解除寂寞。他講話無遮攔，聽起來過癮。他是山東沂水人，我是江蘇沛縣人，兩地距離三百華里，等於小同鄉。說起老五團秦團長，老于表示對他非常佩服。這點我也同意。秦團長非常愛護病員，指定炊事班每週燉一頓雞湯給我們補身體。每次來療養所，他總是特別看望于金茂，或是詢問他的情況。據說秦團長有一次悄悄對丁所長說：「依我看，于金茂沒什麼病，我想派他下連去當副連長，你考慮一下再作決定吧。」

過了兩天，丁所長收到十七師人事處公文，指定張順等十員限期歸隊回甩山島。病員送進療養所休養，去留時間理應由療養單位決定，至少也應會商一下再下公文，否則便是輕視了療養所的權責。丁果所長對此深感不滿，為了怕他為難，我決定先去報到再說。

我懷著忐忑不安的心情到了羅家。羅老畢竟是有學問的人，他開門見山問我：「是否原服務單位催你回甩山島？」

我朝他點頭。

小羅坐在一旁，發怔。

「既然催你歸隊，這也是一件喜事。病已痊癒，紅光滿面，老是跟慢性病人混在一起，日久天長，消弭了志氣。我贊成你回去，回去才有希望。蘇東坡說得好：但願人長久，千里共嬋娟。哈哈！」老人笑起來。

但是小羅呆在一旁，眼眶盈淚，默然無語。

那夜，我和小羅像兩隻泥鰍，在暗夜的沙灘糾纏不休。淚水海水汗汁混在一起，分不清酸甜苦辣鹹的滋味。活到二十三歲，我才眞正體驗到生離死別的痛楚。分手時，東方海面已現出曙光。

次日中午，剛用過早餐，師部已派船隻抵達碼頭。我們十名官兵，排隊上船，駛向甩山島。老遠我發現一個熟悉的身影，站在廟前石階上，不停地朝著大海揮手。回去吧！我目不轉睛凝望她，心中默禱著：咱們不久就會重逢的。多則半年，少則兩月，我一定會設法調回老五團，再來海帶島的。

五

但是師人事部門簽調我回老五團的公文到了師長手中發生了問題。據說他認爲我張順既無功績，考績乙等，而且住療養院脫隊半年，爲啥無緣無故給升級？人事參謀向他報告，老五團政工處沒有低階缺。師長尋思一下說，政工隊員既不會作戰，也不會放槍，整天看小說、吊膀子，毫無用處，於是拿起毛筆一揮：「派五團任文書職務，以原階爲宜。」

拖到臘月十五，五團來函催我報到，我於是搭交通船又到了海帶島。不過這回是到北端的三營營部報到，住在一座荒廢的漁家。

三營王營長是山東蒙陰人，三十出頭，軍校十七期畢業，因爲戰爭迄未結婚。他知道我大病初癒，讓我輕鬆工作，不必過分勞累。我是軍委三階書記官，還兼辦人事業務，全營官兵的升遷調補其實都掌控在我手中。

次日，一位中尉跑來找我，脫下病員服裝，換上軍服，前後判若二人。我高興地抱住他：「老于，你也在咱們三營？」

原來在我離開療養所不久後，于金茂便調來三營九連任副連長。他說療養所新來了幾個慢性病員，丁果所長常提起我，最後還興奮的說：「你還記得姓羅的那個黑糊糊短頭髮的娃兒麼？是女的。現在她在療養所當見習看護，上等兵缺。這孩子不錯，以前常給你送雞湯喝。你們倆，哈哈！唐伯虎點……蚊香，對不對？」屋裡的人都哈哈大笑。

于金茂的一根腸子通到底。他轉頭朝那個抄寫文件的文書說：「你們有福氣啊。像老張這樣的好人，難找啊。」——他們起初聽說我是政工部門調來的，有點膽怯心憂，後來知道我原任政工隊員，心中一塊石頭才落了地；政工隊員只會唱歌演話劇嘛，不懂啥政治思想問題。

我回到海帶島後，曾跟海岱通過兩次軍用電話。因爲工作繁忙，不敢輕易離開崗位，她也理解。

春節早晨，吃過早餐團拜後放假，我帶了兩個紅包去羅家拜年。羅老身體仍很硬朗，只是有點咳嗽。海岱從軍後，煥發了青春，比過去漂亮多了。她也聽說老五團在海帶島待不久，部隊將聚集定海，撤退去臺灣或海南島。她非常憂慮此事。既然參了軍，到時是拋下祖父隨軍走呢？還是脫下軍服留在故鄉？她讓我拿主意，我無言以對。羅老先生則分析說，依他的觀察，國軍部隊必須撤到臺灣才可以支撐下去。他說：「我是浙東人，我了解浙東人的性格，特別是沿海一帶人民的性格，他們是寧死不屈的，這種韌性是可貴的，也是很難纏鬥的。除非解放軍習海戰，集中力量攻臺灣，像明朝鄭成功那樣，否則只要老蔣在世一天，他是絕對不會跟解放軍妥協的。」

羅老鼓勵孫女不要猶豫，既已參軍當然要跟老五團走，不必爲他擔憂，他已將百年後的後事託南村的羅氏宗親會代爲辦理。「我是佛門弟子，生老病死，比你們看得瀟灑！」他豁然的笑著說。

午飯後，羅老返屋午睡。海岱領我走進臥房，雙手摟住我的脖頸，發出喘息的聲音：「想死我了！快想死我了！」海岱像一匹貪婪而飢餓的母狼，想把我吞噬下去……

海帶島附近海域漁產豐富，大黃魚、小黃魚、墨魚、帶魚、海蜇、海帶和紫菜等，常在村裡市場出現，價格非常便宜。海岱自幼多喫魚鮮，肺活力強，游泳速度比我快得多，久別重逢自是纏著我廝磨不休。那日磨到傍晚，海岱才放我回營。

六

春節晚會在團部大操場舉行。兩盞汽油燈照得司令臺如同白晝一般。天氣寒冷，軍民同樂，擠得水洩不通。秦團長從來不愛講話，他在晚間七時準時到場，坐在小板凳上，臺上節目便開始進行。

一個穿軍裝的戰士，虎背熊腰，四十出頭，一張嘴濃重的魯西腔，惹得全場觀衆捧腹大笑。

石榴開花胭脂紅喲，
放下鋤頭去當兵喲，
刀辣刀來來，米叟米來來，
拋下老婆心難受喲。

他唱起這民謠時，一個矮胖的女人穿著一件不合身的破紅棉襖出來，下著黑長褲，赤著腳，頭上包著藍布花格巾，臉肥抹得像猴屁股。她的乳房特別惹人矚目，小腹暴突出來，好似已有四個月的身孕。

那個戰士瞅她一眼，轉向觀衆又高唱起來：

丈夫參軍爲國家，
妻在家裡別牽掛；
少搽胭脂少戴花，
男人面前裝啞巴。
刀辣刀來來，米叟米來來，

一年到頭裝傻瓜呀！

男的唱完走進幕後，那矮胖的女人走向臺前，先脫去破棉襖，從乳罩內掏出兩個皮球，扔向觀衆；接著脫去長褲，從小腹掏出一只枕頭，在觀衆暴風雨般的掌聲和歡叫聲裡，扭著屁股進了後臺。

……

那夜，或許過分興奮吧，我竟致失眠了。

春節過後，官兵調動頻繁，營內公文比較繁多，抄寫工作時常忙到深夜。三月一日，從廣播喇叭筒中，播出蔣中正總統的響亮高亢的浙東鄉音，那是他在臺北復行視事的演說。這固然是一樁振奮人心士氣的事，但也證明國民政府撤守臺灣，已是宣佈失敗了！

那晚，沒有加班，早早入睡。春寒料峭，夜風呼嘯，我從睡夢中被人喊醒，叫我穿好衣服，到外面談話。

在一間狹窄的黑屋裡，桌上放著一座美孚牌油燈，四周黑唬唬坐著十幾個人。光線昏弱，香菸繚繞，茫然不識何人。坐在對面的是一位政工處的少校，旁邊有個中尉作筆錄。首先，少校問起春節晚會上唱起「抗敵歌」的經過。我說，這是爲了提高抗敵士氣，讓全團同志鼓舞精神，跟敵人戰鬥到底。

「這首歌的敵人是誰？」少校問。

「日本侵略者。」我說。

「日本天皇在四年前已宣布投降，日本鬼子也繳械滾出中國了。你們唱這首歌，到底是什麼動機呢？」

「你說，我們有什麼動機？」我反問他。

「爲共產黨搖旗吶喊，隔海唱和，對不對？」少校冷笑著燃起一枝香菸，猛烈地吸了兩口。

「你講這種話，我覺得很好笑，長他人志氣，滅自己威風，我看這樣下去，你們把每一個人都看成敵人了！」

我感到無比憤怒，豁得一身剮，敢把皇帝拉下馬，何況對方是一名不學無術的小官僚，怕啥？

七

審訊到夜深人靜，口乾舌燥，依舊纏鬥不休。後來王營長聞訊而至，那個少校就當著他的面指出我的反動證據。他說，「抗敵歌」開頭「中華錦繡江山誰是主人翁？我們四萬萬同胞！」跟去年十月一日毛澤東在天安門城樓宣布「中國人民站起來了」意義相近，而且吻合了「人民當家作主」。此時此地唱這一首歌，豈不是隔海唱和，爲敵宣傳麼？

我對此當然不服，批評對方故意搞政治迫害：「我會上告中央，把你們這些無法無天的審訊行爲，反映到臺北去！」那個少校把桌子一拍：「把張順押下去！他的名字就是梁山泊的綠林強盜！」

我被關押在海邊一間充滿魚腥味的石屋內，門外有槍兵站崗。每日兩頓飯，每頓吃一碗泡鹽水的糙米飯。不准看書報，終日聽見海水激盪聲，苦悶至極。

幸而秦團長相信我，過不久就讓王營長把我保釋出來。

返回營部，皆大歡喜。晚上吃宵夜，牛肉麵，紹興酒，于金茂請客，我感動得熱淚盈眶。老于當著王營長責備我：「男子有淚不輕彈，何況你也沒受刑挨打。像俺當年脫險回來，受的刑說出來嚇死你！唉，吃得苦中苦，方爲人上人，咱們馬上要坐船去臺灣島啦！」

王營長低聲警告他：「小聲點，于副連長！你這話若被政工處聽到，吃不了讓你兜著走！」

從三月起，老五團逃亡官兵人數驟增，每日報表送來，讓我看了心驚肉跳。北村漁民傳出消息，只要付出兩塊袁世凱頭像的銀元，他們便可送到岱山島、普陀島等地。黃昏時先上漁船，換上漁民破舊衣服，俟天黑時出海捕魚，順便把逃兵送到靠近陸地的島嶼。傳說如付五塊銀元以上，漁家會專程送到目的地。甚至可以在浙東沿海鄉村靠岸。人心惶惶，軍心渙散，灌輸任何愛國教材、語錄也挽回不了革命精神。最讓我震驚的，團部無線電報務員，我們病號背後稱「美軍顧問團員」的，竟然逃到普陀島，央求廟內住持收留；住持也同意了。

普陀山是我國佛教勝地，與五臺、九華、峨嵋合稱佛教四大名山。去年駐防定海時，我曾到過普陀。香火繚繞，善男信女絡繹不絕。傳說山中有石靈宮，爲觀世音菩薩往來遊舍之地，非常著名。

羅海岱說她小時候常跟祖父渡海到普陀法雨寺，寺內的智妙法師很喜愛她，認爲她有慧根悟性。她還曾跟我說，將來別離後，如果思念她，不妨去普陀法雨寺看望。她的話雖透露了生離死別的苦味，我那時也只把它當一句戲言聽罷了。

由於官兵逃亡，部隊即將撤退，全島加強軍紀巡邏工作，每天都有荷槍實彈的軍紀稽查組在村中出沒。傳聞師部曾祕密下指示：撤退前夕，可酌情捕拿青年壯丁參軍，補充士兵缺額。但是，秦團長公然不聽命令，認爲這是違反人道的行爲。他認爲即使把舟山群島青壯年全部抓去補充戰鬥行列，恐怕也無法挽回戰局失敗的命運。

儘管上級對撤守海帶島的事守口如瓶，但是謠言滿天飛，散布在島的每個角落。星期假日我去羅家，羅老渡海去了普陀島法雨寺進香，海岱哭喪著臉朝我發牢騷，說自已賣力工作，從未犯過，不知爲什麼突然被解雇了？不過丁所長待她還算寬厚，簽報團部增發她半年的薪水。她說：「我參軍不是爲了掙錢，是爲了跟你在一起啊！」我只能以熱吻封住她的嘴！

那晚我不想回營，她也不願我走。晚餐，我倆飲紹興酒，吃魚頭火鍋。飯後，喝西湖龍井茶，聊天。

今天是什麼日子？

洞房花燭夜。結婚的日子。我說。別忘記農曆三月十五，是月圓花好的日子，也是張順、羅海岱結婚的日子。

可是，沒有證婚人、主婚人，連一個客人都沒有。

我拉著她那略微粗糙的手，走到佛像案前，焚香燃燭，懷著虔敬的心情，跪下祈禱：「觀世音菩薩是咱倆證婚人，佛陀是咱倆主婚人，只要妳我二人心心相印，眞心相愛，佛陀會保佑咱倆的。」

磕過了頭，我將海岱擁抱在懷，眼中淌出了熱淚，那是歡樂而幸福的眼淚……。

入夜，明月從普陀山方向升起，照得海島如同白晝一般。披衣下床，輕掩門戶，我倆相偎相依，朝著漲潮的海灘漫步。

海岱緊抱著我的腰，喃喃地說：「明月，這個名字眞美！如果咱們分離，將來你去普陀法雨寺找我吧。」

妳叫什麼？

明月法師。

八

翌晨，我趕回營部，聽到一則石破天驚的訊息：秦廣團長前日赴師部開會，被派任上校附員，接他職務的是五師作戰處中校韋處長。爲了怕秦團長不服，故意騙他去開會，他的行李是昨晚送去甩山島的。這是秦團長公然抗命的結果。

韋團長到時，帶來一個警衛排，下令海帶島青壯年漁民每週參加軍事訓練，而且規定出海、返航時間，顯然是在爲五團撤退作準備。

海帶島風聲鶴唳，充滿一派肅殺氣息。漁市場、商鋪呈現蕭條景象。爲了購置麵粉趕做乾糧饅頭，以備撤退官兵食用，竟然發生搶購毆打商家事件。百姓敢怒而不敢言，給韋團長取了個綽號「韋剝皮」。

我從海岱的家裡，聽到海帶島漁民的具體反應。他們對於每週實施軍事訓練半日，感到迷惑不解。其他海島駐軍，皆無此項做法。這位韋團長新官上任三把火，想在撤退時把青壯年統統抓走充軍，這實在是違反人道！既然漁民心理上有了戒備，這個陰謀是難以得逞的。

韋團長身材魁梧，眉毛粗黑，面色嚴肅，每次講話都像生氣，把官兵民衆一律視作犯人。他不准我們再講「老五團」；「我也是受過養成教育的，」他說：「戰幹團，懂不懂？跟軍校十六期學歷一樣。我得的勛章，比咱們副師長還多兩個……」

那個紀念週，韋團長講軍紀問題，講到一半忽然喊起來：「三營九連于金茂出列！」衆目睽睽下，于副連長一跛一跛走上講臺，向團長敬禮。

「于金茂，你知道不知道，我爲啥把你叫上來？」韋團長厲聲地問。

老于不作聲，面向臺下的群衆凝視。

「我去九連巡視，爲什麼你不喊口令向我敬禮？你懂不懂軍紀？啊，軍紀者，軍隊之命脈也……」

他說：「下去！人事處記下來，給他記大過一次，下不爲例。」

我關懷于金茂受了刺激，擔心他萬一想不開，深夜投海自裁。我忍不住內心焦慮，把這些想法告訴王營長，他聽了淡淡一笑說：老于還想制止韋團長的抓兵計畫呢！戰爭的勝負，其實不在於兵員的多寡，而是決定於民心士氣，團結勇敢，咱們不能造成島上漁民妻離子散的悲劇啊，我和于副連長的觀點相同，如果做出那種失喪良心的事，歷史會記載下來的。

老于不會鑽牛角尖吧？

他既不會自裁，也不會逃亡，他的心像你們搞文藝的說的如同寬闊的海洋。王營長拍著我肩膀，笑了。

撤退的日期屬於高度機密，但我們從長官們行動、表情可以判斷，五月中旬即將出發。那日，于金茂走進辦公室，向我辭行。他說：團部已經打電話來，叮囑他再去療養所報到。他感到莫名其妙，無病無傷，去療養所做啥？人事參謀說：「團長叫你把腿治好再說。」

我勸他去休養也好。我拿出兩塊袁大頭銀圓給他，叫他買奶粉喝。推扯半天，他勉強收下。臨走，他問：「張順，他們不是把病號都撂到海帶島，等解放軍來接收吧？」

當日下午，于金茂調職的公文，才送到我的手裡。

全島開始戒嚴，官兵禁止休假，除了執行公務或採購食物，其他人一律不准外出。我思念海岱，心如刀絞，撥軍用電話找老于通話，電話線已被切斷了。看起來，五團馬上要撤退了！

民國三十九年四月十三日晚間九時，夜色朦朧，沒有月亮，團部發布緊急集合令，海邊停泊著十多條船，已經升火待發。半夜時，到達岱山島海面，我們陸續登上海軍二〇一號運輸艦。約莫過了一小時，運輸艦才徐緩地朝著浩瀚的海洋駛行……

艙內充滿濃烈的柴油味，艦身搖晃顛簸，腹內發脹欲嘔，難受至極。初次遠航，發下的乾糧饅頭根本無法下嚥。最讓我氣惱的是艙內還抓來一些青年漁民，坐在一起聊天，旁邊還有槍兵監視他們。

「這不是海帶島抓來的吧？」我問身旁的廖永海。

「有是有，不多。大多是甩山島抓來的。」

閤上眼睛，我便想念海岱，她現在睡熟了麼？知道我已上運輸艦，正駛向臺灣去麼？驀地，聽得一位漁民操著浙東鄉音問廖永海：「我們坐兵艦去幹什麼？」有人回答說：「也許是反攻大陸。」那個漁民笑起來，剎那間，坐在一堆的二十多個漁民笑成一團。

「有啥好笑的？」槍兵喝斥他們說：「活老百姓！」

那些漁民笑得也有道理。像我們這些旱鴨子，一個個暈得東倒西歪，吐得滿艙臭氣，怎麼能夠登陸作戰？而他們慣於海上生活的漁民卻手無寸鐵，赤手空拳，難道見了解放軍要摔跤比武？

那些漁民繼續有說有笑，團値星官來巡艙視察，對漁民和藹地說：「等咱們明天下午到了基隆，我請你們吃香蕉，喝汽水，行不？」有人問：「基隆是什麼地方？」王營長說：

「基隆……，在臺灣的最北端，我也沒去過。聽說咱們這艘運輸艦就在基隆靠岸。」

四月十五日下午三時十分，我永遠忘不了這個抵達臺灣島的時間。

九

五月十九日，陳毅部隊進駐舟山群島。換言之，海帶島、甩山島已掛上了五星旗，從此我再也無法和海岱通信了。

端午節放假，接到電話叫我去會客，剛走進會客室，發現一位面色憔悴的中尉，咧嘴朝我微笑。我的天，于金茂跑出來了！這眞是奇蹟啊！他說，那晚五團緊急集合，進行撤退，療養所的病員都被蒙在鼓裡。翌晨，他們獲得消息，懊喪萬分，跺腳罵娘，責怪韋團長不該把病員拋下不管，這是違背人道的。于金茂設法去甩山島晉見秦團長，十四日晚間隨同師部一批船撤到定海，再搭順風商船抵臺。

「我在定海碰見小羅，她正找你呢。」驀地，老于提起此事，讓我大喫一驚。

「她上了船沒有？」

「她哪有啥特權上船？聽說有些女人願意付五根金條，當姨太太，也上不了船。碼頭上亂得像沒王的蜂窩一樣。」他說。

我忍不住感傷的情緒，流下了眼淚。

于金茂拍著我肩膀，安慰我：「想開一點兒。國共內戰，搞得妻離子散，骨肉不得團圓，這不光你和我呀！蔣總統前些日子講過：一年準備，二年進攻，三年掃蕩，五年成功。張順，你別急，即使再過五年，你也還不到三十歲，你還發愁見不到羅海岱？」

臨別，我問老于，小羅跟你講過啥話？

「啥話也沒說，光是哭，擦眼淚，她有啥心事也說不出來呀！」我送他下了山坡，他催我趕快回去。

「你咋辦呢？」我問。

「你看俺上漁船打漁行麼？反正我有氣力。我今年才三十六歲，怕啥？臺灣是個寶島，聽說幾百年來沒餓死過人。」

于金茂的話，不是唱喜歌，是實在話。臺灣一年四季不甚顯著，所以花長開、月長圓，人長壽。日子也過得彷彿很快。民國四十九年中秋節，老五團的一個戰友在馬公狀元樓飯店結婚，分別十載，老五團同袍重聚一起，別有一番滋味在心頭。

最讓人矚目的，于金茂穿著鐵灰色西裝，繫紅領帶走進飯店。他是大發號漁船船長，船靠馬公漁港。我倆坐在一桌，聽他講葷笑話，其樂無窮。

老張，你今年不小了吧？

三十三。我比新郎大三歲。我說。

你咋不追女朋友？底下老二不管用麼？

不對。孫中山先生不准我結婚。

你少喫宵夜，下小館就行了唄。

飯桌四周的客人，都笑得仰頭哈腰，喊肚子痛。于金茂卻臉不變色，照說笑話不誤。他說作爲一名戰士，要勤擦槍，否則槍管會生鏽。迫擊炮、山炮更得常擦，擦得越亮，打炮越響。他轉頭對我說：「散席之後，你暫時別回營，我要單獨給你上一課。」

明月當空，漁港散發著輕淡的柴油味。我倆吸著香菸，沿著寂靜的港區漫步。他談起七月間貝莉颱風越過臺灣海峽，向日本九州方向前進。大發號駛近舟山附近，輪機長突然肚子疼得面色蒼白，直冒虛汗。根據一般人的常識，他可能患了盲腸炎，若耽誤了會發生危險。怎麼辦，怎麼辦？船上水手急成一團。

海峽兩岸劍拔弩張，去年夏天金門還爆發炮戰。如今單日開炮，持續不斷。向定海醫院求診，豈不是白白送死？

救人要緊！一切後果，由本人完全負責！老于斬釘截鐵地說。

大發號靠岸之後，定海醫院便派救護車把輪機長送進開刀房，動完手術，一個中等身材大夫走近了老于，拉開口罩，微笑對他說：「你怎麼脫離老五團，上了漁船了？」老于定睛一看，才知道對方是療養所丁果所長。

「羅海岱有消息麼？」我焦急地問。

老于停住腳步，在靠海的石墩上坐下，燃著一枝香菸。他仰望天上的一輪明月，沉緩地說：「老張，聽我的話，你忘了她吧！」

我的心噗噗直跳。不敢再問話。

「你還是趕快找個人結婚吧。你不比我，我四十六了，找對象不容易，你還年輕。看了人家那邊的情況，咱們再過十年，甚至二十年，也反攻不了啦。」他長嘆了一口氣。

我輕聲問：「海岱還健在吧？」

「羅老先生活到九十八歲，眞有福氣。」老于停頓一下，說：「羅海岱一直沒結婚，她爺爺過世後就進了普陀山的法雨寺。」

半晌，我終於說出心底的話：「即使你不說，我也猜得出來，她終會走上這條路——削髮爲尼，皈依佛門。」

仰起了頭，我發現那一輪明月，是那麼明亮、皎潔。

那晚，我獨自溜到寂靜的沙灘，坐著朝向普陀山的方向。那一輪金黃色的圓月，該也照著法雨寺吧？遼闊的大海茫茫無際，只有那輪中秋的圓月灑下一片雪白的光輝。

——原載二〇〇八年六月二十日《新地文學》第四期

你的現場作品 NO.2

林宜澐

臺灣花蓮人，一九五六年八月七日生，政大哲學系畢；輔大哲學研究所碩士。出版小說《人人愛讀喜劇》（一九九〇，遠流出版）、《藍色玫瑰》（一九九三，麥田出版）、《惡魚》（一九九六，麥田出版）、《耳朵游泳》（二〇〇二，二魚出版）；及散文等多種；長篇小說《海嘯》（一九九八），獲國家文藝基金會創作獎助，目前尚修訂中。

曾任中國時報人間副刊編輯。

現任大漢技術學院通識教育中心專任副教授。

你在車上睡得像隻冬眠的北極熊。三十分鐘咻一下過去，車子已經從鳳林來到花蓮市。你隱約聽到下個路口傳來的廣播聲，現在誰在講？康仙仔還是阿德囝？就要到了，阿雄小心翼翼繞過兩臺凸出來的摩托車，嘴巴忍不住罵了幾聲「幹」。你撐開眼皮，朝窗外朦朧的光影看了一眼，這裡應該是中山路跟建國路交叉口附近，剎那間一個熟悉的影像閃入腦裡（那裡頭包括了一條幽靜的窄巷和一道虛掩的木門和一個你可愛的阿珠妹妹），你隨後就露出已多日不見的悠閒風笑容。阿雄剛好在照後鏡看到這詭異的畫面。「尼桑，你是胃痛嗎？」他原本想這樣問你。後來覺得這樣無厘頭的問法聽起來太像周星馳，好像沒什麼創意便作罷了。但你已經在照後鏡裡看到他疑惑的眼神，便主動說：「沒什麼。想到阮阿嬤啦。」阿雄遞過來一包「李施德霖」濕紙巾，說：「擦擦眼淚和口水。我們到了。」

五分鐘後你雄赳赳氣昂昂地站在臺上看著一大片黑壓壓的群眾。二十年來你已經習慣這種陣仗。不像三十歲那年的首次參選，開票時你甚至一度躲到二樓的房間裡，以避免看到在當選邊緣沉浮的票數（稍後你在瘋狂的鞭炮聲中宣告當選，高齡八十歲的阿嬤拉著你的手說：「乖孫啊，你以後甘會做總統？」）。現在當然不同，你在說話前先笑了一下。然後中氣十足地跟全場問安：「大家晚安。」簡短有力，每個字都像一百三十毫米加農砲般地澎澎澎震撼人心。臺下黑壓壓群眾受到鼓舞，一個個彷彿都立正站好，耗盡力氣從丹田也回應了一句「晚安」。這時音樂響起，理查史特勞斯的「查拉杜斯圖拉如是說」。先攀升後爆炸的旋律道盡先知的寂寞。警匪對幹的電視連續劇老喜歡用這種音樂，莫名其妙地把條子捧得比上帝還偉大。但是此刻你覺得這樣的氣氛蠻好的，小鍾選的音樂越來越對味，越來越能替你表達內心的感覺了。音樂會改變現實，不同的音樂造就不同的現實，就像不同的DNA產生不同的子女般地天生自然。

再三天投票。想到這裡你心頭不免震了一下。四選一，整個局勢已經被各方人馬綳得薄過一條你媽咪的玻璃絲襪。你無法想像萬一你沒當選會是何種景象。你們家的那隻瑪爾濟斯可能因爲榮華富貴不再，傷心地離家出走。而到麥當勞借廁所時，再也沒有人會堆著一臉笑容跟你大聲說「委員早」。更糟的是，你的助理兼司機小莊，可能會因爲應付不了每天數十通來自各方的催收帳款電話，而決定自即日起辭去這已經比雞肋還不如的貼身工作。最悲慘的則是來自阿珠妹妹的打擊，她雖然因爲良好的教養（也就是高度的壓抑），而維持著一定水平的有情有義態度，但你們彼此都很很清楚，如果落選，你不可能再是她心目中的英雄。這會讓你徹底陽痿，讓她從此空虛茫然。天哪，這世界會變成怎樣呢？

隨後你花了一秒鐘讓自己從恐怖的幻想中醒過來。繼續用加農砲般的嗓音說：「看到各位鄉親今天這種驚死人的萬人場面，小弟心內確實是萬分感動，實在是萬分感謝各位。」說完你往右邊跨一大步，離開擋在前面的演講檯，讓全身很有誠意地暴露在全場支持群衆的視野中，隨後欠身一個大鞠躬，用比美李棠華特技團的身手硬是把鼻子幾乎都彎到了膝蓋前，阿雄一旁看了心驚驚，就怕你不小心一個筋斗給翻到臺下，或是中了風而一摔不起。阿雄擔心的的確沒錯，你在鞠躬了十秒正要起身時，哇咧竟然眼前像是火車丟丟銅啊入山洞那樣地一片漆黑，還好阿雄體貼，他一步衝到你身邊，做勢要扶你起身似地穩住你的身子，那動作讓人看起來像是說：如果不把我們委員扶起來，他就要這樣跟大家一直鞠躬到海枯石爛。鄉親啊！這就是我們委員的誠意哪！鄉親啊！千萬要支持我們委員啊！

這時場子裡響起如砲般的掌聲跟小鍾欽選的「查拉杜斯圖拉如是說」交響樂，你在掌聲和音樂聲中順著阿雄的手勢緩緩站直身子，這時你一張臉已紅得像灌下三瓶尙青的臺灣啤酒，既紅潤又正直的表情幾乎要讓人聯想到關公。你看著黑壓壓的人群不發一語，只用略微抽搐的嘴角表示你內心無與倫比的激動。三十秒後你站回演講臺，再次用一百三十毫米加農砲的聲音對大家狂吼：「各位鄕親，我們後山變前山的日子到了啦……」這時音樂跟著你拉長的聲音衝上頂端，在這亢奮的剎那，你忍不住喟嘆一聲，啊！這不就是在生命中消失已久的高潮感覺嗎？

爲什麼後山就要變前山？你宣佈，因爲在你極力爭取和穿針引線打通所有關卡之後，美國的拉斯維加斯集團已經決定要在我們花蓮的南濱興建一座全亞洲最大最豪華的商業巨蛋。它有多大呢？「各位，伊絕對不是死鳥飛不過，而是活鳥會飛到吐血，這粒蛋夭壽大，伊足足有二十公頃，一公頃三千坪，鄕親哪，伊攏總佔地六萬坪啦。室內的喔，不驚風，不驚雨，做風颱你嘛可以來血拼，今天小弟專工來講乎大家聽，這粒蛋爲什麼會改變我們後山人的運命？」

你兩隻手臂朝天高舉，一副要講話給上帝聽的樣子，有點悲情，有更多的驕傲，你大聲地重複了最後那一句話：「這粒蛋，為什麼會改變我們後山人的運命？」為什麼？喔！那是因為全球化的時代來臨了！大陸崛起了！大陸仔有錢了！人民幣就要跟美金、歐元、日幣、英鎊一樣，在我們東部的海岸跟縱谷間如蝴蝶般四處飛舞。「這是臺灣四百年來最好的機會，也是我們花蓮從未遇上的好時機，鄉親啊！到時候錢要怎麼賺？錢就這樣賺！」說著你再次高舉雙臂，微彎環抱成一個準備好大布袋要承接天上掉下來的白花花銀子的模樣。那姿勢十分感人，感動自己也感動了全場黑壓壓的人。

「這粒蛋就是一粒搖錢蛋啊！」你大聲地下了一個明白的結論。接著你要跟大家分享你的超級搶錢計畫，天下沒有搶不到的錢，只有沒搶過錢的人。你將會讓每個走進這粒蛋的人都快快樂樂地進來，空空蕩蕩地出去，把所有的錢都留下來改進鄉親們的生活。

「巨蛋裡的第一區就是大秀場。」你開始描述這偉大的希望工程的具體內容。「各位鄉親，我剛剛說的話你們有沒有仔細聽，這粒蛋的大股東是誰？……沒錯，就是美國阿凸仔的拉—斯—維—加—斯，有聽過沒？這是全美國做秀最出名的秀場喔。但是他們的規模還不夠看，我們要推出的秀場比美國那裡的還要大十倍。別的不說，光脫衣舞一次就可以跳一千人，高級舞臺，一流燈光，不只查甫人愛看，查某人也愛看。有人說，哎喲，委員啊，你不會來點卡高尚的嗎？脫衣舞會教壞囝仔大小哩。開玩笑！我們又不是只會跳脫衣舞，芭蕾舞、踢踏舞、爵士舞、土風舞、民族舞，這粒蛋裡面什麼死人骨頭舞通通有啦。

「還不是只有跳舞哪，各位鄉親，你想看的伊攏總有啦，看是要魔術、名歌星演唱、歌舞秀，還是特技、少林武術都可以。有沒有人看過狗說話？沒有對不對？我看過。有沒有人看過用乒乓球打爵士鼓？沒有對不對？我看過。有沒有人看過瑪丹娜唱歌仔戲？沒有對不對？我看過。各位鄉親，你們沒看過沒關係，這些精彩到脫褲的節目，以後通通會一個一個進到我們這粒蛋裡面表演，到時候全亞洲的人，你如果不想看秀就算了，想看秀，就要來我們花蓮，來我們這一粒叫做『藍色的夢』的巨蛋看啦。藍色的夢，爲什麼叫做藍色的夢，我們花蓮那一大片的太平洋就是藍色的夢呀！有沒有聽過紅歌星冉肖玲，歹勢啦，是民國六十年代的紅歌星啦，她唱的『藍色的夢』，哎呀，眞是好聽哪……昨夜的一場，藍色的夢……你看這名字多好，鄉親啊，人潮就是錢潮，大家都來看大秀，我們不就通通賺大錢了嗎？」

你喝了一口阿雄幫你擺在講桌上的人參茶，像喝紅酒那樣讓微甘的茶汁在唇齒之間繞了兩圈，今晚這場的狀況好像不錯，才講到大秀場大家的眼睛便都亮了起來。唉，眞的是需要拚經濟耶，錢不是萬能，沒有錢卻是萬萬不能。好戲還在後頭，藍色大粒蛋不是只有大秀場，還有大賣場、大賭場、大操場……，玩意兒可多啦，就怕今晚大家要聽到流口水了。

「這大秀場只是其中一味，有人愛呷苦瓜，有人愛呷菜瓜，我們藍色大粒蛋有各種口味，愛看秀的來看秀，愛血拼的就去血拼，我們在大粒蛋裡頭規劃了兩百個館，一個館一個國家，各位鄉親，今天全世界有幾個國家啊？兩百個！也就是說聯合國在我們花蓮開分部啦！這樣眞讚吼？全世界的人只要來我們花蓮大粒蛋就可以買到全世界的東西，看你是要阿拉伯的地毯啦，還是古巴的雪茄、捷克的菸灰缸、威尼斯的水晶玻璃、匈牙利的牛肉調理包、印尼的木雕、波羅的海的壁紙、西班牙的水果盤、東京的原宿少女裝、韓國泡菜、印度咖哩、泰國佛像、法國的礦泉水、北歐家具、美國的巧克力、澳洲的無尾熊娃娃、德國的模型汽車、摩洛哥的香料、加勒比海的雷鬼、巴西的摩登高跟鞋、蘇州的珍珠項鍊、夏威夷的草裙、我們隔壁宜蘭的鴨賞跟蜜餞、我們花蓮的大理石跟扁食，甚至……我們花蓮的空氣也有在賣啦，通通都有在賣啦！」

花蓮的空氣？阿雄站在旁邊也不免皺了一下眉頭，空氣怎麼賣哩？你好像用餘光看到了阿雄的眉頭，隨即補充說明：「對啊，我們花蓮的空氣世界第一，比氧氣還好用，少年仔吸了有智力，老人吸了有活力，女人吸了有魅力，男人吸了眞正有夠力，爲什麼不能賣呢？我特地去訂做了楊惠珊琉璃工房的水晶瓶，春夏秋冬，一年十二個月，每個月的空氣都有特色，瓶子都不一樣，你看，買回去擺在客廳水噹噹，寶島花蓮的空氣喲，看著就舒服，聞了更爽快，是不是？這主意還眞不錯，你們說對不對啊？」

你看起來很得意這個有點調皮的點子，就像馬路上一些當鋪廣告寫的「萬物皆可當」，哎呀，多麼有氣魄啊！萬物皆可當，那我們就什麼都可以賣，石頭可以賣，土地可以賣，空氣當然也可以賣囉。這叫做文化產業啦，也就是把產業穿上一件帥呆了的文化夾克的資本主義伎倆。文化夾克怎麼穿？就是說故事嘛！法國的葡萄酒不就說了一拖拉庫的故事才賣得那麼好的價錢，我們不會去編一點花蓮空氣的故事嗎？從前從前有一對相愛多年的戀人，有一天，女方發現自己得了直腸癌，兩人驚慌哀痛之餘決定到花蓮做最後一遊，沒想他們才一走出車站，竟發現這裡的空氣……，這裡的空氣怎麼了？接下來不就有幾百個故事可以這樣滔滔不絕地說下去了嗎？

你在臺上繼續滔滔不絕地說下去，說過了大秀場、大賣場，接下來你要說的是大賭場。講到「賭」這玩意兒實在就學問大了，它不但是萬惡的淵藪，它更是金錢的淵藪，哪裡有賭，哪裡就有人輸到跳樓，可也一定也有人贏到蓋大樓。世間事就看你怎麼看，橫看成嶺側成峰，賺錢輸錢大不同。當今天下，除了拉肚子，還有什麼比拚經濟更急迫的事呢？開賭場這種事，早上不做，下午就會後悔，花蓮依山傍海，美美的風景勝過蒙地卡羅跟澳門千百倍，這裡不賭，要到哪裡賭呢？

「各位鄉親，接下來乎各位賺錢賺到心涼脾肚開的來了，什麼東西呢？簡單講，賭場啦！有人說唉喲夭壽喔！賭場你也開喔！騙肖，講那什麼瘋話！來，在場的每一位，沒買過樂透的舉手，有沒有？喔，那邊有一位舉手……什麼？……腋下癢喔？你嘛好，手舉那麼高是要抓粉鳥嗎？……沒有嘛！大家都買過樂透對不對？樂透就是賭博啊！政府做莊啊！說是做公益，做公益也一樣是賭博啊！伊可以賺錢，我們為什麼不能賺？我告訴大家，這賭場的學問可大了，各位知不知道，我們臺灣已經有人在美國唸到賭博博士了，賭博也有博士可以唸，你看這裡頭學問有多大，這不是那些頭腦康固力的人可以瞭解的啦。」

你臉上這時浮現出一道從容不迫的神情，通常你在擁有高度自信時都會出現這種討打的樣子，這種表情所帶來的後果是禍是福難以預料，但它表示你的內心目前處在一個亢奮的狀態則無庸置疑，果然，你立刻就high了起來。

「講到這間我心內就歡喜，人家說開餐廳不怕大肚漢，我們開賭場就不怕錢多郎，只要有這間大賭場，各位鄉親啊，西部那些肖錢的人、有錢的人，不用蘇花高啦，伊用自己的兩條腿，三更半暝爬都要爬過中央山脈來我們『藍色的夢』大賭特賭，我只想到那個畫面就會笑到流口水哩。跟各位鄉親報告，我們整間賭場用藍白兩色設計，有那個歐洲希臘的風格啦。本來就是啊，我們立法院到希臘考察，我看了半天還是覺得我們的臺十一線比它漂亮，現在機會來了，以後是他們歐洲的阿凸仔來我們花蓮看海賭博，錢給我們賺，這樣才對啦。那藍白的大廳鐵定讓人家一走進去就爽，不管看到二十一點也好，百家樂也好，角子老虎機也好，或是骰子啦，輪盤啦，保證就會以爲來到愛琴海的豪華遊輪，所以就賭興大發啦，福氣啦！來這裡賭就對啦！我們現場有各種專業人員提供服務，食衣住行育樂通通有，吃喝拉撒的不說，各位，全世界賭場我們首創有駐店心理諮商師，就跟國父首創五權憲法一樣，我們也是全世界單單一個，獨有的啦。他們有什麼用呢？哇，這學問又大了，伊可以替大家壯膽，帶給大家信心啊！這些心理諮商師不是開玩笑，個個不但精通國臺客英日文，有的西班牙文還可以寫詩哩！客人賭贏的時候需要他，賭輸的時候更需要他，大家有緣來相賭，贏了做公益，輸了做功德，跟心理諮商師聊聊，世界就變得很圓滿，這是我們藍色的夢的大創意，感恩啦！」

你越來越覺得自己跟牧師一樣在散佈福音。天國近了，所有勞苦的人即將來到一塊休憩的樂園。我們後山苦哈哈的子民啊，長期以來政府給我們的，雞蛋沒有，雞屎一堆，做得比別人多，賺得比別人少，我們難道天生是二等的人嗎？沒關係，你激動地高喊：「無人疼，自己拼！」這句押韻的閩南語立刻在現場引起廣大的回應，臺下幾個不知道是不是你佈樁的男子也用雄渾的聲音喊著：「無人疼，自己拼！」「無人疼，自己拼！」悲情中夾帶著希望，啊，這不就是你這場佈道大會所要的氣味嗎？

一陣嘶吼聲中你繼續大聲說出藍色巨蛋的最後一個蛋黃：「各位鄉親，我們大秀場、大賣場、大賭場通通有了，通通有了！那我們還需要什麼呢？」你稍稍收起討打的神情而顯露出帶有一絲莊嚴氣氛的臉色，像宣佈將申辦公元三〇〇〇年奧運那樣正經八百地說：「我們藍色的巨蛋裡會有一個將我們變成世界體壇強國的大—運—動—場。」小鍾選播的「查拉杜斯圖拉如是說」再度激情揚起。奇怪了，為什麼這年頭一講到運動比賽往往就變得很嚴肅？大概都是奧運惹的禍吧，這項國際比賽把運動搞得跟富國強兵成了同等級的事。唉，不就是跑跑跳跳嗎？為什麼要搞得像日俄戰爭一樣？你看阿富汗女子一千五百公尺選手包著頭巾出場，不也跑得挺快樂的？雖然她的速度整整比保持世界紀錄的中國選手慢了一倍。

你當然不會這樣想，更不會這樣講，你其實是以中華奧會主席的架勢發言，你說：「北京舉辦奧運，我們臺灣也要迎頭趕上，這粒藍色巨蛋裡的大運動場便會是一個最重要的起點，那裡面有什麼呢？首先跟各位報告，因為我們花蓮靠海嘛，所以我們有一個世界一流的游泳館，就叫做水五次方，比北京的水立方還要多兩次方，你們說這樣好不好呀？」「好啊！」「好喔！」「好！好！」此起彼落的叫好聲呼應著你感人的民族情感訴求，這回民眾好像聽到一個比秀場、賣場、賭場有健康概念的構想了，你接著說：「除了這棟水五次方，我們大運動場裡還有一棟比北京還炫的綜合運動館，叫做『蜂巢』，你們說，酷吧？」

你的語言悄悄變年輕了。酷吧？蜂巢比鳥巢酷吧？「這個蜂巢能做什麼呢？各位鄉親，你不必問自己能爲蜂巢做什麼，讓我先來告訴你，蜂巢能爲你做什麼。它裡頭可以同時舉辦十八種國際球賽，就是十八般武藝啦。信不信？啊，我說的話還有什麼信不信的問題嗎？哪十八種？我算一算，棒球、籃球、排球、保齡球、曲棍球、乒乓球、網球、高爾夫球、橄欖球、撞球、手球、壘球、足球、合球，幾種了？反正攏總十八種就對了，騙肖，全世界哪個體育館有這種氣魄？我們把十八種球賽的世界杯拿來一起比，各國的國旗會從七星潭一根一根插到七腳川，你們說，那會有多少人擠到我們花蓮來呢？到時候你如果數錢數到手指頭掉一根就不要怪我。各位父老兄弟姐妹，我們眼光要看全世界，不是只看大陸客，大陸客的錢要賺，全世界恩客的錢我們通通要賺啊……」

小鍾的音樂又冒出來了，這回不用警匪槍戰音樂，「查拉杜斯圖拉」換成「快樂的出帆」，本土萬歲！福爾摩莎萬歲！賺錢萬歲！我們要快樂出帆啦！這時臺上不知道是阿雄從哪裡找來的一排短裙辣妹開始高唱「今日是快樂的出帆期，無限的海洋也歡喜出帆的日子」，一下子氣氛便拉起來，臺下有人跟著唱：「綠色的地平線，青色的海水」，你忽然覺得眼角有點癢，咦！怎麼滲出一咪咪的眼淚哩，你瞬間察覺到自己民族情感的厚度，立刻情不自禁地也跟著唱下去：「卡膜脈，卡膜脈，卡膜脈嘛飛來」，然後就全體大合唱了：「一路順風念歌詩，水螺聲響亮送阮，快樂的出帆啦……」

這眞是一個美好的演講結尾，再三天投票，希望今晚在場每一個人的呼吸三天之後都能化成選票。你紅著眼眶跟臺下的群衆鞠躬，一鞠躬，再鞠躬，三鞠躬，啊！就這時候，你在一陣暈眩恍惚中竟看到遠遠的海平面上眞的冒出了一顆巨大無比的藍色的蛋，美夢成眞了嗎？怎麼有那麼好的兆頭？我思就我在，我想的就會存在，再三天投票，一切都會是眞的……你在朦朧的視線中看到阿雄一個箭步衝到你身邊，你沒理他，也沒讓他理你，你用力穩住腳步，在小鍾重複彈奏的樂聲中，抓起麥克風對大家說：「來，我們再唱一遍，再唱一遍快樂的出帆，來，再唱一遍！」隨後就被自己偉大的藍色巨蛋夢想感動到竟然一邊唱就一邊哭了起來……

——原載二〇〇八年九月一～二日《自由時報·副刊》

與情愛無關

徐譽誠

臺灣彰化人，一九七七年十二月十六日生於臺北，臺灣藝術大學電影系畢業。作品曾獲聯合報文學獎（二〇〇八）、聯合文學小說新人獎（二〇〇六）、寶島文學獎（二〇〇五）等。

二〇〇八年八月出版第一本短篇小說集《紫花》。

現任職文化行銷公司。

妳站在家門前，轉動鑰匙將反鎖鐵門開啓；屋內漆黑無光，他尚未回到你們租賃住所。妳鬆了口氣。

下班前通過電話，妳說：今晚去健身房上瑜伽，不一起用餐了。話筒裡聽見他喔一聲；彷彿妳只是敲響一具空心容器，傳來裡頭清脆回音。妳詢問他：晚餐如何打發？他沉默一會兒，說：跟同事吃飯吧！剛聽見有人在約；但大選前的週末夜，到處都塞車，看看再決定。妳沒繼續追問，通話就此結束。

早沙盤推演沒直接前往健身房原因，合情合理：忘記帶韻律服，但此刻妳仍慶幸不用當面解釋，不希望表情露餡。關於「裝沒事」的功夫，妳還得向他多學習，才成氣候。

踏進家門，飢餓感覺如影隨形緊緊跟入。身體已習慣妳所給予周期：兩日蔬果代餐，換一頓澱粉飽食。今晚該是償還身體時候，飢餓感才會自下午即越升越高，如數層樓瘋狂海嘯，朝妳身影反覆撲擊。回家路程，妳曾考慮是否先買個油滋發亮麵包充當晚餐，卻百般不捨渴望已久的海鮮通心粉竟得因此延後三日。黃昏時分繁華街道，穿戴整齊下班人潮各懷心事快步行走，妳在其間輕輕撫過套裝下腰間魚肚腹肉，這座微突丘陵已漸漸被海嘯磨蝕，且晚上還有約會，不管哪種澱粉晚餐，最好都得順延。

進入屋裡，妳往房間前去，脫下灰白套裝鋪放床面，卸去老舊而起毛球的膚色內衣褲，接著走進浴室，以洗手臺水柱沾濕抽屜裡方巾，擦拭乳房下、腋下任何傳來隱隱汗味腥臊的細微夾縫。妳凝視鏡臺裡自己，一片一片或薄或厚多餘油脂，黏附在妳心目中理想身形的下巴、兩頰、手臂、腰腹之上，仿若某種糾纏皮膚表面的頑固疾病。體內飢餓感持續索求妳原先承諾，影響腦海熱量計算，來來回回始終未能確定赴約前該塡些什麼食物安慰肚腹。鏡中人失神地擦拭自己，眉心緊皺，如此爲難猶豫。

清潔完畢，妳將洗手臺水珠拭淨，而後走出浴室，將方巾與舊內衣褲，塞進污衣籃待洗衣物最下方。妳從衣櫃取出一套粉紅色新款塑形內衣褲穿換，噴灑甜膩香水，最後套回陪伴整日的灰白套裝，包覆飢腸轆轆身軀。

妳拖行自己來到冰箱前，雙眼如精確科學儀器將冷藏衆物瀏覽一遍，試圖精密計算最好結果：微波義大利麵四百五十卡、烤布丁兩百五十卡、蘋果六十卡、棗子三十五卡、加州李五十卡、柳橙汁二百二十卡、無糖綠茶零卡、脫脂優酪乳一百六十卡。種種考量，加上不願暴露痕跡，結果仍令飢餓身軀失望：兩顆棗子、一顆加州李、無糖綠茶，合計一百二十卡。

帶著精簡食物至窄小客廳，妳坐在兩人沙發中央，打開電視開始用餐。電視畫面停留在昨夜他常看的新聞頻道，此刻正以分格畫面播報全臺各地大選前造勢活動，小方格裡滿是人潮與各色旗幟。妳想轉臺，但精簡一餐很快就要結束，不想最後忘記轉回原頻道而留下痕跡，於是未動作，跟著看幾個造勢現場，臺上名嘴口沫橫飛。

簡餐暫時擋住飢餓，嘴饞慾念卻更加沸騰。約定時間已近，妳忍耐肚腹裡騷動不安，蹙眉關上電視，將果核垃圾收妥，準備前往赴約。離開家門前，妳回頭查看有無痕跡未清，確認完畢，伸手關閉燈火，屋內頓時漆黑；將鐵門恢復反鎖，鑰匙喀拉喀拉作響，整體動作多麼俐落；不知不覺，你們已將彼此訓練得如此幹練精明。

●

選擇赴約，不是因爲對方有多重要。

妳與「工程師」相識，不過是網路上兩名同樣遭受感情背叛者，遇上彼此，然後同病相憐，然後互相安慰。妳對他瞭解不多，只知他從事資訊業，就像他只知妳是財會人員。資訊，會計，企業體系基本職務，明確標示都市密林上班族安穩身分。如此粗略背景，加上能相處，對你們而言，已足夠偶爾約定時間，私會見面。

工程師今日顯然越界，上班時間手機傳訊臨時邀約。妳未事前準備，也不想打亂原定飽餐計畫，但妳同種同族感官，敏銳嗅聞出簡短字句裡異樣情緒，彷彿電子訊息彼端傳來濃烈血腥氣味，那種不需詢問即能想像的新鮮傷口。妳曾希望，工程師那些無法擺脫的新傷舊痛，妳完全不曾理解，於是能毫無同情，不需任何理由轉念斷絕音訊，然而，同一套劇情推演方格裡，妳無法將自己置身畫面框外。遲疑許久，妳拿起手機按鍵回訊。

又一次冒險實踐。此時妳來到捷運出口熱鬧商圈，站立人群中，以整頓過的模樣靜靜等候。

選舉前一夜，週末鼎沸車潮夾雜候選人宣傳車輛，緩緩從妳身旁經過；廣播內容模糊不清，悄悄隱沒周遭人群與商家嘈雜聲響中。城市街景繁華喧鬧，妳目光茫然，獨自一人面對無法被安撫的饞食慾念，正張牙舞爪地，在妳體內蛀蝕巨大空缺。

腦海裡持續左右辯證。幾次強烈念頭：再吃點東西，又有何妨？才剛質疑，立即遭受否定；無法輕言放棄體重計上極細微速度緩慢下降刻度，更不願破壞戒律就此認輸。妳堅定，而後推翻；推翻，而後堅定。發愣視野漸漸失焦，城市輪廓模糊，只留存記憶裡吃食地點，清晰發亮：左前方麻辣火鍋，右轉海產快炒，直行小路肉粽虱目魚湯，再向前奶油培根義大利麵，右轉燒烤，過馬路米粉湯滷肉飯，直行日本料理……

目光最後停在一旁百貨商場大型銀幕看板。那被鑲嵌在城市高低建物與廣告招牌中的巨大方框，輪流播放最新電影預告，運行一個精彩繽紛聲光世界，劇中影星總能擁有自信完好體態，容光煥發地投入屬於他們的故事，散發耀眼光亮，投射在妳不夠瘦削的仰望臉龐。

工程師已到來，點妳肩膀連聲道歉公司臨時有事。妳將目光從上方動作片明星，移至身邊滿是抱歉的尷尬笑臉，仿若陰陽兩個世界。他還是如此瘦，瘦得那麼沒有精神，瘦得若腰間皮帶再不紮緊些，西裝褲頭可能隨時掉落。與完整相比，你們兩人各自方向殘缺，但程度如此相像，如此適合對方。

這便是等待結果？妳飢餓身軀不可置信，以為一頓豐富飽餐更值得期待。

工程師謙遜有禮，寒暄問妳吃過晚餐沒，妳點頭回應。他臉上始終掛著牽強笑意，彷彿沒有其他表情；妳心底明白，那已是他殘破零碎狀態下，所能呈現的最得體模樣。沒人提起傷痛，他只是說：謝謝妳來。而後維持笑容，帶領妳前往每回紳士風格先行訂房備妥的商務旅店。

●

進入商務旅店。多麼慶幸，妳突然不再感覺飢餓。

房間擺設簡單至極，總是雙人大床居中，正對一臺電視，剩餘空間便是圍繞床鋪的窄小走道，恰好容納你們兩位商務人士擦肩通行。

妳知道工程師習慣。關上房門放下公事包後，他一如往常從後方環抱妳，兩手在妳腰間腹部來回摩擦，然後將臉埋妳頸間，用鼻尖撥開套裝領口，嗅聞妳衣物下私藏的身體氣味。他會在妳耳邊，呼氣般軟聲說妳好香之類的話；妳能感覺，他必然以爲妳喜歡這般語氣，才使用如此刻意腔調。所以妳回應，喉間發出小獸眠夢時不自主隱隱呻吟。像一場考核機制，你們力求表現，只爲證明自己值得被愛。

所以，他動作如此輕緩，每打開妳襯衫一顆鈕扣，即彎身在露出膚肌淺淺一吻，最後跪倒在地，抬頭仰望妳新換上的粉色內衣，以及日漸消瘦微突腹肉。安靜屋房裡，你們無聲地爲對方卸去衣物，然後他牽起妳的手，引領進入浴室，爲妳已擦拭過的身軀，再次沐浴洗淨，彷彿某種莊嚴儀式。

過程謹愼小心，不僅因爲彼此終於尋獲有人懂得受過的痛苦與羞辱，並不厭其煩地陪伴閱覽新舊傷口展示，更爲了用最原始的赤裸身軀證明，證明自己不是弱者，證明若自己想要，也能輕易做到。

儀式後段必然結尾，他進入了妳。在初被進入的不適感過後，或因身體知道再來只剩後方規律的連續撞擊，見面儀式即宣告結束，於是從到旅店開始裝束起的僵硬緊張，漸漸輕緩，但暫時遺忘的飢餓卻隨之而來。

妳回過頭，工程師當然未發現任何異常，閉眼努力完成最佳表現。妳是誤搭一艘沒有食糧渡船的飢餓乘客，僅能在床鋪上忍受持續不停的搖晃航行，痴痴期待靠岸後尋找溫熱食物塡飽肚腹。然而腦海中再次左右辯證：離開旅店後，是否眞依原先計畫，尋找渴望已久的通心粉飽餐？但時間已晚，睡前數小時禁食是金科玉律，豈容輕易違反？心底百般猶豫，但妳欲求渴望的各式溫熱食物名稱，卻隨後方工程師一下又一下的猛烈撞擊，源源不絕自妳腦海紛紛蹦出：沙茶魷魚羹、牛肉燴飯、鐵板燒、沙威瑪、大腸包小腸、廣島燒、脆皮雞排、麻油雞、炒米粉、小籠包、臭臭鍋……當後方工程師終於完事，妳也好似來回奔跑夜市美食街數趟，卻完全未有任何進食那般身心俱疲。

妳起身先行進入浴室清洗。熱氣氤氳，水流沖過身軀，妳仔細撫摸感覺肥胖多肉身體部位，試圖說服自己該堅持到底，不可輕言放棄：況且性愛也算運動，運動後進食，吸收是平常三倍，更得完全避免。淋浴完畢，妳擦乾身體，反覆告誡自己備妥信心。

踏出浴室，工程師只穿花格四角坐在床緣，手拿搖控器，目光從面前電視移至妳圍條毛巾身影。工程師似乎發現異樣，輕聲問：妳還好嗎？不知爲何，妳突然爲這句問候感到惱怒，全身裝備好的信心，頓時潰散一地；但妳找不到任何理由發脾氣，於是僅止沉默，安靜而快速地將衣物套回身軀。工程師見妳動作，一會兒也站起身，乖乖撿拾衣物穿上。

妳看著工程師乖順模樣，心底莫名惱怒轉念間變成自我譴責；曾經他給妳多少安慰，現在怎可將莫名情緒遷怒於他？於是妳停下動作，輕聲問：不洗個澡嗎？正在穿套西裝褲的工程師抬頭看妳，表情釋然笑著回應：妳可能還有事要忙，我回家再洗，沒有關係。情緒莫名複雜，妳其實好厭惡看見他如此自甘墮落，總第一時間選擇站在軟弱那端，讓妳想起自己；但天秤兩邊不會都是輸家，妳如此氣憤，爲何兩人相處，總還是得牽扯到誰輸誰贏？

窄小房間只剩電視聲響，原本是戲劇節目，廣告裡仍穿插最新選舉新聞快報。工程師一邊打著領結，一邊看電視裡造勢晚會畫面。已示弱的他，爲化解尷尬似的回頭問妳：決定好明天投票給誰了嗎？妳微微一笑，沒有回應。工程師不明白，妳還獨自一人，困在屬於自己的私密艱難問句裡，尚未脫身。

●

離開旅店，回到熱鬧商圈。

往捷運途中，街上滿是夜間攤販，向來往路人展示色香誘惑。忍受飢餓至此，再面對鮮豔繽紛食物相貌，只覺自己是絕情之人，目光冷淡，情緒憤恨，步步沉重自兩排攤販與駐足食客間穿行而過。

捷運入口在前方，卻滿是擁擠人潮，更甚尖峰時段。妳空洞身軀持續前行，漸入人群，隨波動飄浮其中，一度停滯捷運出口之外。前後左右張望，人潮裡有些手握政黨短旗，有些穿著不同顏色候選人背心，再朝外圍看，鬆散群衆持續湧來，一旁有電視採訪車停靠；頂頭百貨商場大型銀幕看板，仍在輪轉播放各式屬於遠方的精彩人生。妳凝視景物的雙眼有些昏花，感覺如此疲累。

●

終於妳從天人交戰左右辯證安然歸來，雙腿發軟再次站立家門前，鐵門未反鎖，他已回到屋內。

開門後，迎接妳的是滿屋電視聲響，仍是選舉造勢喧鬧嘈雜。妳進入客廳，他背心短褲坐在雙人沙發正中，手握筷傾身向桌上小鍋泡麵，熱氣白煙自鍋內緩緩飄升，在妳與他面容間隔出一道霧牆。霧裡他瞥妳一眼，簡短說句：回來啦！而後繼續埋首。

疲累至極的妳，跨步向前皺眉詢問：不是說跟同事吃飯？怎麼吃泡麵？他正呑入一大口麵條，再次抬頭看妳，回應語調極其自然：去啦！只是沒吃飽，想再吃點別的。世界規律正常運行，沒有什麼落在軌道之外。

不需任何證據，妳即能清楚辨識他在說謊。是因爲已發生太多曾被妳求證的同質案例，或因爲妳亦步亦趨走過這趟敗德旅程，只要一絲異樣氣味，即能懂得。

巨大的沮喪無助壓落肩背，感覺自己竟是輸得如此狼狽。妳將外套包包脫放一旁，走向沙發，坐在他爲妳挪出的空位。身體此時終於與妳同一陣線，飢餓感徹底消失，聞到泡麵氣味甚至有些反胃。

妳靜靜看他側臉；他有孩子般天眞模樣，卻也傷人毫不眨眼。此刻他正專心看著選舉新聞，無從判斷是否同時遙想其他私密的陰暗事物。妳突然有股衝動，好想拍拍他的肩，告訴他：妳今晚並沒有去上瑜伽，還跟別的男人做愛。但妳沒有。

妳只是沉默地想起，那約莫是半年前，妳與他，同樣左右位置坐在這兩人沙發。他剛下班，還不知道請假在家的妳，使用他電腦時誤入他尙未登出的電子信箱，發現他與第三者依舊藕斷絲連，還留下許多私密照片；妳瀏覽那些信件內文，無外乎互訴情慕，分享偷情的提心吊膽；關於妳，第三者如此戲稱：你家那個胖妞，他回信時不置可否。凝視那些傷害，妳最苦痛難解的，是如果他倆如此相愛，爲何他還要硬留妳在身邊，不讓妳在感情生變第一時間離開？且要妳再給他機會，難道只爲給妳更多的羞辱傷害？

當時，妳坐在這雙人沙發好久好久，久到太陽西下，他回到家才將客廳電燈打開。妳未回應他的招呼聲，靜靜坐著；他卸去頸間悠遊卡與公司出入管制卡項鍊，走進客廳，才驚覺妳短袖衣物下兩條赤裸手臂滿是血痕。驚慌失措的他，坐在妳身旁空位，開始啜泣流淚，然後那麼用力地，擁抱住妳。妳其實好意外，原來痛苦的承受極限可以如此深，深到痛苦不再是痛苦，深到已無法確定究竟那是何種情緒。他雙臂緊緊箍住妳，妳知道這場殘害自己的戲碼，已為妳在這段感情獲得一次短暫勝利。但妳並不歡喜，妳張開嘴大口呼吸，而後無可抑制地，像一個被棄置的孩童般，嚎啕大聲哭喊。

滿是選舉聲響的此刻廳房，他意識到妳久久未曾移開的目光，轉過臉與妳對望，揚起兩道粗黑的眉詢問，妳只是搖頭回應。妳從他凝視目光裡，隱約見到對於莫名未知的懷疑與茫然，然而他並未多說，轉瞬間將心底疑問否定刪除，緊接著快速撈兩口泡麵湯喝下，之後連同筷子將整鍋泡麵遞到妳的面前。

他竟只如此作想，該慶幸？或者失望？此時早已沒有進食慾望，妳搖頭拒絕，說自己不餓，然後盡可能地遠離泡麵氣味。他沒有將手收回，泡麵鍋浮在半空，隔在兩人中間。突然他嘆口氣，語重心長地說：其實妳不用刻意減肥，妳沒有很胖。

妳一整晚來回糾纏的猶豫心事，此刻突然被對手挑起，彷彿命門軟穴被一把尖刺短刃施力抵住。已敗退至此，妳只求自己兵荒馬亂模樣別太顯眼；本打算回應自己沒有刻意減重，想來騙不了誰，於是雖不甘心被激將成功，仍試圖擺出受不了對方多疑的無奈瞪視神情，伸手將泡麵接過。

這便是妳今晚的澱粉大餐了：半鍋別人吃剩且漸漸失去溫熱的泡麵。妳用筷子翻攪鍋內稀疏麵條，感覺體內胃酸一吋一吋湧上食道。此刻電視仍是稍早造勢晚會，左下方格評論家輪番發表最後言論；在電視背景低鳴聲中，妳緩緩夾起麵條，張嘴含放舌間咀嚼，味道竟如此死鹹，如此苦澀；妳強忍嘔吐感覺，硬是吞入肚腹。

此時電視畫面回到棚內，新聞主播與幾位來賓正談論今晚與明日選後街頭有無暴動可能，妳身旁的他突然笑起來，說：輸贏早知道了，有啥好暴動？妳轉頭看他自信笑容，而後繼續望向電視；就在這一時刻，妳在電視畫面中，見到自己身影。

那是人潮擁擠捷運站出口前，記者拿著麥克風，報導聚集群眾仍在規定的十點前離開，記者身後便是散會群眾同時湧入附近捷運站的現場狀況。俯角拍攝畫面，群眾一顆顆烏黑頭顱；妳見到自己，一臉茫然神情，夾雜擁擠人群裡，空洞目光四處張望，彷彿亂世裡的迷路孤兒，僅隨著人潮湧動方向，漂流而去，最後不見蹤影。

感覺莫名恍惚。妳今晚所經歷的一切，究竟是妳單獨一人的微小際遇？或者，是整個世代裡，同一位置的必然命運？

妳不確定身旁的他，是否也見到妳夾身政治畫面的短暫影像；他只是碎嘴念著這種新聞有何好播，然後站起身先去洗澡。這間租賃屋房的窄小客廳，只剩下妳與電視新聞畫面彼此對望。妳放下鍋筷，沒有出聲，任電視裡各種嘈雜聲響將妳淹沒。新聞繼續重播某政黨造勢晚會，站臺者激動至極對臺下民眾高聲吶喊，聲音沙啞難以辨識，妳只隱約聽見什麼時代價值，但之後再說些什麼，妳卻都完全聽不清了。

——原載二〇〇八年十月十一～十二日《聯合報・副刊》

（本文獲第三十屆聯合文學獎小說首獎）

鶺鴒

邱致清

臺南縣新化鎮人，一九七八年九月二十一日生於臺南市。萬能技術學院畢。曾獲桃園縣第六屆文藝創作獎小說組第三名（二〇〇一年），臺南縣第十屆南瀛文學獎小說組第二名（二〇〇二年），屏東縣第四屆大武山文學獎小說組佳作（二〇〇二年），苗栗縣第六屆夢花文學獎小說組優等（二〇〇三年），南投縣第二屆玉山文學獎小說組佳作（二〇〇三年），新竹市竹塹文學獎小說組首獎（二〇〇四年），臺南市第十一屆府城文學獎小說組第二名（二〇〇五年），澎湖縣第九屆菊島文學獎散文組優等（二〇〇六年），宜蘭縣第三屆蘭陽文學獎小說組第一名（二〇〇八年）。

目前就讀南華大學文學研究所二年級。

人聲、流河、夏日，說是這樣。看起來外表青春狂妄，骨子裡卻是老得滄桑哀愁。奪標、敲鑼練習久了，他看來黝黑了不少，河畔擠滿了人，歡呼聲、加油聲，繪著太極圖樣紅色的船槳像手術刀般，扒開二龍河的表皮膚理，剝開胸口，去偷窺我那跳動的激烈的心臟。龍舟競賽就是這樣，競逐、呼喊、速度感，兩造敲著震天價響的鑼聲，好像乾坤倒轉，兩條龍會飛上青天。水道裡，來來往往好多趟，一次又一次的，我總是注視著他一舉一動，全世界就只有他，那個像我卻不是我的影子。直到騷動開始著，我仍沒有轉過頭去看，我還是注意著他的一舉一動，直到河面上的吶喊聲停了下來，慌忙的水桶叮叮噹噹的從河邊接起水來……

雖然他不是，卻也不脫洲仔尾大伯外表的膚色，連同他們家的老爺也是黑色系，昂然挺立的臺灣犬，杏仁眼、三角頭，鼻子高高挺挺，雖然老了，牙齒變黃、眼睛周圍出現了白毛，卻能看得出牠年輕時「英俊」的模樣：通常不會亂吠，安安靜靜地，曾經有那麼兩次：登徒子順手過了大伯家的後院，隨手摘拈了姆娘兩片碟子狀的文胸，老爺從房屋角陰影下衝了出來，一口從他的大腿咬下去，差點咬下一塊肉來。姆娘氣得大呼小叫，說這人怎那麼變態，那不是甚麼百貨公司絲質的舶來品，連這菜市場三件一百元，沒有蕾絲，釦子上了都會咬在她白拋拋嫩肉上的東西也在偷。姆娘手的姿態我是見過的，不自然的蓮花指，含嗔帶羞的黃五娘，怎麼看都像個苦旦。

另一次是電視裡套演一齣皮黃折子，花旦前腔唱到：「相公清廉平正。果然是懷揣明鏡。結義兄弟我夫不三省。親昆仲。趕出受苦說不盡。故此奴家巧計生。」可能是演員假音倒嗓，老爺齜牙（稟爺知道。小人領爺鈞旨。押著一干人犯。到城南土沙之中掘出屍首。委實是狗。不是人。）看那模樣實在可愛，狗眼子怒火中燒，分明是恨透了奸人（抬上來看。）他故意把電視聲音轉大聲。（柳龍卿。胡子傳。如今掘出屍骸分明是狗。你二人有何訴說。）老爺吠了幾聲，他笑得更開心了。（老爺。委實是人埋在土中。長久出了毛。）（胡說。人怎麼出毛。）（老爺。他兩個夜來委的殺人。如今把狗屍換了。）老爺肯定是氣炸了，露出尖利利的犬齒，狂吠好幾聲，他旋即拍著桌子大笑，像判官一樣給了那笨狗一個好笑的罪名，竟然分不清楚只是一齣戲……。

理當要罰：他拿起橡皮筋，朝著老爺黑色濕濕軟軟的狗鼻子彈射，每射一次牠就吠個三聲，然後像追逐自己尾巴般原地繞了幾圈，射一次繞三圈，繞完了老爺暈沉沉的，走路歪來扭去，他偏不讓牠休息，繼續射牠；像一個按了就會轉動的唱盤，要是老爺轉得快了，一個不小心開過頭的音量開關，他攤開手腳如是再也受不了的愉快笑聲，讓我想起大花臉哇哈哈的誇張聲調，我看著他，像挑動我身體裡的一根笑筋；或被扒去腳上的鞋子，羽毛不斷在光溜溜的腳底板上掠動，我似笑非笑的要他停止這可笑的舉措。

雖然受了他的悶虧，但是老爺大多時候，仍是安安靜靜的做人類的好朋友，尤其是每當到了龍船比賽的時候，牠便乖乖跑到河邊，在人群中闖來闖去，各色各樣的腿柱子中，鑽到最前頭，靜靜地坐看著。洲仔尾的人喜歡摸牠的頭，牠也一臉舒舒服服的散漫慵懶，二龍村長說牠是龍舟賽的「幸運犬」，或許習慣被人摸頭，牠總是抬望頭，嘴角成一條笑嘻嘻的線，眼角邊的白毫會揪成一個艾草的形狀。

至於牠的大主子大伯，會混在岸邊加油的人群裡。早就懷疑大伯可能混了噶瑪蘭，感覺外型是那樣原始粗獷的：顴骨微凸，鼻子被麵棍桿過，弄獅鼻般塌癟癟的大鼻樑，顯示出了那小眼睛一層深刻的銳氣，耳朵是兩片小小的太平山郁李葉，以及到了中年幾乎每個男人都會有的鮪魚肚，頭上開了頂，被投下一顆原子彈在髮旋中心，造成一塊大面積的廢墟。嘴巴偶爾會有臭味，但是熱情所迎，不好意思對著他的面說清楚這件事。所幸咧嘴笑的時候，兩個顏色做得很不自然、乳白色的假牙穿插一些突兀，若是嘴巴前是個戲臺，那兩顆門牙肯定是唱胡撇仔戲的戲子，笑開懷的時候，門牙特別明顯，好像其他的牙齒都不存在。開口小一點，是廣告裡賣開心果的小松鼠；開口大一點，氣象局發了地震特報，看著那兩片豆腐色板塊誇張的規模，擔心那下顎就這麼一用力頂過上顎，門牙會被擠出來，彈到別人的臉上。

他一手拿著霜仔，另一手加油時會不自覺舉起拳頭，手指短短腫腫像五根揪縮在一起，炸得乾乾的卜肉。他試圖把手舉高，通常手肘彎彎的只舉到頭上不高的地方，若他站到應援團第二排，前面看來頂多只有他光禿禿的半個頭，拳頭到不了眉毛，更別說浮出水面了。這是一個後遺症，他撩開衣服，讓我們看著原因，一條鐵路般的縫線劃過半個肚皮：然後頑皮地指著兩端，上頭是八堵，下頭是礁溪。

潘家人除了他之外，很少下場扒龍船，記得只有去年手術前，他自己也下了場，如此奔放豪情，還挺有以前操莽甲，游於東北海岸邊靈巧動感的特性。提起光榮的潘家歷史，他可以說上一千零一夜，說多說少總流於楚國之東、吳越之南，那種血緣在閩粵交界地域上的堅持。離開祖籍地那麼久，除了父親與我外，其他人自是南管、錦歌全數不會。

不過大伯始終相信，潘家絕對沒有人沾染了不純潔的血脈，這樣卻是諷刺至極：潘家長輩沒有人承認，我們兄弟倆眞實的血液裡有著家族羞恥的、不願面對的基因，特別是大伯，說我們是潘家兩個完美無瑕的寶貝，之後我才知道那是一種故意掩飾的同情心。掩飾的東西，就是會差池那麼一點點，就像大伯喜歡反戴棒球帽，來一段福州伯模仿秀，就是少了些甚麼、多了些甚麼：姆娘都說他是沈文程唱「梨花淚」；萬沙浪唱「一翦梅」。

大伯與姆娘的戀愛故事，更是像《荔鏡記》般傳奇好笑：姆娘後頭是坪林胡桶山上，專賣日本的大茶商家千金小姐，大伯委在她家當了三年的賣茶跑業務，有時候還要去日本出差，不要說東京了，大阪、京都，東瀛哪個城市沒有去過？

要不是在那段時間練就了磨的功夫，哪能把姆娘拐騙來宜蘭；大伯笑著說，姆娘先是不從，一臺山崎檔車蜿蜒在北宜公路上，朝下頭望去，綠野平疇的蘭陽平原，壯闊的太平洋浮著一座龜山嶼，她就愛上這裡，來這裡賣雜貨。

你想得美勒！姆娘瞟了一眼，我是被抓來當壓寨夫人，當性奴隸的。要不是大伯的兩條腿故意擱在房門口，眼睛彎成兩條魚鉤，從她的屁股溝開始看，接著是她兩顆木瓜般大奶脯，嘴角欲言又止，也不知是不是在吞口水，哪會這麼容易被這「番仔」綁架在他們家，她可是大茶商家的小姐，便宜賣給了他、讓他糟蹋了高級的包種茶。他們家是連廁所門關用力都會倒塌，上廁所屁股要吹風……說來一陣嘔氣，眞是爛死了，窮死了。

大伯笑得尷尬，連自己老婆都這樣說自己，或許眞的有或沒有：傳嗣已久，卻也只有阿祖記得她的祖公媽叫潘釆田，正式的族譜已佚，也不知道是不是故意，日據時代的戶籍，一個都沒有流傳下來，上頭有沒有熟字，沒有人知道。

潘家大大小小伯叔姑嬸堂兄弟，問起唐山公是何許人也，卻也弄不清楚是泉州、漳州還是潮州何府？更早之前的公媽牌、過了海的船頭媽沒有一個證據留下的，若多作辯證，難以究詰潘氏流考。

先不管是不是原住民，即使如此，卻也漢化得過分徹底：伯父絕對不相信他有這樣的血統，一種百分之百確信自己是純種巴哥犬的自信。他堅持不孝有三，好像是孟子附了身，說說口頭禪：卻也說不清楚，第二不孝和第三不孝是甚麼？再怎麼說潘家老大都要有個「大漢囝仔」：他生不生子嗣關我甚麼事呢？……。若姆娘成了老蚌，吐露了潘家長孫的這一脈珍珠，龍泉也還是不能回頭，大伯或父親他們都同意了，哪邊都是潘家孩子，不過事情就是這樣，一種被「偷」走的感覺，對我而言是悵然若失，好像一股不完全、不正確的事情發生，而我沒法去阻止或抵抗。

大伯眼睛撐開，鼻孔張大，耳朵像狗一樣豎起來。姆娘就笑他也不是到了這把年紀說想自己來就可以自己來，這可不是像阿順家牽豬哥賺爽快的勾當，若是早上起床時間稍微久一點，只好掐他耳朵，說他是老不修，就把他踹下床去。

肯定是年輕時，都打空包彈，一定是自己愛玩槍，走火了、熄滅了，只剩下樹頭上兩顆荔枝（她在店門口嚷得大聲，三姑六婆們就摀著口，像火雞般咯咯笑得開心）。感覺像在罵人，姆娘有些激動的說，幸好他不是單傳，否則以前你娘還在，早就被老母修理得乾淨溜溜。又開那一壺，像是山腰上那座法華尼姑庵每天晨鐘後，在菩薩面前必唸的早課：他娘的早上起來做飯，便會嘴裡唸她這隻不下蛋的老母雞，若不是「抱囝仔過戶居」這二十六年，眞不知道日子怎麼過。

也不去看一看、瞧一瞧，開槍的不會開槍，老說是靶子不準。此時此刻千萬不要駁斥她，那只會讓她木魚拍子加快了節奏，成了往生超渡的神咒。大伯臉色不好看，眼珠吊白，像是苦苓舅上的冤死鬼：自己人聽到沒有關係，要是龍泉聽到了，會傷心、會難過。（姆娘悻悻然：我聽你在放風吹勒，聽到，聽到才好啊！誰不是自己人，誰又會像你娘以前會做「捐壁鬼」。他最清楚，是我們的、不是我們的。我有對待他特別不好嗎？太阿你說對不對？）感覺好像是刻意說給我聽的。也對啦，還花了錢讓他到日本靜岡大學去唸系統工學，今年上了大學院修士，這不是張揚，我可以想像這要花多少錢，比起我在內湖戲曲學院唱歌仔戲，他眞的很幸福，也很幸運。可是，大伯這麼做也過分自私：從礁溪到靜岡，或礁溪到內湖，自然是兩條岔開不一樣的路子，不過也不能怪他，這是我自己選擇的：一條類似吾父的路。姆娘杈開淺綠色熱短褲下兩條白楊腿，拿起雞毛撢子在收銀臺前撢灰塵。大伯張開嘴巴，喝一口茶，抓著不求人摳背，天生就像個參軍、說相聲的：愛上了總是這樣，這也是沒有辦法！大伯眼神透出一股無奈，醫院裡的報告清清楚楚，這是他的能力不好他的錯，神明不給他因緣，不然，也落不到你們兄弟這樣。……

他揮動了那根爪杖，一口濃茶後繼續：我相信你們應該會原諒，你看看現在的他，跟著老師學戲多少挫折……。（我說就是你父親小時候去學戲，在裡頭學壞了開始喝酒，我就說演戲的地方學不到好勾當）……。這話裡頭感覺自負的成分大於憐惜，我轉過頭不看揮舞雞毛撢子的姆娘，她的話插入得有點突兀，我盡量不讓她看見我表情上的困窘。

這與我聽聞於他口中自己的說明不太一樣，父親對於那段過往怎麼看都不是演戲，假使是好了，我頭殼裡怎有個好笑的畫面，父親抹了拉山丑角狸貓眼般三花臉，朱唇白衣，鮮紅色的褲襠，一條長髮束。他跪在地上喊著：苦惱啊！苦惱。接著甩髮轉繞著，自報家門故事：他說頭手弦仔阿慶師對他不錯，老是會教他玩弄一些殼子弦、六角弦、大廣弦，然後搭配文武場樂師的默契，吹吹嗩吶跟著唱調，若是唱不好，班長發起火氣，衝到裡頭操起品仔，就是要打他們。每天棉被裡頭都是一把辛酸淚呵……

把牙根咬一咬，戲班子裡練的都是眞功夫，聽到了緊急風，又要一身踢、換、夯、蹉、跪、踮、跑、錯……樣樣功夫樣樣來。或小小年紀，演個三八旦，擺個含蕊指，飄袖展扇花、駛目箭飛來飛去演個花痴女鬼，要他扮觀音就觀音，裝春桃是春桃。怎麼都是千嬌百媚、法相莊嚴、楚楚生態……

我轉回頭，大伯肯定是自己在編故事，父親從來也沒恨過他師父，不就是嚴師出高徒，這麼容易、這麼簡單。他握著不求人，愈來愈有瓦子說書的味道，只差別起頭沒安插待說從頭，結尾沒提下回分解……。說來他也命苦，小時候體弱多病，認了關老爺做契子。反過來說，雖然學戲成了現在模樣，他師父對他還有幾分恩情？哎呀呀。大伯把爪杖在空中轉了一小圈，繼續說：怎麼每回喝起酒來，他就轉世投胎變成他師父，也不知道是戲學多了，著迷了；還是他師父給了他一些甚麼特別好處？……。（爲甚麼他總借酒澆愁？）

大伯抓抓已經很少的頭髮，似乎也不清楚：或是老母死了、你娘死了，結果……我怎麼感覺，是父親自己死了。我看著他，他總是沒有說出是龍泉的割捨情懷。不過想一想，是我想太多了，父親根本不會在意這件事，卻又忍不住脫出口（有沒有想過？）想過甚麼？他問。（沒甚麼！）我的手垂了下來，把話又塞回肚子裡……（我和龍泉出生差多久？）（約兩分鐘吧！我們家龍泉是丑時……。）我知道，這樣問是多餘了，大伯怎會知道我幾斤幾兩呢？（你們小時候好可愛……。）我不知道有沒有錯覺，總覺得那是在讚美龍泉、卻是在安慰我。（那我們的母親呢？）大伯忽然垮下臉來，說她難產死了。

二

我爲了閃躲他回下庄的這幾天，實在不太敢去幫父親賒菸錢，明知道他要說些甚麼。像是涉水渡過二龍河，就會被河裡的河伯、水媽抓去祭江，去慰河似的？人雖然到了，卻感覺自己一定是被吃完了的罐頭，掏乾淨了湯湯水水，只剩下空伶伶、硬梆梆的身體；躲他幹甚麼？是這樣問自己：不是心頭歡喜的、雀躍的等著他回來？卻也想要躲得遠遠地，越遠越好……。就覺得我和他配不上，格格不入的。他是高高在上的寶貝太子，而我一身髒兮兮窮乞丐：只不過是與他相似，卻是失敗的複製品、贗品罷了。我低頭看著兩條腿，小腿肚翻過，鄉下養豬養雞的人家子弟，或許哪的不識相的豬屎、雞屎沾黏在褲管上面，敗壞了儀容。

老實說，雖然人家都說學齡前的孩子，會記不住那些故事，我倒是印象深刻：他們說大伯家裝潢了新的房間，要給他住。我吵著說我也要跟哥哥去，他們哄騙我，說那房間太小，要我忍一忍，下個月就換我跟哥哥交換搬進去，大伯會準備新的衣裳鞋襪、新的玩具熊。從頭到尾，這都是一場騙局，過了一年又一年，從來就沒有交換過。他們只顧著帶走他，編一個謊言，對他們來說，並不算甚麼。

這又是甚麼樣的關心呢？現在的大伯總是手兒揮一揮，開始那最近價格好不好？早上阿爸出門沒？中午吃些甚麼？像管區先生、像欽差大人，非要把家裡大大小小的事，報告得徹底乾淨方休。大伯若穿著直挺挺的軍裝，背後升起日之丸，肯定就會像樺山資紀一樣帶點薩摩國男兒的威風。和他早上的會面，總是在一種面對潘家家族總督的恭敬之上，有時候早上腦子昏昏沉沉的，我可能就會胡亂脫口：「嗨！挖嘎哩馬悉達！」

大伯回過身子，看著我，指揮著店裡所有的東西：那些全部都可以賒，唯有穿腸毒藥不能：才換過了一顆石頭，可不想再換第二顆。到了幾天後，端午節，就是你父親重生的週年紀念日，他們兄弟要好好切蛋糕慶生。我點點頭明白，畢竟父親換過了那麼一次，大伯給了他，也算是兩人一體了，要是習慣再繼續下去，大伯整個割給他也不夠：遇到這類應對功課，不算太難。最難的是如何跟他照面，聽說是回來一年半數饅頭，兼划龍舟且宣布⋯⋯。我有預感，那事絕不會是我喜歡的答案，卻老氣橫秋的自我安慰：人回來就好！

總覺得他能回來，我就開心、自在。再怎麼看，他和我就是同一個人：濃眉雙眼皮，鼻子像龜山島的龜頭一樣翹，嘴唇細細薄薄的，有時候像是早坑溫泉鄉的一抹煙，輕輕柔柔的，多看鏡子幾眼，都會忍不住驚嘆⋯⋯他好美。

誰說這句話的？太可笑了，眞是太可笑了。

遙遠的過去的記憶裡，還不曾忘記：這自山裡流來的河，緩緩地無聲的流動著，彎彎地如一條伏在蘭陽平原上的蟄龍，帶著神祕性的愛戀，向太平洋無止盡的涓輸。兩旁垂下的髮絲，遮蓋他略瘦的臉頰，或多或少有一點野性，像隻水邊蹦來跳去的鳥雀：他身體脫得只剩下一條素白色的內褲，從二龍橋邊溜丟而下。水面澹澹盪盪，濺起如水晶般閃耀的水花。

他游了兩圈，興奮地對我招招手。我最不會游泳了，想起自己的不美妙的泳姿：跌落水溝、醜陋青蛙。他一副怕甚麼的神情看著，我那一層堅硬的盔衣，守護著裡頭一顆軟懦的、矜持的靈魂。我搖搖頭，他大姑娘長大姑娘短的喊著。

水中，他已經舉起一隻手，捏著濕漉漉的一團白色東西，像對我招降般的揮舞著。我搖搖頭。忽然害羞起來！他把那團白色東西，捏在空中拋轉，水花灑向四周，然後向我拋來，冷不防打在我的身上。

我忽然一陣憤怒，氣他那麼輕褻的，玩狎的。

我提起餿桶，沿著食溝傾倒著。矮磚牆裡立刻響起一片咕嚕聲：我很快想起那個畫面，肥嘟嘟的阿順伯穿著老派的，身上一件農會的夾克，補了縫線在邊口的鐵灰色西裝褲，兩腳穿著拖鞋，牽著他們家的老風流過來，阿順伯說沒有辦法，那褲子是他們家阿順姆結婚時爲他挑的，每天掛家裡像國旗一樣，而且還要按時升上天空去，若是哪天沒有搭在身上，被阿順姆看見了，打翻醋罈子，非得降半旗默哀三分鐘。你看看，雖然現在是一索碰東風，吹得他下身涼颼颼的，還算能看、好看不是嗎？他抓著我的手，順勢摸向他大腿邊縫線上，要不是我抽手，差些就要瞎子摸象。不穿可惜，補過後還是好得很，耐用耐操，……就像老風流那個種，在農改場裡配了好幾次，也不完全的藍瑞斯、杜若克，更不是純種的約克夏：這種雜種豬最好了，產肉性能與抗疾病都是一流。

牠那兩顆粉紅色金棗般睪丸從兩後蹄腿托出，郎當模樣不成比例。在圈舍裡，牠很快就騎到母豬背上，老風流流著口水，豬頭對著阿順伯看著，像在炫耀或是示威一般，豬鼻像個沸騰的鍋蓋，不停地抖動著，接著撇過頭去，豬圈裡發出唏哩呼嚕的聲音。我從這頭看過去，粉肉色的豬背遮住了所有的光景，看來像是埋在某個家庭理髮店俯身洗頭的怪叔叔，順著阿順伯詭異的笑容，不知道在想哪一種邪惡的事情：耳朵裡有個自己的聲音對我說，這種老傢伙特別喜歡小男生，一想到這裡，我的背脊發涼，感覺我的屁股像有個尾巴垂下來似的夾緊。

阿順伯在豬圈外，蹲在地上。伸手到胸口袋裡摸出，又叼起一根香菸。他回頭看著老風流，一聲嘆氣。或許是想起了甚麼快活勾當，嘴裡怨嘆著阿順姆。看了我一眼，我站著後退了幾步，他一手拉著我，要我也蹲到地上。

問我還有沒有和龍泉聯絡，我看著他褲子的補洞，一時答不出口。他問我何時找姑娘家？我看了他一眼，想離退他個幾步。他拉著我。（怕甚麼，又不會把你吃掉！近一點……）我說我怕煙味，他硬是拉著我（香噴噴的，你聞一聞……）我身體僵直直的，任他把他白色豐腴的手抓在我粉紅的手臂上。我一時語塞。（叫你大哥給你介紹個日本婆子當新娘，皮膚白得像糕渣，屁股要像水蜜桃……。你看看你哥哥，到日本學好了，都交了好幾個。）其實心裡大不願意，有沒有交女朋友有甚麼意義嗎？只是爲了一種家族血液延續的虛榮感？跟喜歡的人在一起比較重要吧！想來想去，從小到大就沒有交過女朋友，這樣話說起來，幼稚園牽著隔壁班小女生純純的愛戀都不曾發生，或許我是得了戀愛恐慌症，在女孩子面前就是一套演戲的模樣，從來不正面看女孩的眼睛，不管美或醜、善良或乖逆、純眞或成熟，好像我的世界裡，從來就沒有女性的角色駐足過。我回頭看了一臉老風流，牠轉頭看我一眼，好像在笑：笑我的不正常。

我轉過頭，阿順伯用一種奇怪的，讓人不舒服的眼神看著我。我眼睛忽然張大，看著阿順伯。可惜你阿爸，沒能讓你好好唸書，讓你去唱戲，不然拜託你大伯，也接濟你，送你去唱「啾啾桑」……。阿順伯捻熄了菸，可惜了。跟著你阿爸。苦情，苦情呵……我的腦子跟著他的話，拉出畫面來。一個握著琵琶南管骨唱撩拍的女歌伶，悠悠唱出：

人生到處知何似，應似飛鴻踏雪泥，泥上偶然留指爪，鴻飛哪復計東西！

也對啦，跟著父親沒啥好處，小時只會唱戲，長大了甚麼頭路也不會。大伯拿了些錢讓他養豬、養雞，養了好幾年，不算多賺，只求少賠。原本以爲自己不再是戲子，哪知我卻一骨腦子栽進去，他說我上個輩子一定是死在戲臺上的戲精，不然怎還有人外貼。看他不唱戲以後，就不懂得愛惜自己身體，常常說他身上只剩下：失意、回憶。豬價不好、雞蛋慘跌。多半是大伯金錢救濟。爲甚麼總是大伯能賺錢，連讓父親說出讓渡龍泉懊悔惋惜的口氣都不成立。他總是喜歡一個人拎著酒瓶子，茫酥酥地縮在二龍橋上，去想他的美好世界……。一個奇怪的神仙世界，好像每天都有人祝壽似的：仙桃、瓊漿玉液，飄飄然地搬演著。我奔到橋邊找他回家吃晚飯，兩分醉意的父親；講話不疾不徐。父親哈了口酒，開始說故事：說他以前在小梨園如何如何……。二龍河悠悠，父親眼睛透著迷霧般的神情，像鑼鼓開始似的……。以前端午節前後祭水流媽，大小合班抗著與亂彈對打，這一演出「白蛇傳」；對方可不甘心了，典韋一臉碎黃，從宛城上跳下來，揮動著雙戟，後頭四支紮靠不斷晃動著，嘴裡咒罵著：「你們是故意演這戲，冒犯了祖師爺。」

「端午節不演『白蛇傳』，不然要唱『哭皇靈』啊！」大班長穿著袈裟，法海和尚可是一點佛家的慈悲心也沒有。擺了姿態：「不然唱一段『貴妃醉酒』給你們家祖師爺聽！」典韋拿起雙戟，怒氣未消：「你娘咧，橫著走。等一下請你們祖師爺喫毛蟹啦！演一齣『毛蟹記』送你祖師爺。」將軍揮一揮手，對方擺出蟹形的軍陣。

這下法海顧不了自己皈依了三寶，甩了鉢和典韋扭打在一塊。最後兩人一路滾打到棚腳下，河邊那頭的布袋戲團，卻是涼快自在地演著「曹孟德大戰呂布」，似諷似譏地傳出曹操的苦笑聲：「我中計了……」那頭掌中的典韋自煙霧裡殺出來，死命地狂喊著：「主公何在？主公何在？」父親若是醉意到了五分，開始說起我倆：就他與我，劍化的名字，看來註定要成爲一種狹路相逢的命運。挑著點撥，腦子裡閃過邵氏武俠電影裡，匡啷匡啷的鼓聲：他穿著白色的綢褂，髡額髮、糾長辮，手裡按著龍泉劍，俊俏的臉龐，俠骨柔情地，蹬了一下，從城牆腳下翻到雉堞上去了。

我劫殺出頭，一把太阿直穿過來，他一路舞動手上的龍泉劍，兩鋒相偎，鏗然做響。父親忽然殺出了一個哈欠，一個不稱職說故事的人。他橫嗟著：說他的能力就是高過你們大伯，才會一炮雙響，一次來個雙生子。讓一個給他，也好也好……。我心底生氣著，我看著他這般粗陋鄙俗的比喻，怎麼看都與歐冶子不像！

要不是大伯不能幹，也不會就這樣把龍泉讓過去。這時候，他還會多喝好幾口，有時候醉過頭了，把我趕回去，要我去啊，去認大伯當父親好了。讓他獨自釀成一個廢人酒、頹人酒。我就覺得奇怪，爲何要拿大伯出氣，他不也受他許多恩惠，難不成這些都是兄弟之間應得的。他恍恍惚惚地說著某個人，斷斷續續的……一個和尙！一抹圓光！某某渡化了某某，聽來就像個翠鄉夢似的……

其實回到家裡，常常就只有我一個人，廚房外水銀路燈，從小窗子照進來，牆上瓷磚泛了黃垢，總是有不識趣的蠅蛾穿過格窗，繞著日光吊燈打轉；在還沒去找父親回家吃飯前，我開始打理，跑到大伯家去收餿水，大伯不忍心，拉來小小的推車幫我一起把東西送回來。我忙著在豬圈裡整頓著，然後到雞舍裡灑飼料，這時一股惱人的油漾撲鼻而來，大伯正掀開鍋蓋，兩條赤鯮煎得焦黃，油膩膩的魚香；伴著一鍋皇帝豆排骨湯，湯水滾沸……比家庭主婦還會弄這些東西，他微微張開口眼前兩顆明顯的門牙，笑著說他早就嫁入我們家，然後自顧在廚房裡叮叮咚咚地忙碌著。

我回到廚房，他忽然找不到鹽巴（龍泉，這鹽巴在哪裡），我說沒有了，他忽然發現自己口誤，一股歉然。（太阿啊！那你去我們雜貨店裡，隨便拿一包鹽巴來），我也不想糾正他錯認了，或許心底有一種，希望他認錯的渴望。停下後表情忽然變得下沉。（你想不想唸書？到日本？到美國？不要再學唱戲了，你看你想當甚麼，告訴大伯……）我搖搖頭：我想當自己。

大伯的臉又比剛剛幽暗許多：我看著他，表情明顯一副愧然，我心中疑惑著，爲甚麼要愧疚？是在補償他嗎？還是在補償我？他是他，我是我，兩者不同。

沉默一會兒後，他就會叫我去二龍橋把父親拉回來。若是這天太晚了，父親剛好喝到爛醉，故事就會到他十五歲轉聲前最後那一段：大班長看著他演扮仙，巧妝濃眉，拿著一朵蓮花。那是農曆六月二十四日協天宮前的既定的戲碼，演個角色，也算是給他契父祝壽。這正在「轉大人」的當頭，抹過頭面後，還是一朵含苞待放的水蓮花。他扭著屁股，歪歪斜斜的上場，腳步輕盈，卻在迴身拜時，絆到電線，摔個狗吃屎……到了夜裡，班長睡在他身後，像神明從天空傳來的神識。（搬仙姑像隻小閹雞，底沒打好，要好好處罰……）他感覺一隻手偷偷摸了他屁股一把，接著伸到褲襠裡屁蛋上磨啊磨……他腦子一片空白，接著想著八仙過了海，怎麼都是呂洞賓一把寶劍、韓湘子一支竹蕭、曹國舅一片玉板……老爺吠了幾聲，我摸摸牠的狗頭，大伯一定也在這附近了。父親咕噥幾句後，就會拿著酒杯在我眼前繞啊繞，喃喃自語，像唸著某種咒語；或是宗教儀式，身子開始搖搖晃晃如同起乩：如果繼續下去，有時候會在我眼前繞個三圈，接著會把酒水灑在我身上。若是嘴裡唸得清清楚楚，肯定就是那句話了：我會改！我會改！都是我不對！

三

他是那麼陽光，而我卻是那麼「陰柔」：我從不習慣這個字，卻是在當兵時，背過紅藍白値星帶，被排長笑我跑起來屁股翹得高，像他奶奶去菜市場買菜。再說可別忘記了，他過到下庄去，二龍競渡的時候可是不同隊的！龍船競渡！

是啊，是這樣分組的。他是洲仔尾的陽光帥哥組；我就是淇武蘭的陰柔青年隊。多奇怪，好像全世界的人，都必須把我和他兜成對手、分成兩隊：就好像家裡春聯上聯寫了「燕草」、下聯就一定要寫上「秦桑」；他若是傳說中的火神祝融、我就是共工，非要湊個整齊才甘心。世界上給了我們兩個人，但是我仍是感覺到我一個人，明顯的一個人。就如同高山上森林裡巨大筆直的樹木，每一棵樹看來相同，卻都各自孤獨地、默默地站立著；或一個生命，小小的螻蟻，只爲了工作而生活、而存在，被支配著奴隸般的活著。不問別的，肯定是前世倒下後再接今生的輪迴。前世的巨木，來世的螻蟻。爲著一種孤獨的生命、朝菌蟪蛄的生命，不斷重複。直到我的心像一圈又一圈凝固的年輪；堆砌著把我的外表保護得像非洲蟻塚般怪異高大，卻仍有一種淡淡的情緒與他繫在一起。

說起這競渡的傳統，還不都是要奠祭那水裡的鬼魅。父親堅信他曾見過水鬼，無頭的身子飄飄然，穿著全身連白的裙褂，沒有腳的在水面的霧氣裡遊蕩。他一手伸得長長地，沒剪乾淨的黑黑指甲，像鬼手般指向河邊的那頭的水流媽廟，那麼多個戲班爲著攢水流媽幾個銅錢，打得不可開交，賭這一口氣嘛，祂是河神？是女鬼？或是連父親自己都說不清楚的「東西」？他去拉過班長，班長抓著他的腳，把他拉倒了，好像要拉入河水中。慌亂中，他肯定分不清敵我了，那力道可大了，接著他指著自己的右腳踝，上頭五爪似的長疤：他說，他小時候游泳時被水流媽拖到二龍河底下，唏哩呼嚕喝了幾口水，他奮力用左腳踢祂，那水流媽伸出鳥爪般的手，掐緊他的右腳，他愈掙扎，祂就抓得愈緊……。他踢他，踢在他臉上、法海和尚的大光頭上……管他是鬼是神的……（划龍舟不是紀念屈原嗎？）父親哈哈笑出聲來。哪是？怎麼可能是紀念屈原，你以爲我不認識屈原嗎？我告訴你，我還會唸……煮豆持作羹、漉豉以爲汁……。別瞧不起我！我高中的時候，文筆不錯，這段〈九歌〉我可是背了很久……。嘴巴裡噥噥唸著，身子卻倒在橋頭欄杆前睡著了。

我搖搖他的身子，一頭死豬模樣側著身子，四腳縮蹺起來。我拉起他的手，搭在我的肩膀上，用盡力氣把他揹起來。（你倒是說一說，我們爲甚麼要紀念屈原？）我說我們是漢民族的後裔，一切就是慎終追遠。（錯！因爲他是個老屁股，暗戀皇上的老屁股……）我扯著他，他大呼小叫著「老屁股！老屁股！」，我一陣不舒服，感覺是那詞帶著濃濃的硫化氫和吲哚，或是一隻伸開五爪抹了糞便的手，要我當庚黔婁……

老爺搖著尾巴伴在我們身邊，該不會這隻大笨狗把我當成了牠眞正的小主子，跟在我們的身邊。內心一面鏡子，善惡鏡、哈哈鏡、童話裡曾出現過皇后的魔鏡……。「他」是誰？「我」又是誰？我似乎有一股奇怪的感覺，不爲甚麼的，一種美、一種痛苦：他小時候做個野孩子的畫面種種，像季節性的折返，又浮泛在我腦海裡面：不過就是他，像離開我身體的鬼魂，又折了回來……透明的，一個美麗的眼眸……。他站到橋邊，忽然脫下褲子，露出那毛茸茸、肥窩窩豐腴的鵪鶉，他看著我，帶點怒火的疑惑，不能只是欣賞地、命令口吻的要求掏出來！

我搖搖頭，如此奔奔彊彊，眞的不敢這樣放肆。在河水的上游，他好整以暇撒完一泡尿，看著河水漂去下游，尿水漂到水邊玩得開心暢快的那群孩子，他忍不住放聲大笑。這麼缺德無理的行爲，怎麼會是這個人跟我干係的人做的。

我忽然一陣脫口：搗蛋鬼！不要鬧了！

父親從醉意裡醒過來，他緩緩地問著，嘴巴吐出濃厚的酒味：誰在鬧？誰是搗蛋鬼？我就說吧！這二龍河裡眞的有鬼！你就不信！他抓住我的肩膀，像攀在龍船首，（要祭鬼唷！）他一手伸過我的肩膀，做出搶旗手敲鑼的姿態，屁股上像插了兩支順風旗。（嘿咻！嘿咻！快要奪標啦！）

我的腦海又閃過一個奇怪的畫面：那一次傍晚，也是端午節前，我緩緩地走過龍船厝，微微的燭火，拉長了龍舟的身影：紅檜木的龍鼓船身，前頭擺了張圓凳，上頭一個銅爐檀香，發出濃郁的氣味，不知是火光微弱造成眼睛的昏花，還是檀香太濃造成迷幻的效果，船身上一個太極的圖案，神奇似的旋轉著。該不會是龍船神……我撇過頭去，遠遠二龍橋上，看見大伯扶著酒醉的父親，一步一步向這邊走過來。

也不知道為甚麼要躲，我側入龍船厝後面，瞪大眼睛看著他們。

父親喝醉了，醉得不可思議。他扭著坐到地上，大伯一把抓住他的手。（如果可以，太阿也過給我，讓我好好照顧他們兄弟……）父親像是忽然酒醒似的站起身子：甚麼過給你，太阿是我的孩子，你可不要得了龍泉還賣乖……。（我們是兄弟！）大伯音調提高一度，這一說出，連我都被他的聲音嚇一跳。父親哼了一聲，笑得詭譎，像是陽臺夢醒般淫邪：也對啦，我最愛的哥哥啊！要不是你照顧龍泉這麼多年，這孩子還會跟著我受苦受難的……。你是大好人……我愛你……我親愛的哥哥……父親彎扭著手，像個蛇似的，一把纏住大伯的身子，先是在他臉頰上親一個，接著親到他嘴唇上去了。大伯嚇了一跳，推開父親。（你不要鬧了，真的醉了。你醒一醒，要到何時你才會振作？）

我忽然心頭一慌，好像這一吻是吻在我的臉上，我忍不住摸摸自己的嘴唇。一股罪惡感打從心底浮現出來。我再看他們兩個，大伯抹了嘴唇，去扶倒在地上的父親，他卻一骨腦的把嘔出的穢物噴在大伯的襯衫上。他不怕髒地，揹起他。

四

夜色來得特別早，小坡地上矮低低的金棗園裡，隱約兩道光束在隴道之間透出來。水流媽小廟那邊，看得出四個小孩子仍沒有要散去的意思。燈光一滅，他蹲下身子，我也跟著蹲了下來，但是金棗樹實在太矮，兩個腦袋瓜若是沒有藏好，肯定會敗露出來。我們兩個蹲得近了，我聽得到他微微喘息的聲音，我緊張地扭了一片葉，這芸香科的葉子總飄著一層淡淡的清香，然而這層香氣，仍沒有辦法遮除那手上血淋淋的腥味。他把手電筒靠在下頦，開啓手電筒，一張鬼面透出光來。我慘叫一聲，把他推了一把。他沒站好腳步，跌下身子，手電筒摔在地上，兩顆大電池也滾了出來。

這一下子，那群小孩子肯定是聽見了：布袋裡那個頭，沾著血。我忍不住把東西遞給他。（我不要玩了！）聲音顫抖著，我一轉身，不知是我的手臂太冷，還是他的手掌太熱，一個暖呼呼的手掌抓了上來。（不要走！）我停了下來，那聲音扎扎實實的，一股魔力。實在不太能想像，或許那笑嘻嘻的豬頭，沒入了鼻子，張開了眼睛，變成他俊俏的臉蛋。我閉上眼睛想著他的臉，就算是，就算不是：我腦海裡出現水流媽白色的衣裙，然後像組合機械金剛似的，把豬頭戴到那半透明的頸子上：變成豬頭水流媽……

我似乎耳朵響起那群小孩在小廟前大聲嚷著的聲音，我每個字都聽得非常清楚。水流媽漂來在這地方不知道已經有多久了，住在村裡的人都知道，水流媽最喜歡「頭」，也不知誰是誰的受害者，或許幾百年以前，水流媽的頭也被人家割去奠另一個神祇。大家都知道，若是給祂一個頭：大家樂就會中頭獎、小孩子頭殼就會變巧……。拜水流媽最忌沒有供品，東西好壞當然會有差別，大伯曾說：石城是龜頭圓圓、五結是龜頭尖尖，若是頭城烏石港，是連龜頭都沒有看見……

這天下午，他抓著我到家裡的豬舍中，老母豬讓阿順伯家配過的，生了一窩小豬仔。他對我說，若是抓了一隻小豬，獻給水流媽一個禮物，肯定會心想事成。那麼，你（我）的願望是甚麼，我們同爲雙生子，那肯定心裡有那麼一個靈犀，他一臉奸詐地問著我，我看了看他，幾乎是同一個時刻說出口來：希望你是女的。（我不要當你的哥哥，我要當你的弟弟……）我吃了一驚，幾乎又是同時說出口：爲甚麼你不當我哥哥？（我爲甚麼要當女的？）他看著我，非常嚴肅的說（難道你喜歡女生？你不是挺娘娘腔的？）他說他若是穿上裙子，一定也是當個恰查某：我恨他這麼說。但他爲甚麼想要當弟弟呢？當哥哥不是很好？像個小皇帝……。他伸出食指，在空中比畫著：不！不！不！你不懂，我比較喜歡當弟弟。你看看叔叔都不會管。他做甚麼好像都會被打、被罵。這不是你活該嗎？誰叫你這麼皮蛋？被人管有那麼不好嗎？我就很想被人管？他眼睛瞪大，看著我，嘴裡忍不住說著白痴的字眼：那這樣生活還有樂趣嗎？難道你從不知道自由怎麼寫嗎？

怎麼會不知道自由？我來告訴你怎麼寫，目上加一點；田字伸出頭……。我對他說教？他啐了一聲，說我年紀輕輕的，口氣像個歐巴桑，像個咕叫煩人的老雞母。我安靜下來。都國中了，我仍任憑做他的跟班小弟，許多畫面都上了心頭。記得國小三年級，一回在巷子口，跟著眼睛瘀黑一圈小朋友的哥哥攔下來，他嚷著總算抓到我，我一時不清楚狀況，跟他何冤何仇的，就挨了他好幾拳。回家的路上，他見到我的模樣，問了原因，接著他氣沖沖的不知道去哪裡，過一陣子回來時，衣服破了幾個地方，他告訴我，不會再有人欺負我了。

或者更後面，小時候離開礁溪是一件很不得了的旅程。

他抓著我，說要帶我去看一看外面的世界，一大早偷了雜貨店裡兩支霜仔，然後騎著大伯的腳踏車，帶著一些不知道哪來的錢，我問著他那些錢哪裡來的，他說自己費了好大的力氣得來的？是幫大伯或誰賺錢嗎？依他的模樣，要是開口大伯通常會給！他沒多說，我就沒多問。我們搭火車旅行去，他說他也是第一次離開礁溪，我們一邊看著海北上，一直到福隆車站，他急忙去抽了兩個便當上車……。打開便當，裡頭漂亮的菜色，他像清點一樣算著，滷蛋半顆、豆干、雞捲，然後高麗菜、香腸、酸菜、菜脯……。我放進嘴巴裡，豆干滷得夠味，高麗菜很軟、酸菜和菜脯也很下飯。他抓起我的滷蛋，連他的半顆放到眼睛上，兩個眼脫出，一個大眼的妖怪。我笑得噴出碎菜，從鼻子裡跑出來高麗菜細屑，像綠鼻涕一般。

就是這樣，這就是所謂的「兄弟」。我不知道我是不是一種依賴，喜歡跟他去四處亂跑，洲仔尾、淇武蘭上上下下；喜歡和他到溪邊去游泳，雖然總是他游而我看；喜歡看他虐待老爺，而老爺卻興奮地跟在他身邊；喜歡看他耍小聰明，然後在大人憤怒的狂叫中奔跑……。或者，聽他說他有更高更遠的計畫：他想殺一隻豬……

爲甚麼要殺一隻豬，他說過：至少比弑親容易多了。我不太明白他的意思，他拿起一片餿水桶邊咬了只剩骨架子的雞排，招呼著老爺。牠搖搖尾巴，舌頭舔著嘴角，接著先是綁架了老爺，把牠關進了雞舍裡空的大籠子。雞窩裡忽然來了一隻狗，裡頭明顯不安騷動著。老爺果然沒有叫，嘴裡低低嗚嗚的，沒有吠出口，但眼神卻是飄著一股細微渙散的游移。他硬是拉著我，拿著一把剁刀，要我跟他到豬舍裡，脫掉上衣，露出白皙的身體，他把剁刀橫在胸前，要我去前面隨便趕一隻小豬到前面來，我縮在柱子邊。他有些生氣：說我怎麼那麼沒用……。他把刀子舉在手上，一把掃了一手，豬圈裡的小豬狂奔著，發出嘰嘰尖銳的吵鬧聲，若是他們會說話，肯定是在說這個人怎如此野蠻。

他加快腳步，卻不小心撲倒在一堆豬屎中間，我驚呼了一聲，剁刀直直的滑到躺在地上餵著小豬仔奶水的老母豬前，老母豬冷眼看著他，原來是一種漠不關心的、懶懶地躺在地上的母親：牠抬起頭來，一個露出牙齒的詭異微笑。閉上眼睛，這讓我想起以前夢中溫暖、母親玫瑰色的奶頭：兩隻小豬窩藏在懷抱裡，靜靜地吮著奶水。我睜開眼睛，龍泉已經站起身子，刀子橫在面前，他嘿嘿地與母豬莞爾相對：龍泉揮動白閃閃的刀子，表情像是要起唱坐宮；母豬露出蹄腳來，站起身子，像佘太君般慢條條；一個轉身武松追逐起走花梆子步的花旦，牠移到鐵柵前，一步兩步三步，我怎麼覺得眼睛花，牠像「鴛鴦樓」的歹命丫環。我轉過身子去閉上眼睛：豬圈裡一陣大騷動，豬叫聲音爆衝破了屋頂，腦子裡是那核子彈爆炸的音爆衝擊波，足以把房子震得平坦坦的。那聲音旋轉出來，現出外臺金光閃閃的飛人特技、大哭腔，大伯成了穿著日本軍裝的包青天，拿著手槍大喊著：「王朝馬漢，鍘下牠的頭來！」

他用剁刀截下一個小豬頭，一個麻布袋，把頭裝到裡面。豬的屍體，也沒清乾淨內臟，就把下身塞到冰箱冷凍櫃中。我拿著水管，爲這豬圈裡發生的命案，做了一次善後。

老母豬洗洗澡，像沒事一樣的窩回自己的一個角落，幾隻小豬仍吧噠吧噠在裡頭慢慢的走著。看來一切都沒發生過，然而空氣中明顯一股血的氣味，我看著他，一種不可思議的眼神，一種不相信他會如此殘忍的表情：你會殺人嗎？我這樣看著他的眼神，他回望著我，那眼神殺氣騰騰，看得出來他的答案。

總是要求一個心安，他把手電筒拿起來，把電池裝回去。要我拿起裝豬頭的袋子，跟著他一起穿過金棗園。水流媽廟前的那些少年，看著我們過來，表情相當吃驚的……。

他一把將痲袋丟在地上，怎麼說都是一顆頭：若是那來不及長大的豬仔顯了靈，變成小豬神來索頭，可又像戲裡普淨和尚開導：昔非今是，一切休論，後果前因，彼此不爽云云。

那群帶頭大孩子的看了看袋子，表情怪異。向所有人看了一眼，從口袋裡拿出皮夾子，掏出好幾千塊來。我歪著頭看著，他笑嘻嘻的沒有回答任何疑惑，該不會他都是這樣子賺錢。（那麼，該你們了……）（不要，我好怕……）穿黃衣服的小胖子，歪著嘴巴。（怕甚麼，沒有小雞雞嗎？）他倒抽了一口氣，眼淚好像要飆出來。

他把豬仔頭拿出來，牠死得一點都不安詳，臉上歪歪扭扭的。他拿給大孩子。（好，說了算話……）聽出來聲音有些啞，不是乾淨清亮的，有點想哭的感覺。他捧著豬頭，像開進巷子裡的大貨車，緩緩小心地向黑暗金棗園走去。忽然四周的黑暗像被人割斷喉嚨般，安靜的詭異。只剩水流聲，好像一個女孩子在嗚咽著。（蟲聲怎麼停了？）小胖子在發抖，可以看到他白白的肥手臂，像海浪般波動著。（水流媽生氣了……）（不要亂說話。）有人噓了他一聲。

大約十五分鐘後，終於走回來。他鬆了一口氣的，把豬頭交給下一個人，明明是用走的，感覺他喘吁吁的、汗流浹背，好像跑了一圈金棗園。（沒甚麼！）說得斬釘截鐵的，卻是一點說服力也沒有。第二個接手的人，走得更慢了，他回頭警告著。（不可以嚇我喔！誰要是敢嚇我，我就踢死他，揍死他。）他看了一眼小胖子，很明顯他找錯對象，小胖子呼的一聲，嘴巴像被塞入一顆橘子，塞得緊緊牢靠的，話都鯁在喉嚨裡。

我看他笑得得意燦爛，這也不是第一次了。曾經弄死了一隻蟑螂，塞到老師的茶杯裡，害得老師請了一個禮拜的病假；或者在蟾蜍身上綁著水鴛鴦，享受那爆裂時炸得血肉模糊的橫快感受；還有，拿著香腳，殘忍地穿過一隻金龜子，然後塞到正在地上睡覺的老爺耳朵裡，把牠嚇得跳了起來。他是那麼的……那麼的令人討厭。但是我的腦海裡，總是會閃過那個畫面：他從水底站起身子，全身一絲不掛，硬是把我推到水裡，我尖叫著喊著，他像水鬼一樣潛入水中，抓著我的腳。我喝了好幾口，鼻子也嗆了，黑黑的、暗暗的，水中一種隔絕而沉重的聲音，那時候我意會到，我已經死去了，一種極度痛苦的靈魂，困在水裡，我渴求的他的饒恕，就像對神明告懺。我想起父親腳上的爪痕，那也會留在我的腳上嗎？一股絕望的、無助的黑暗捲席我的身體。忽然，他奇蹟似的鬆了手，我冒出水面，身體顫抖著、寒冷的看著他狂喜的表情。一種悲苦、一種快樂。

第三個人也繞完一圈，終於把豬頭交出來，小胖子曲短一截，像怕被老師打手心處罰一般。（把手伸出來。）（我又沒有……）（話那麼多，伸出來！）他心不甘情不願地，把手伸長，當對方放下豬頭時，他的手像個電動門閂似的，緊急彈了回去，豬頭滾到地上，發出悶悶的聲響。

（搞甚麼……）還沒說出口，小胖子尖叫：鬼！（胡說八道，哪有？）帶頭的小孩子，也不敢說出那個字。（明明有，我看見一雙亮閃閃的眼睛，在金棗園裡。）

小胖子堅持指著偏下方的位置，帶頭的小孩子看了一下，明明都繞過一圈了，他堅持。（你再不拿起豬頭，我就要把豬頭戴到你頭上……）（我眞的……）（拿起來！）他威脅著。我看見小胖子像隻笨重的企鵝似的，蹲得不自然，捧著豬頭小心翼翼，接著又緩緩地站起來，那神態可笑極了。

大家轉過身子面向金棗園，每個人都看見了，遠遠斜坡上，有水銀燈的產業小路上，一個白色的影子，倏地從燈下穿過，好像是飄過去似的，終於小胖子忍不住了，叫出聲音來，（鬼！……鬼啊！）他跌坐在地上，豬頭一路滾到水流媽廟前的供桌上，狠狠地把香爐推倒，最後豬鼻子猥褻地親吻在水流媽牌位上。

終於看清楚了，大伯白色汗衫，騎著孔明車，飛快來到廟前。老爺從金棗園裡竄出來，舔了舔舌頭，然後像告狀似的坐在地上，等著大伯把車停下來。（阿泉！）他雷達般的眼神掃視著，沒人開口。大伯看著我，賞了我一巴掌。（勁亂來！）其他孩子一哄而散，我掩著臉，他似乎發現了不對勁，看了看龍泉，又看看我。（誰是？……）他伸出食指指向我，大伯走過去，給了他一巴掌。

（你……你……）我從來沒見過大伯眼睛能睜這麼大，像帶著酸味的金棗，黃亮亮帶著血絲地。我看見他賞在龍泉身上的那巴掌印子，肯定比我扎實，我心裡一陣酸，感覺我臉上的掌印發燙發熱。我眼睛木然地注視著前方，水聲像我內心的哭聲，我在水裡，掙扎著就要被溺死了。停止！停止！停止！通通都停止，我試圖想著其他的畫面：例如大伯擰著他的耳朵，然而我一轉頭，好像是個魂魄似的脫離了自己身體，像旁觀著自己肉體正在受磨難的離魂。我的內心正在煎熬著、悲苦而憤怒的咆哮。我看見大伯一隻手伸向我，指著我，仍是背著我，我很清楚，耳朵裡聽到的那些囈語像四周各式各樣的魔鬼，正在對我竊竊私語。我一陣噁心。

我扶著父親，他睜開眼睛，嘴裡吟唸著阿闍世七字白，唱唱唸唸，自報家門。半路上，大伯就出現了，他幫我拖著父親，我抬頭看著他，有種很奇怪的感覺，好像這個人和這個工作都應該屬於他。父親嘴巴裡嘟囔囔的，說著班長如何教他唱都馬調、七字仔。老爺四隻腳滴滴答答地落在小路上，繞著我們轉，走得慢了，就坐下來等。停停走走、走走停停。

好不容易到了家，父親仍是興奮地唱著歌調，（不要再唱了！）我抗議著，希望有哪個人來阻止他，他頓了一下，嘴裡流出紅色的血來。我和大伯都嚇了一跳。（啊！）大伯摀著他的嘴。（我要唱，世尊！噁……）吐出一灘，血從大伯的指縫裡滲了出來……。不可以，你不要再唱了，一股從心裡巨大地喊著，然而穿過喉嚨，就像被強大的力量退回身體裡。我懇求著神明，看著父親身子軟軟地，萎靡在地上。

大伯叫出口：快點，快叫救護車！

五

過了兩個月，手術很順利。父親躺在床上，臉色還有些黃膽，醫生都說他的肝沒法子救了，要不是大伯活體捐，他也過不了這一關。腹上一條鐵路般的縫線，兩個端頭，上面是礁溪、下面是蘇澳：這火車肯定可以讓他一路開過宜蘭，去到花蓮。大伯說人生在世，莫過危急時的手足之情，不知道是不是邀功，矯情式的說白了。父親眼睛渙散的，嘴裡輕輕地動了，我不知道他在說甚麼，肯定不是感謝之詞。有些話說輕了，無關痛癢；說重了，卻又不知好歹。我了解他的性格，就是因爲兄弟這樣，更覺得過分可惡：大伯不了解、他完完全全不了解。

這一天，病房裡沒有其他人，父親把我叫到病床邊，這是他少數幾次清醒著跟我說話，他說：他眞的希望變成一隻鳥，一隻自由自在無拘無束的鳥，能飛越幾千里，穿過高山、平原，飛到雲端裡。他知道我有一天會明白。（我知道，你多休息……）他舉起手伸出食指，放在我的嘴巴上：安靜聽他說，他說出了我們兩個的身世，是他二十七歲那年，宜蘭農校的女學生，她不是自願的。老實說，彼此不可能有愛，他記不得她的長相，很模糊。因爲他腦子裡享受著她痛苦哀求的聲音，像點燃他心頭情緒的那根火柴，那個燒光他生命的面孔，他要復仇。

我們兩個是這樣不幸的，帶著怨恨來到這世界上：大伯花了一些錢疏通了事情；他鋪排了一切，然後接過龍泉當自己的兒子。我是知道的，大伯做了太多事，他這一生還不起了。然而，父親爲甚麼不掐死我們兩個呢？知道嗎，雙生子是一種天生的殘疾、一種宿命的疾病。

我回頭望著房子的方向，廚房一陣火光竄出，父親對我微笑著，他裸體的走向火焰之中。我伸手一抓，火光在我眼前消失了。我倏然回頭，眼前卻已經秋意冷涼的時節，葉子輕緩緩地落在廢墟之外，那幢建築物死了似的沉默，就在不久前的端午節，四周還充滿著各種噪音。現在的我，一無所有。我踩在黑色滿是腳印凌亂的黑炭地板上，然後聽著老爺踏在小路上的腳步聲，緩緩的、沉重的，直到門口前聲音停下來。我獨自看著鏡子，那裡面哀愁的形體，一個二十七歲的形骸，卻是七十二歲的心靈。沉重的壓制在這房子的四周，打開窗子，幻想河面上又是一場激烈的龍舟賽：已經無關輸贏，喝采、嘻鬧、人群，都掩蓋不住河水的聲音。我坐在床骨架上，那裡曾經躺著父親的影子，才一年前，那還在的。是他救了他，才有繼續兩年的旅程，也應當他的生命是屬於大伯的，很顯然的父親並不接受。他本來就不想要的，這算救了他還是殺了他呢？這麼說，是大伯奪去了我生命中所有的東西。

不想，腦子裡卻又是他，手裡拿著白花花的鈔票，我驚訝地問著：這錢哪裡來的？他遲疑了一下，露出鬼靈精怪的表情，臥蠶眉毛勾提著，像個浪頭襲來。他掩在我耳朵邊，像蚊子般細小的聲音說著。（你要小心阿順伯，他們這種年紀的人，最喜歡小男生……）我看一下他，眼神透出這和錢有甚麼干係。他露出一股窘困的表情，受了委屈似的，卻又是粗糙不細緻的。（這筆錢是阿順伯給你的？）他沒點頭沒搖頭，看著我。（想要嗎？）他忽然在我屁股上摸了一把，我推開他的手：我爲甚麼想要？

我站起身子，走到窗邊，耳朵裡傳來大伯憤怒的聲音。（你說謊！）不！我沒有。（那你說，這是甚麼？）他想起大伯拿起一條老舊鐵灰色的西裝褲，褲邊口袋被剪了一個大洞。（你說說看，爲甚麼做這麼羞恥的事情？我怎麼對別人交代……）就像他附身在我的身上似的，我搖著頭：沒有！沒有！（看來你是眞的不太適合待在我們身邊，只有把你交給日本濱松的舅舅，才能教好你！）

我發現，我臉頰上有淚痕，是一種不自覺的錯誤。我驚覺到，我只相信他的，竟然容不下這世界上其他任何的聲音。大伯把他送走，像是刻意要把我們兩個分開似的。我愈來愈恨他，愈來愈覺得他對父親的親暱，是一種邪惡。我走到廚房，牆上、地上仍有著黑色的薰痕，像一個刑罰似的烙在那裡。被噴過水的地方，仍積著。流理臺的大盆子沒人動過，黑濁的水反而把我的臉照得更清楚。我看著水面上映著的自己的影子：怎麼也分不清楚誰是龍泉、誰是太阿？不能再靠近了，再近一點，就要溺到水裡，變成這水裡的水仙。

他看著我，令人著迷的眼睛，穿過他的瞳孔，像一面鏡子、一個深邃的無底洞；他看著我，奇怪的動了動嘴角，好像要說出「你沒談過戀愛吧！」這類的話。忽然他粗魯地抓住我的手，一個不及防備的吻，落在我嘴角上，我驚愕地推了他一把；他退了一步，卻又回過頭來，抓住我的雙手，讓他第二次得逞。我忽然覺得腳一軟，被強暴似的反抗著。他放開手，發出歡呼般的笑聲。我睜得大大的眼睛，聲音微微顫抖。我警告你，我可不是……。同性戀：他帶著笑意說。

終於是那一天，我不敢想。我們都在河邊看著龍船賽，我的眼睛裡只有他：洲仔尾的旗手，敲鑼、來去河道，黝黑，像一條黑龍游動在水面。忽然一陣騷動，有人喊著失火了，我終於向那個方向看去，熟悉的方向。是我家，是我家失火了，黑色的濃煙幽移著，我不知為甚麼，不想聽、不想看，甚至不想到那個地方去。我有預感，那是命運裡註定要發生的。黑煙、火光閃閃地，坐在地上的老爺嘴裡發出了不安的低鳴，我蹲下身子去摸摸牠，安慰牠。我忽然也想被安慰，想躲到沒有人看得見我的地方……

轉過身子，我發現他走進這房屋，老爺在門外的腳步聲又滴滴答答的動了起來：他真的變高了，也變得更俊美了。分離後已經十年。雖然這一年相聚。我清楚、也明白我們的話題已經無法交集，他不可能和我談系統、談機械工程；我也不可能和他談戲劇、談劇場舞臺。我和他曾經是那麼緊密的，一種默契；如今卻是兩個反方向的箭頭，錯向的河舟。

你先說！（你先說！）竟然是雙生子獨有的默契，聲音、聲調甚至氣音都是一致的，就好像兩個喇叭同時播出了相同的音樂，只是一個在左、一個在右。他用手指橫在鼻子間，一股讀書人的氣息。（我要結婚了。）我明白那晚說一年半的訊息，雖然遲早都要說，卻也是那殘忍與痛苦、甚至連餘地都沒有。（你知道的，『叔叔』的事我很難過，但是你應該也知道，他是『叔叔』不是我『爸爸』……）我發現，我竟然握緊了拳頭。（我和她認識很久了，是我日本舅舅喫茶店裡的女孩子。我待完一段時間後，就要回去日本了……。你會參加我的婚禮嗎？）我看著他，是嗎？要我去參加一場喪禮嗎？你就這麼甘心的，去那裡結婚，然後每天正常的搭電車、正常上班下班、正常去居酒屋喝兩杯、正常吃飯然後睡覺，或者每隔兩天、三天正常和老婆做愛……這就是你所謂的自由了……。呵！桀驁不馴曾經是你的名字？現在我眼前的不是你，不是我認識的龍泉……

他看著我，表情很不自然：你這是甚麼意思，你在羨慕嗎？還是忌妒？是那麼正常的生活，難道有甚麼不正常了嗎？我忽然不知道要如何回答他，是我的忌妒嗎？怒氣湧上心頭，我抓住他的衣領，質疑式的問他：你見過父親那蒼白的臉，血從嘴角流出來的模樣嗎？他搖搖頭表示了態度。他轉過頭去，說這一切都不對了，沒有「邏輯」可言，他是學系統的，雖然不知道真正的原因是甚麼，但是他能感覺，畢竟他有感覺。他緩緩說出口：你是不是對我有……

我心頭一懾，不可能！我激動地叫出口來。心裡想著的，嘴裡說著的，兜不起來。笑死人了，有甚麼，你有甚麼？你甚麼都沒有。我歇斯底里的大叫，好像對著我自己叫，對著我自己喊。我不敢面對的那個真正的自己。

我問他，你曾說過謊嗎？他搖頭說他雖然小時候頑皮，但他從不！呵！這真是天大的謊言。我忽然發現，眼淚不自覺的流了下來。這樣活著太痛苦了，好像古劇「鐵旗陣」裡，父親死了兒子繼承、兄長死了弟弟繼續，壓在心底的那句「是處青山可埋骨，他時夜雨獨傷神」。我忽然失神幻想著，像隻老鷹般擒著他的身子，置喙在他漂亮的羽毛上，狂亂的舞動著，他擱置在那裡，任憑我的擺佈。

我睜開眼，窗框上飛來一隻不知名的鳥，尾巴長長的，腹下白色到尾部橄欖綠的漸層，唔唔的在窗臺上舞動著，不時晃動著牠漂亮的尾巴，好像父親也來到這窗邊窺視我們，而他卻是兩眼茫茫然地、若有所思抬望眼，沒有注意牠，牠蹬了一下就飛出窗外那藍得徹底的天空。

——發表於《傳承與創新——第三屆蘭陽文學獎作品集》，二〇〇八年十月十五日宜蘭縣文化局出版。

（本文獲第三屆蘭陽文學獎小說首獎）

火車就地停下時
——兼及平交道看守員的消失

陳宗暉

臺灣雲林人，一九八三年二月八日生，東華大學中文系畢業。已發表小說〈我的平交道看守員，我們的鐵軌〉（二〇〇三，第四屆「東華文學獎」小說二獎）、〈螃蟹之病〉（二〇〇四年七月，《印刻文學生活誌》）、〈告別〉（二〇〇五年十一月，《兩人出品：機車》）、〈海浪他們都知道〉（二〇〇七年，第十二屆「桃園縣文藝創作獎」優選）、〈火車就地停下時——兼及平交道看守員的消失〉（二〇〇八年十一月，第二十二屆「聯合文學小說新人獎」首獎）。散文及新詩亦榮獲多種文學獎獎項。

現就讀東華大學中文研究所碩士班四年級。正撰寫論文中。

00. 居里安不曾在斗六遇過猴子。

居里安爲什麼叫做居里安沒有人知道。你知道嗎？居里安不是法國人，也沒有去過法國。居里安居住在斗六，因此，在這裡可以先唱唱那首，號稱每位兒童都會哼唱的「猴子歌」，當作序曲：

星期一，猴子穿新衣／星期二，猴子肚子餓／星期三，猴子去爬山／星期四，猴子去考試／星期五，猴子去跳舞／星期六……對！就是星期六，**星期六，猴子去斗六**……但是斗六居民居里安從來沒有遇過這隻旅行中的猴子，居里安也沒有猴子這麼忙碌，居里安在同一個地方定時、定量地上班。況且這位猴子手頭上擁有的日子，甚至比人類還要多一些呢！繼續唱下去：**星期七，猴子刷油漆／星期八，猴子吹喇叭／星期九，猴子去喝酒**……。

歌先唱到這裡。因爲有事突然發生。

在今天之前，居里安的生活原本光滑平靜。

回家從來不會走錯路因而遇見歹徒或者跛腳貓的居里安，沒有撿過路邊的一塊錢，卻會小心翼翼避開地上的狗屎。雨懶懶降落，居里安撐傘走過，回頭觀看狗屎安安靜靜交疊著，像是過期的心事趴著。他繼續前進，踩過一路的細碎落葉，有聲音但沒有音樂。他一路擔心滑倒，擔心離譜。

有人攤開地圖尋覓「斗六」。有沒有找到呢，其實不怎麼重要。這個地名其實只是用來形容很小的、漏斗一般的小城。你看，「六」這個字就像是「大」字被截肢，遠看，則又像是偽裝的「大」字。一個可有可無的小城，不上不下，卻又騎虎難下，一個鬆脫也無礙的螺絲釘小城，不是都會大城，又無法被塑造成特色鄉鎮。這個小城一直在漏，顏色越來越疲乏，零散，下陷，然而路邊的垃圾都還在。斗六隔壁的小村子曾經是個漁港，現在已經廢棄。魚網懶懶攤開，棄械投降，裝進去的全都洩漏了。廢棄儘管廢棄，聽說這裡還是瀰漫魚腥，陰魂不散。海邊空空蕩蕩於是填海建工廠，生產煙霧，煙霧越多錢越多，瀰漫、下降成為灰色海浪。小時候就被告誡海邊浪大危險，又是柵欄又是欄杆，舉步維艱。陸上動物居里安很少出城到隔壁的村子，只讀過課本的地圖，也從來沒有乘船出海。

居里安將漏斗的漏嘴靠近眼睛，變成望遠鏡。他將漏嘴靠近他的嘴巴，使之變成喇叭。今天是星期三，適合前去攀爬一座山。

01. 漏斗靜靜地漏，牛蕃茄集合滾動。

苦悶凝結的傍晚。居里安坐著流汗，面對這個房間唯一的窗，像是面對一個隧道口。透過窗口可以看見停靠月臺的火車頭，南下一〇二九次自強號這時正要來。鈴聲響起，居里安於是戴上他的黃色安全帽，走出緊挨鐵軌的水泥房間，搖晃白旗，按下門邊的按鈕，遮斷桿子便會扭腰擺臀降下來，遮斷所有車輛的行進。

有人實在等不及，瞪著平交道兩側鮮紅的閃光燈，噹、噹、噹。煮沸的陽光，光芒在滾燙，這樣的沸騰泡泡一點都不歡樂，只是很熱。居里安搖著白旗，淡淡地看著平交道的警示燈，這次竟從聲音裡面看出滾動的牛蕃茄，一粒一粒滾落，歷歷在目，這是什麼預兆嗎？

熟透的風，若無其事划過每個人的表情摺痕裡，事不關己。眾人皺起各自的眉頭，深鎖各自的心事。

這個小城的居民開始失去他們的耐心了嗎？自從遷徙以來，小城居民不就是純樸自在、安居樂業的嗎？大家的爺爺奶奶都放過牛，都會插秧，都可以扛樹下山。那時含辛茹苦，現在寒心如苦。被迫停下來的人們，突然都會想起該做卻還沒做完的事。譬如郵局快要過號的號碼牌，譬如尚未補齊的貸款資料。

一種接近鐵軌般的，一格一格持續不斷的，存心絆倒人的不耐煩。

持續發胖的熱。凝結的空氣可以拿去市場秤斤喊價。

四十秒之後，列車總算飛奔過眼。風起，遮斷現在。這時任誰都會想起一些往事來。天色忽然又暗了一點，像是有人群在天空裡面推擠造成瘀青。不久之後的夜市，攤販們會一邊聊天一邊擺陣，堆疊的醃漬芭樂沉默不能語，暗地裡包裹著青綠色的酒醉光暈；擁擠的燒酒螺則開始低聲交談，人類不能夠聽懂。

列車飛奔過眼，不帶修飾。

一陣冗長的、冗長的熱風。

牛蕃茄們幾乎閉嘴不動。

唰——唰——。唰——唰——。

在這座浮沉的島嶼，居里安想，由活生生的人類進行看守的平交道越來越少了。走光，漏光。在比較大的城市裡，火車被安排鑽進地底，平交道紛紛收攤，數量已經少過檳榔攤。這座島嶼上還有幾個平交道看守員？哪個城市還有鮮紅的音樂？牛蕃茄全都聚在居里安這裡了。

每天都在等待火車的平交道看守員居里安，匯集月臺上所有的望眼欲穿，身體開始有幾個破洞，空空洞洞，空心菜的那種空，防空洞的那種洞。滿地都是滾動的牛蕃茄，彈跳、彈跳，滾過鐵軌，來到居里安的腳踝旁邊，摩擦，生熱。他們是要填補我的破洞嗎？居里安想，又或者那其實是源於自身的一種漏？居里安輕聲驚呼。

滾動的生活，滾動的火。居里安嚮往的是一種筆直的生活。

02. 因為公雞掉落的毛，決定出發尋找猴子。

沒有人在平交道哼歌。深夜的平交道只剩紅色的音響。KTV前爭吵的男人女人一邊拉扯也一邊走遠了。捏扁的啤酒空罐都已經被撿去回收換錢。

這時只有居里安最醒，等待火車，必須最清醒。這個夜晚安靜得太清晰，像一張乾淨的紙，居里安突然不好意思降下遮斷桿子。氣象報告說今晚火星大接近，居里安發現小城的路燈甚至也很配合，紛紛閉起眼睛。今晚的街道和空氣是徹底清掃過的。

今晚的天空，究竟是憋著笑，還是在憋尿？

有一個事件，低聲膨脹中。

玉兔擎起搗杵，敲起月亮這面白鼓。

有一份公文浮出水面，居里安必須謹慎考慮要不要進行面對。今晚加班的居里安，坐在抽屜前，對著抽屜不斷拉出又推進，不斷拉出又推進。

塞在月餅裡面的紙條說些什麼呢？

有旗幟在多沙的高原上飄揚，聳動。

到底要不要加入？大家都說必須團結。大家說好要到北方大城的那個廣場集合。站長、列車長、剪票員成爲新聞頻道裡的箭靶，記者整天都來找，但是沒人注意平交道看守員。或許這時他剛好離開平交道吧，居里安可以定時離開平交道，去撿鐵軌旁邊的垃圾，去搬運，去清潔廁所。

平交道看守員居里安安居樂業，每天穿戴白襯衫與深藍盤帽進行勞動。居里安集中注意力，專心等待，專心按按鈕。遮斷桿子一旦降下，人車就必須突然停下；遮斷桿子升起，人車就突然想起什麼似地匆忙往前追去。一個動作，再另一個動作，即使中途被迫遮斷，然而大家還是因爲居里安的按鈕而順利進入下一個動作，可以大步邁進下一個階段與嶄新的人生。

平交道看守員居里安是一種樞紐。

樞紐居里安，螺絲釘居里安，鐵軌居里安。

可能因爲居里安太像機器了，所以獲得上級命令，直接以機器代替。

平交道看守員居里安自己也被遮斷，掉進漏斗。居里安手上是一張紙，紙的右上方是「特急」的紅章，這張紙裡擠滿同事的名字。居里安要不要也擠進去這張塞滿名字的紙裡？多一個或少一個當然有差！他們說。他們說這種事情就是人海戰術。總務組長已經備妥數名充氣娃娃，除了可以增加人頭，必要時還可以用來阻擋警棍、雞蛋雨。

某些物事與人員即將消失、即將廢除。大家紛紛出面，以名字阻止。大家都穿好盔甲，備齊跑得最快的白馬。大家聽到哨子的聲音就有集合在一起的衝動，每個同事都像灌滿氣的輪胎紛紛準備滾動。居里安的心底沉甸甸的，心底有一群短跑選手踩過，熱騰騰，跑出混亂的凹陷。

每天都在等待火車的平交道看守員居里安，身體已經漏洞百出。左邊的腋下、膝蓋的後方，這時伸手進去掏，可以掏出什麼來？鸚鵡嗎？懷錶嗎？或是一個裁縫師？「我被裁了，請幫我縫起來。」漏失中的居里安，每個深夜趴睡時，都會聽見脊椎骨傳來龐大、漆黑的貨物列車滾動鐵軌的聲響，喀啦，喀啦。不是電氣化自強、莒光的那種迅速平滑，是載滿水泥以及碎石塊的無棚貨物列車，邊走邊吩咐什麼似的喀啦，喀啦。

它們運載著故事與時間，一車一車喀啦、喀啦過站不停。

斗六小城也有運輸甘蔗的小火車經過，就在居里安的小時候。居里安也曾經在平交道旁看過貨物列車運送英俊的戰車追向太陽。喀啦，喀啦，夜色越來越深，眼前現在是載滿低沉的水泥以及溫馴碎石塊的無棚貨物列車，居里安知道那是來自島嶼東部的斷崖之下。貨物列車運載水泥與石塊，然後繞行整個島嶼，有地方需要，就卸下身上的貨物。

居里安左邊的腋下、膝蓋的後方，開始有破洞而且隨著紅色的聲音是越來越大了。就在今晚，其中一個洞裡，居里安終於掏出一隻聒噪的公雞，空氣裡搖晃著羽毛與啼叫，緩慢降落，平躺。公雞睜一隻眼閉一隻眼，像是某種曖昧的暗示。居里安起初不知如何是好，但想想反正自己已經快要消失了，索性就丟下白色旗幟，跳上深夜的貨物列車而沒有想及任何以後的事。居里安暗自驚訝，推動他的竟是一隻奇妙的公雞。

即使會轉彎，但鐵軌畢竟還是筆直的。居里安這樣想。

斗六居民居里安將漏斗的漏嘴靠近眼睛，變成望遠鏡，他將漏嘴靠近他的嘴巴，使之變成喇叭。猴子到底有沒有經過斗六呢？居里安決定出發尋找猴子。

小時候的居里安彷彿曾經目睹貨物列車載過雞鴨鵝，也曾經有過豬隻在列車轉彎的時候集體崩潰跌落，那是豐滿的墜落。貨物列車也曾承載魚族海鮮嗎？閉氣藏在無棚貨物列車的大理石塊裡，居里安探出頭來，淋到月光。月亮和火星一起出現了，這時的月亮是從來沒有見過的大大方方，上了淡妝。

03. 兩個睡著的人，在稀疏的夢裡遇見。

不曾因爲迷路而回不了家的居里安，乾脆就不回家了。居里安的手裡沒有槳，只能沿著鐵軌向前流淌。

夜空隨著喀啦、喀啦的速度越裂越開，越來越亮，像要洩漏什麼。居里安來到蘇花公路的懷抱裡了，他在山脈裡面。居里安被一個又一個的山洞吐出又吞入。沒有車殼保護的露天乘客居里安，在隧道裡面再怎麼大聲咳嗽也還是被黑暗給覆蓋而過，「噓！乖乖蓋好被子，不要著涼了請蓋好這黑色的被子。」有聲音這樣說。

忽明忽滅之間，居里安隱約看見左邊的海上豎立一筒煙囪指向天空，煙囪表面有原始的圖騰。居里安也看見煙囪旁邊那座裝飾零碎燈光、像是起了疹子的海上建築物，隨著天空的亮度越來越隱約，居里安猜想那是工廠，浮在海上。來到島嶼東部的居里安，感覺自己跨進人類不該入侵的地方。因此可以遇見猴子吧？居里安會這麼想，完全是因爲右邊的山的表情這樣跟他講，猴子現在應該已經在裡面了吧？疲倦的居里安，身體完全陷在碎石塊裡，漆黑的貨物列車震動頻繁，像是某種負傷帶血、跛腳逃亡的獸，居里安又像是處在流沙的吞嚥之中。

穿越冗長的隧道，居里安聽見緊急煞車，居里安和黑獸一同迫降在一個白色的明亮的月臺。喘息久久。沒有站員前來，他們也去集合了嗎？居里安從碎石堆裡爬出來。

居里安穿越無人月臺，來到一條柏油路上。面前是山，身後是海。海浪的聲音讓居里安想起同事們的呼喊。居里安已經逃過一劫了嗎？居里安覺得海浪的聲音沿著他的脊椎骨一節一節蔓延上來。這應該是他首次見到活生生的海，夜之海，像是一群熟睡的動物隨時就要轉醒，居里安突然感到恐懼。

恐懼卻又疲累，居里安在斷崖裡忽醒忽睡，直到太陽出海，像是夢醒。濕淋淋的金色的光，擴散著，攪拌著，居里安終於知道什麼叫做天亮。居里安夾在兩片天空之間。

居里安後來會撞見陳末，那是因爲兩個人都在打瞌睡。陳末坐在他的砂石車裡，居里安則是邊走邊睡漸漸靠向路中央。

狹路相逢。「這種時候，唉，這種地方，怎麼會有行人呢！」陳末抱怨著，居里安默默聽著。陳末上車，繼續南行。急駛而去的陳末倒是給了居里安一個方向。既然他要去那裡，那裡總也會是一個可以去的地方。邊想邊走，剛開始的幾步，都是風沙。

落葉落在這裡像是一隻一隻脫落的鞋底，其他人類都跑去哪裡？

前方有一些斑駁的小店。寫著潦草的「冷飲」，寫著潦草的「辣椒」。

居里安細步靠近護欄旁邊，海水的流動像要告訴他什麼事情，但是居里安解讀不出這種語言。他一點也不想往下跳，但他實在是被一種魔術給充分吸引，渾身顫抖。「這就是海，這就是海啊。」隔著一段懸崖，早晨的海水攪拌了居里安。

居里安撿起路邊的石塊，不知道名字，但是石塊的剖面充滿故事性的層次，久久凝視，好像互相也交換了一些好的或者壞的心事。

遙遙領先的陳末，已經來到一條筆直的長路，這是縱谷裡面編號第九的公路。陳末喜歡這種高度與速度，要再讓他開計程車他是怎麼樣也不願意的。儘管同業們紛紛抱怨，越來越多的腳踏車與機車聚集來蘇花，讓蘇花越來越窄，他們來找自由，找舒暢，也有來拍電影的，找畫面，找靈感。陳末疑惑，到底還有什麼可以找？海灘的漂亮石頭都快被撿光。更何況這些前來尋覓的人遭逢砂石車一撞就像落石一砸，什麼都沒有了，陳末想，開砂石車的人也是什麼都沒有了。賠償兩百萬嗎？這已經可以再買一輛砂石車，等於開著一輛又載著一輛，而原本這一輛還是貸款買來的呢。生活中的擔子，生活中的砂石。

橫衝直撞的砂石車其實必須小心翼翼，你知道嗎？陳末刻骨銘心，陳末完全瞭解。但是陳末在蘇花公路裡永遠不知道何時應該左彎，何時應該右轉。陳末是憑直覺前進的，這不是危險，而是完全被迷惑。陳末覺得每一次的蘇花公路都不一樣。不斷的轉彎讓陳末感到自己還是活著的。這是生活裡面少數有節奏感的情節。而面對九號公路這種直路，陳末只能賣力往前跨，像是跨欄，像是跳火圈，重點不在「運載趟數」的積極爭取，而在於想要避開這一樣的路樹，一樣的黃線和白線。是加速前進，又或許是逃亡。有時候，停在路邊休息的陳末，會和崩禿的山壁對視，也是禿頭的陳末，覺得自己好像是在運載山脈的器官或皮膚到處販賣。就像看到屠殺就突然不敢吃肉，久了也就盡量避免去看，久了也就繼續啃食排骨便當，繼續繞行偶爾崩塌的蘇花。

蘇花，蘇與花，取其發音的集中與散發。「蘇」音是一種聚集，「花」音是一種綻放。集中、散發，聚集、綻放。陳末喜歡轉彎然後發現。就像今天轉彎然後發現居里安。

砂石車司機陳末在回程時，於蘇花公路再次遇見正在原地踏步的平交道看守員居里安。

「你怎麼還在這裡？」陳末搖開窗，探出頭來。

居里安回過頭。

「你要去哪裡？」砂石車司機陳末顯然還沒有拋棄自己的計程車習慣。

居里安緩慢地搖頭。

「載你去洗澡？你好髒。」

砂石車開抵九號公路，居里安瞪著眼前不斷開展、不斷開展的路，然後慢慢轉醒過來。居里安樂於眼前這類單一的跋涉。來到九號公路，這寬闊的直路，居里安覺得什麼都可以辦到了似的，身體裡面都是氫氣，而平時的那些漏洞竟也被綁緊。可以一直這樣走下去，一層、一層的。長長的路一直延長下去，像是一種交談。盡頭這時突然一晃！

居里安的雙肩一彈，心頭一亮！「剛剛有沒有看見猴子的尾巴？」居里安轉頭問陳末，然而陳末沒有理他。

他們繼續前進。路的兩旁站立鳳凰樹，鳳凰樹的果莢像是燒焦的乾柴，垂吊著。花期過了嗎？葉片之間，意興闌珊裝飾著懨懨的火焰。鳳凰樹下有落單的駱駝，沒有猴子，居里安還看見一群散步的大象。中暑了嗎？

接下來，居里安看見前方堵車嚴重，且是橫向的堵法。陳末也看見了。居里安這時才發現公路的右邊是鐵軌。居里安推測那堵住的地方就是平交道。

是無人看守的自動平交道。然而現在火車遲遲不來，等待的車輛越擠越多。居里安有預感，火車不會來了，這與那張都是名字的紙條以及廣場的同事們有關。

整條公路被堵塞的車輛切成兩段。象群也放慢腳步，遲疑了起來。

「放我下來吧。」居里安說。

「到這裡就好了嗎？」陳末看著居里安，以及身上的污垢。

「馬上就要下雨了。」陳末望向天邊，提醒居里安。

「乾脆直接這樣洗。」居里安難得微笑。

警示音的紅色亮麗刺眼。居里安將無人平交道的遮攔桿子鬆開，「火車不會來了。」居里安高舉桿子，對著車輛的駕駛們說。居里安舉著桿子，堵住天空的排水孔，雨水暫時還不會落。這最後一班車，終究被遮斷，開不過來島嶼之東。

04. 尋找火樹的人。居里安遇見製造雷電的人。

聚集的人車散去。居里安趴在九號公路邊，側耳傾聽路面，像是某種吸盤，吸取柏油路血管的聲音。左邊的快車道是砂石車輾過，路面小幅度晃動。右邊的鐵軌，確實感覺不到任何聲響蠢動。趴在鐵軌上的居里安，脊椎骨裡的軌道，再度跑動。而那顯然是黑色的貨物列車的行進。如果是自強號奔馳，那應該更痛。

居里安起身。雨在這時落下，像是軟的釘子。居里安不知道九號公路是會把人給淹沒的。雨一直下，直升機和狼犬即將出動。一直往前走的居里安，根本無法評估自己的所在。儘管這場雨充分排除了居里安身體的髒污與乾涸。

漫漫長路，路面開始寬闊起來，像是河流入海。這場雨眞的要把路面流成大河了。大河兩旁，鳳凰樹成了一柱一柱的潮濕火把，糾結著零星的火苗，暗自晃動，不準備熄滅。一個穿著黃色雨衣的人，攤開布製的地圖，站在樹下。居里安輕輕地接近他。

雨衣人說：「向您介紹，這是火樹。」居里安想起那些乾燥的駱駝。

雨衣人繼續說：「你看這葉子，就像是手掌一樣，晃，晃，這麼溫柔。」

居里安靠近樹下，風來，手掌摸了摸居里安的頭。

「火樹來自很熱的地方，馬達加斯加。當然，這是我後來才知道的事。」雨衣人就像是一位樹木解說員，風雨無阻地告訴居里安關於鳳凰樹的事。

「我找火樹找了很久，獨木舟，熱氣球，我也曾經為此攀登火山口。」雨衣人拿起他的布製地圖，雨水將地圖的顏色淋得更加深沉，「馬達加斯加就在這裡。你看！」居里安覺得「馬達加斯加」這五個字唸起來很好聽，他在國中地理課的時候就記住了，而且這是經常拿來和自己居住的島嶼作比較的一個考題。

也就是說，這一整條路，兩旁滿滿的都是流浪之樹，居里安想，他們知道自己已經來到不一樣的地方了嗎？火樹在雨中微微發火，捨不得熄滅。他們是疲倦了，還是根本不想離開了呢。居里安覺得很累。手掌的撫摸，像是催眠。

「你知道嗎？這個果莢，可以拿來當作迴力飛鏢……還有還有，這個手掌會越來越低，低到可以抱住走路經過的你……」雨衣人很激動，雨衣唰唰作響。

居里安給雨衣人一個敬禮的手勢，並且向他告別。

居里安往前走。雨繼續灑著，由潑至灑。有人坐在屋簷下聽收音機。居里安靠近這個屋簷，發現這是一個雜貨店。雜的意思就是什麼都有賣，堆疊的紙箱裡面裝著什麼根本無從判斷。居里安使用身上所有的零錢，交換了屋子裡的營養口糧三包和飲水一罐。塑膠包裝上都是灰塵，這樣的餅乾吃進去會不會增加疲憊感？聲音沙沙作響，收音機裡面的人會不會感到頭暈？

完成交易之後，這個人將收音機貼近耳朵，像在詢問。吱吱嚓嚓的聲音說，因為司機也罷工，火車不開，擅自離開崗位的平交道看守員因而沒有引發災害。列車現已全面恢復行駛……。人工看守的平交道將全面取消，人力降至最低……吱吱嚓擦的聲音又說，接下來就要讓莒光號徹底消失，再來就輪到自強號，尤其是「莒光」、「自強」這樣的名字……。雨水稀釋著聲音，屋簷下的人搖了搖收音機。吱吱嚓嚓的聲音繼續說，火車時刻表即將進入下一波的大改點……。

看來同事們也只是暫時阻擋。

看來終究還是不斷、不斷地隱沒消失……。胃口眞好，永不厭倦。

鐵軌向著遠方伸去，喀啦，喀啦，舔進遠方的天空裡面。

坐在屋簷下的人慢慢抬起頭，像是告訴居里安：「好了。」居里安和他交換一些眼神。收音機吱吱嚓嚓，屋簷下的人調整收音機的天線，拉長，縮短，拉長，然後調整坐姿。此時天空的角落閃了電，打了雷，這個雷電就像是這個人製造的一樣。

好了。吃完一包口糧，天氣就轉晴了。像是有人對著天空這個螢幕按下快轉鍵一樣，風雲迅速走位，天空這塊畫布又被潑上一灘一灘的金色。居里安突然不知道自己是在北上還是南下，轉一個彎就突然來到這個無限延伸的嶄新四線道公路上。他站立，他發現這條公路的編號是十一。兩隻腿，長路上的他單身赴任，也像是被大夥兒給拋擲。繼續徒步半個小時，猴子的尾巴又擺了一次，這個時候，陳末在蘇花上面應該是在轉彎吧。他撇過頭，看見海上的細碎白浪。他本來可以遇見站在甲板上的劉瀚，他們本來可以一海一陸四目相交，交換一些信物，譬如猴子喜愛的香蕉，或者關於火樹的訊息。

但是，今天這樣的風浪並不適合出海，況且劉瀚已經長達三年不曾登船。

船員劉瀚不在船上。船員劉瀚搭乘火車南下。此刻坐在傾斜式列車「太魯閣號」裡的劉瀚，身體裡面慢慢聚積成一種疑似暈船的感覺，他因而感到興奮與搖晃。快要吐出來的這種感覺，反而使他滿意。他清晰地知道，在往後的幾年裡，他會另外啓動一個新的名字，繼續存活下去。所有的人將要遺忘他的舊名。汗如雨下，腋下如河。現在的劉瀚，嘗試凝固他原本潮濕瀰漫的生活。就像坐在潔淨清新的高級車廂裡，充滿冷氣，情緒傾向冷靜。

水凝凍成冰，冰塊生煙，劉瀚將視線固定在那陣白色的輕煙，隨之向上然後隱沒進去，劉瀚刻意忽略冰塊的下體正在漸漸融解，下體仍是水霧感覺，像是溽熱的船艙，艙外掛著沒有擰乾、還在滴水的白色汗衫。

一連串的山洞過後，就是海。巨幅的光線像海浪一樣，潑進車廂。

傾斜式列車，劉瀚想像，是不是可能就會傾斜進海裡？

05. 故事裡的海怪，以及被遺留的小孩。

時間昏昏沉沉倒退回去。

劉瀚曾經不顧一切盪漾出去。登船第一天，船長挑眉質疑劉瀚：「躲債，還是躲人？」

劉瀚搖頭，無法回應。「船上不會比較闊。」說完，船長就轉身去忙他的了。或許是來休息的吧，劉瀚整理著自己的思緒。站在甲板上，他開始流汗。

每次的暈船與嘔吐，劉瀚都會想到自家神明廳紅色的昏暗氣息。抽噎，抽噎。在嘔吐的氣味裡面，劉瀚嗅到廚房的餿味。羞愧的唾液掛在嘴邊，船舷邊。發燙的甲板，豔陽下，劉瀚流汗，那是冷的汗。

那時的劉瀚，小孩已經十歲。一起前來送行的小孩看著劉瀚上船，劉瀚對著小孩說：「爸爸去買禮物。」然後漸漸變小，漸漸消失，消失進天空裡面。一直學不會游泳的小孩，覺得自己反正也追不過去，幾次以後就不來了。劉瀚錯過小孩首次的畢業典禮，錯過每一次的家長簽名，錯過夢遺與生活的灰燼。

家裡就這樣少了一個人。劉瀚一年只可以回家一次，一次十天。在這十天裡，爸爸突然是爸爸，妻子突然是妻子，小孩突然是小孩。後來，小孩漸漸覺得，除了來自各國的新禮物之外，其實爸爸每次回來都是一個新爸爸。他有很多爸爸。

劉瀚未必有所感知，但是劉瀚也有劉瀚的難處，回家之前都要準備臺詞以供發言實在非常辛苦。劉瀚覺得格言最有效率，告訴小孩「吃得苦中苦，方爲人上人」一類的砥礪，但是小孩好像沒有在聽。劉瀚閱讀小孩的作文，指出其中一段：「我希望自己是一隻鳥，在天空裡飛翔，自由自在。」劉瀚告訴小孩，鳥在天空飛，其實一點也不是自由。「你敢飛嗎？你連游泳都不敢了。你不怕高嗎？」小孩唱遊：「魚兒魚兒水中游，游來游去樂悠悠……」劉瀚告訴小孩，魚經常必須逃命，魚不是在游泳池裡消暑健身。

小孩漸漸沉默下去，劉瀚還以爲自己的臺詞說得不夠精彩，於是開始說故事：「在一個星星很多的晚上，我終於看見所謂的海怪了。絕對不是島嶼也不是山喔。海怪的脖子很粗，那可以吞下多大的東西啊！海怪身上有很多隻小獸，不知道是在喝奶還是吸血……」劉瀚比手劃腳。

小孩覺得大海才是怪物，牠把原來的爸爸吃掉了。

船上那幾年，劉瀚不知道已經吐掉了多少東西。

後來只能想起悶熱的船艙，沒有碧海藍天，劉瀚完全記不起大海寬闊的樣子。

時間模模糊糊拉回來。

居里安，後來，還是遇見劉瀚了。

十一號公路上的車輛，從來都是呼嘯而過不曾停。像陳末這樣的司機不是到處都有，所以居里安在路邊等了很久。居里安的雙腳終於受傷了，他已經沒有辦法再走下去。哪裡是盡頭？再走下去就可以找到解決的辦法了嗎？居里安不知如何是好。居里安蹲在路邊等待好心的駕駛收留。

劉瀚開著火車站附近租來的休旅車，旁邊坐著妻子，妻子抱著出生一年的小孩。妻子是原來的妻子，小孩則是新的小孩。劉瀚與妻子都試著相信，新的小孩裡面裝的是舊的小孩。

遠離船隻的劉瀚，全家經常利用週休二日旅遊，企圖重新培養一種「家」的感覺。船員劉瀚想在岸上看海，他們經常前來島嶼的東邊，這裡可以接駁全世界最大的海。也是一種想像式的懷念。

還在蘇花上面環繞的陳末，這個時候也想起了這個事件。那是一個騎腳踏車的背包少年。踩車的背影像是在賭氣。賭什麼氣？劉瀚是唯一能夠和這位少年對質的人。背包少年想要找出一種遠走高飛的感覺。不敢游泳，不敢搭船，背包少年騎腳踏車，以環島的方式接近海邊。這是唯一可以靠近父親的方式。父親距離他那麼遙遠。很小的時候，父親教他游泳，在游泳池裡，那是父親靠他最近的時刻。那麼溫柔，失敗了也沒有關係，再來一次。吐氣，換氣。陽光射進池底，池底都是流動的光線，像在撥開什麼似的，池底很多隱密的洞穴，好想進去那裡面！然而一靠近就不對勁，根本無法接近。一次又一次，父親終於沒有耐性了，留下他，在游泳池裡，他緊緊抓住上岸用的不鏽鋼梯。

父親說飛鳥不是自由，游魚也不是自由，到底哪裡才是最寬闊？哪裡才可以知道結果？在蘇花公路上面騎著騎著，就好像要掉進海裡，騎著騎著，就好像要掉進海裡。背包少年渴望一種遠走高飛的感覺，背包少年期待一個盡頭。

「碰！」煞車不及的陳末從背後幫助了他。

眞的是盡頭。背包少年沒有想到自己可以這麼接近海。

沒有人可以判定陳末做錯或者做對，除了背包少年。

06. 長長的路的盡頭。今天星期十。

居里安一上車，說聲謝謝，就睡著了。妻子覺得這個人實在沒有禮貌，但是劉瀚好像什麼都瞭解似的，因此非常體諒。撇開年紀不談，後來，妻子在居里安身上，想像著第一個小孩那時的模樣，黑亮並且脫皮，凌亂的鬍渣，汗臭，以及疲勞的鞋底，她，也就沉默下去了。

劉瀚將居里安載到火車站，搖醒他。「我們明天會沿著蘇花公路北上。」劉瀚說。居里安看著車內，多麼幸福的一家人，出門旅行。居里安向他們道謝，並且告別。

居里安走進候車室，發現運作正常。火車時刻表還是火車時刻表。月臺邊有火車，有旅客。列車竟然全部準點。

居里安坐在候車室的椅子上，看著對面的椅子，上面躺著一個人。這個人在窄窄的長椅上睡得直挺挺的。即使不是走鋼索，也像是通過獨木橋。居里安看著他，二十分鐘過去了這個人都沒有翻身。這個人的身體覆蓋著過期報紙，頭顱躺在摺疊整齊的外套上面。居里安像是找到知己似的，笑了出來。

月臺有列車進站。居里安認得，這是被島嶼西部淘汰的光華號，現在它在島嶼東部擔任柴快車，運送通勤的學生。兩節車廂擠滿站立的學生，車門勉強關上，然而就像吃太飽了就要爆開。「我被那邊淘汰了嗎？」居里安輕聲說。

昨天是星期四嗎？今天是星期五嗎？居里安哼起了「猴子歌」，複習著猴子的遊歷：**星期一，猴子穿新衣／星期二，猴子肚子餓／星期三，猴子去爬山／星期四，猴子去考試……**居里安沒有找到旅行中的猴子，但如果昨天是星期四，那麼，這一切，還眞的就像是一場考試。居里安繼續唱：**星期五，猴子去跳舞／星期六，猴子去斗六……**今天是星期五的話，那麼，就應該跳舞，如果今天是星期六，猴子會跟居里安一起前往斗六嗎？

星期七，猴子刷油漆／星期八，猴子吹喇叭／星期九，猴子去喝酒／星期十，星期十……爲什麼會有星期十？那爲什麼不懷疑星期八和星期九呢？小時候的居里安也曾經這麼疑惑。刻意忘記星期十，大概是因爲，這是一首結局很悲傷的歌……星期十，猴子死翹翹。沒有押韻，韻腳卡在中途，存心只是爲了要讓猴子死掉嗎？居里安想起猴子的尾巴翹。爲什麼到了盡頭就一定要死掉？喝酒肇事嗎？背包少年可以回答嗎？沒有喝酒、無心插柳的陳末可以回答嗎？劉瀚進入蘇花公路裡的旋轉，劉瀚可以說出大海的盡頭是什麼嗎？

火車會背叛平交道看守員嗎？居里安即將搭上火車，回到他的漏斗小城，是不是要繼續安居樂業？繼續面對浮躁的一切？

經過了這裡的海與天空連在一起，經過了這裡的長路行旅，居里安會不會好過一點？居里安期待筆直的生活。筆直的鐵軌帶領居里安繞了一圈。

長長的路的盡頭沒有答案。

盡頭是死，沒有盡頭。猴子在盡頭轉彎，露出尾巴搖晃。

長長的路的本身已是解釋。

一邊走路一邊沉默，一邊走路一邊流汗，居里安沿途灌溉自己。

——原載二〇〇八年十一月一日《聯合文學》二八九期

（本文獲二〇〇八聯合文學小說新人獎首獎）

暝哪會這呢長

楊富閔

臺南縣大內鄉人，一九八七年八月十三日生，麻豆鎮黎明中學、黎明高中畢業，目前就讀東海大學中國文學系四年級。

已發表小說〈暝哪會這呢長〉（獲二〇〇八全國臺灣文學營創作獎小說首獎）、〈天光大內〉（獲二〇〇八第十六屆臺南縣南瀛文學獎部落格文學獎優等，發表於 http://blog.yam.com/JUSTMINGYANG，並收錄於臺南縣立文化中心出版《第十六屆南瀛文學獎》）、〈神轎上的天〉（獲二〇〇八第十屆臺中縣文學獎小說獎，收錄於臺中縣立文化中心出版《那年冬天》）、〈有鬼〉（獲二〇〇八第二十五屆中興湖文學獎小說首獎）；散文亦榮獲多種文學獎項。

現在，我們祖孫三人正坐在發財車上。緊緊依攏相偎，把全世界擋在車窗外。

現在，我們正準備離開大內。

大內無高手，惟一姐，惟阿嬤。

我開始在姐接的部落格留言是在去年夏天，芒果花開水水的季節。我們的故鄉——臺南縣大內。四界攏是花香味，花香味沿著曾文溪水從玉井走幾個彎道飄至大內，讓我想起亦是去年夏天大伯公的葬禮，送葬隊伍內人手一枝香水百合天人菊向日葵的走在鄉境村路上，香味貼緊了我們麻衣麻帽與頭披，上百子孫們按輩分順序，以各色孝服標記身分，一路過廟過橋過路邊人家的到火葬場，我與姐接並排送葬隊伍最後頭，新生代，連孝服都不穿。

我開始習慣每個星期五晚上十二點在姐接的部落格「大內兒女」留言，與她保持聯繫，我企圖張開一面家族血系的網，想在虛擬世界把她撈回大內岸邊，於是我手邊有了四張訃聞：分別是二〇〇〇年的曾祖母楊陳女、二〇〇二年的大伯婆楊陳懷珠、二〇〇五年的大姑婆鄭楊枝，至最新一張二〇〇七年大伯公楊永德。我以這群同姓氏先輩之名留言，隱藏身分卻不斷介入敘述，我仰仗亡魂輩的身分背景感到安心，卻不停的加入我的口氣與回憶混淆視聽，我想要撈回這個棄家而走的姐接，像託夢、像陰魂不散般在「大內兒女」與姐接對談——關於她決心當個不孝女這檔事。

「不孝女！女孩子不嫁是要留在家裡當虎姑婆是不是?!紅閣桌上是沒在拜姑婆的！她死

後看誰要去拜她！沒得吃！去做孤魂野鬼！」大內一姐每天下午五點在三合院前復健時，小學生般默背課文的唸一遍給我聽。

我說：「阿嬤！妳眞三八！煩惱姐接做鬼還會肚子餓！姐接在處罰妳！眞正不孝啦！要妳逐工攏要想她一次！不孝不孝！」

阿嬤是我的大內一姐，大內無高手，惟一姐。

八年來，我們三合院以極恐怖的速度連辦了四場葬禮，走了了啊，大內一姐總說：「早前埕上不時攏有人影，現在連一隻貓攏無，攏走了了啊。」

我說：「阿嬤，但是妳現在就是尙大的！妳講的話尙大聲！尙準算！」

姐接與我從小就是大內一姐帶大，她是典型的做田人，典型的那種不是很高，膚質卻黑得很健康的阿婆，她的臉從每個角度看都像極了大內鄉朝天宮的那尊媽祖婆，肥嫩啊肥嫩，眞慈悲，可她也是個難搞的女人，我們三合院內沒人敢惹到她，祖產分瓜，動輒幾百萬的土地賠償金，她一人代表我們這房去開會，聲頭眞正親像雷公塊陳。她一生交手過的水果比男人還多，種出來的柳丁酪梨金皇與愛文往往是貨到果菜市場就被販仔包走，眞實在。她三十歲就死尪，才生一個兒子，一路寡人拉拔兩個孫子到現在，我們不能算是沒錢人，因爲我們相較同輩分且有爸媽照顧的同學而言，大內一姐對我與姐接的教養之路，可說是潮流極了，大內一姐總是很潮。她很潮的騎著一臺野郎一二五載我們上下課，儘管我們的三合院僅離大內國小一百公尺，她且在政府尙無規定騎機車需戴安全帽的年代，就要我們姊弟頭頂全罩式安全帽的跟她四界去，我無法忘懷她左腳打擋的姿態，以及引擎運轉聲中她既溫柔卻有點感傷的歌聲，那首「暝哪會這呢長」，大內一姐的唱功，套句星光大道的名言便是：「音準不重要，重要的是，唱歌就是在說故事。」大內一姐很愛唱歌。她唱的歌都只說一個故事，故事是她很潮的開著發財車載我們去善化學美語、去麻豆念私立中學、去永康吃麥當勞，去東帝士頂樓坐小火車，大內一姐為了讓我們能掌握語言的優勢，且不時教我們幾句日文，她是個很有遠見，且很有guts的阿婆，有一冬，姐接哭哭啼啼的從學校返回跟她投：「我不會算數學，老師叫我去死啦！」大內一姐正在埕上跟當時離婚住老家的大姑婆一起曬芒果乾，氣不過，一粒黑半邊的金皇芒果還握在手上就找老師理論去，她進學校尋教師辦公室門眼睛張大找姐接的導師，五公尺外，發現獵物，大內一姐金皇芒果就朝導師的身子丟下去，拉大嗓子：「妳憑什麼叫我孫女去死！我是付錢請妳叫我孫女去死的喔！」大紅造型的導師像粒流汁的芒果回嗆：「妳是誰啊？」「我是誰，妳不去探聽看看，大內鄉朝天宮廟後，姓楊的，您祖母叫蔡屎啦！阮尪姓楊，我叫作楊蔡屎啦！妳準備剉屎了啦！」我深深記得大內一姐的氣勢讓整個辦公室都硬了起來，真的沒人敢惹她。我還記得小學某一年，大內一姐老早熱車等著下午四點放學的姐接與我要去臺南市，那時候還沒死的大伯婆見了我們要進臺南，便直以為是要去醫院探病，以至於入夜返家後見著我們都有點紅腫的雙眼遂更篤定某某人的病況恐怕不樂觀，其實直到大伯婆死前我都沒機會跟她說明：「那一工，阮阿嬤駛車載阮去看鐵達尼號啦！」（那群老人們進城的機會總是少，最常去的可能是奇美或成大醫院，或事業有成在臺南市買房定居的兒家。）便會有人問及我們的父母，據大內一姐的發言：「他們都在美國，他們很孝順，給我錢照顧你們姊弟，只是沒時間轉來臺灣。」（多少年後我才發現，我們從不使用「爸媽」字眼，太陌生了，遂也成為掉字的一族。）

於是每年母親節，我與姐接便會手工一張卡片獻給大內一姐說：「阿嬤！祝妳阿嬤節快樂！」（大內無高手，惟一姐，惟阿嬤。）

我們祖孫三人誰看來都像是被孤立了，據守在三合院的右護龍。八年來，三合院連辦了四場葬禮，連大內一姐都說：「下一個該不會就輪到我了？」曾經喧鬧的院內，如今走了了啊，剩下我們祖孫三人，站崗般的護著這老土地，無消無息，然姐接卻樂觀地說：「是我們在排擠全世界啊！」是的，排擠全世界。這句話還眞學得大內一姐的幾分神似，見證孫子也不能偷生。也是後來我才知道，姐接決定排擠全世界。

是某個星期五晚上十點多，我們的鄉已經入睡，我與大內一姐還神智清明地在收看星光二班總決賽，我們都賭梁文音會拿下冠軍，可大內一姐在看見賴銘偉融合八家將與搖滾元素的表演後就改口：「我感覺神明到現場了，這個古錐古錐的查甫會贏。」大內一姐是星光迷，她開始看星光二班也是去年夏天的事，除了星光大道，她喜歡型男大主廚，說阿基師眞古錐；她也看大話新聞，不時注意李濤的全民開講，她常常很激動的要 call-in，卻又說浪費電話錢，我幫她辦了一隻亞太的手機，買一送一，我也拿一隻，網內互打免錢，好讓我方便找到她，她的手機鈴聲是周杰倫的霍元甲，霍霍霍霍，很吵，這樣大內一姐才聽得到。其實她已經快變成宅女了，時間這麼多，那是因爲大伯公出殯那天她沒送，一人在三合院內發落大小事情，儼然已經是三合院內的首席發言人，這下她最大了，根據大內一姐的說辭是她忙著換上新春聯時沒站穩，整人翻身跌埕上，老人禁不起跌，現場工人連忙送她到麻豆新樓醫院，我們送葬回來之後，大內一姐已經上好石膏且手握著扶椅在院內大小聲了。「你們大伯公要帶我一起走，沒那麼容易！」這是後來半年，我因爲在家等候兵單，陪她做復健時她總是掛在嘴邊的，聽久了，偶爾還會錯覺她是在埋怨大伯公沒有順便帶她一起走。

那一夜，星光二班的冠軍還眞是表演八家將的賴銘偉，名次公布時大內一姐已經在沙發上睡很深，我輕輕搖醒她，扶入臥房。我說：「第一名是賴銘偉耶！阿嬤妳猜對了，甘是媽祖婆跟妳講的？」「媽祖婆早就在睡覺了，是你大伯公大伯婆站在門口跟我說的。」她認眞指著門外一角，帶著惺忪雙眼的口吻有點像喝醉了酒，她語氣有點硬，倒像是說：「我叫他們不准進來。外面站著就好！」

大內無高手，惟一姐，惟阿嬤。

我登入無名小站來到姐接的部落格「大內兒女」。像是我們不說開的默契，她每個星期五固定po上一篇新的網誌，或多或少的述說近況，姐接知道我會來看，然後我再扮演一個說故事的人，婉轉的傳達給大內一姐。曾經我們祖孫三人無話不談，繫守許多不能說的祕密，如今我們連說話都像隔著一個世界，好的時候親像在說夢話甜甜的，歹的時候袂似交代遺言。我們都說得假假的，聽得假假的。

我點進姐接新寫的網誌，標題做「偶像」——

學生今天模擬考作文，題目叫做偶像，有學生問：「老師的偶像是誰？」

學生私底下跟我打小報告，說同學間流傳老師跟和尚在交往。有人看到我出沒在臺中公益路的誠品書局……和一個光頭的男人。

讀畢，我趕緊以大姑婆之名鄭楊枝留言，回應姐接的偶像。

我們姊弟的偶像別無他人。妳應該還記得大姑婆是阿嬤一人開車到佳里鎮給護送回來的，再晚一點，很可能就要被踹死了。大姑婆四五十年婚姻伴隨著一個暴力傾向的男人，那個年代的女人離婚事怎麼能說，被夫婿照三餐打的恐怕也不只大姑婆。但妳知道的，阿嬤不是好惹的，她雙手交叉胸前拎著鑰匙鏗鏘地響，一進對方家門先給那男人三耳光：「阮兜的查某不是嫁來乎你打耶！沒什麼好講，人阮帶走！」我們躲在後車篷一路也跟著到佳里鎮去看熱鬧，回程路上，還不斷安慰淚流滿面的大姑婆，姐接，妳忘了嗎？妳的偶像就是我的偶像啊……

然後，謝謝妳告訴我妳人在臺中。

鄭楊枝

不孝女的故事大內一姐天天都會說一遍，偶爾還會獻上一首歌當片尾曲，我陪著繞院埕復健練腳力，當她唯一的聽衆。這眞是個多情的夏天。距離姐接決心與大內一姐對峙已過了一年多，今天的雷陣雨遲到，大內一姐的故事遂比雨先到。

「您大姊實在眞不孝，一定要嫁乎那個半仙啊，夭壽和尙不知道跟您阿姊怎麼洗腦，您阿姊頭殼裝屎啦！走火入魔啦！卡到陰啦！才會不理我這個阿嬷啦！黑白信，信媽祖就對啦！」

「阿嬷，妳不是常常說媽祖婆攏在睡？」

「但是媽祖婆會清醒，您大姊沒清醒！她根本就是乎那個光頭耶洗腦！沒路用啦！」

「但是那個光頭有很多信徒耶，也是在做善事，幫人開剖人生啊，親像電視講道的師父啊！電腦上他眞出名ㄋㄟ！」

「安怎！你們長大了！你也要跟您大姊去信那摳光頭耶！當不孝男就對啦！電腦有毒啦！您攏信電腦教啦！走火入魔啦！電腦無情啦！」

電腦無情，阿嬷有情。而我怎麼敢做不孝男。

姐接是去年在臺南市當實習老師時，上網結識了光頭耶，那時她就住家裡照顧大內一姐，關於那個光頭耶的故事，我都從說故事的人——大內一姐嘴裡，一步步、一天天聽來的。大內一姐說：那個光頭耶是個詐財斂色的神棍，姐接是被人家放符啊！姐接曾經帶光頭耶回家見她，光頭耶買來很多健康食品當伴手禮，她說那個光頭耶一看就知道活不久了，很不健康，運勢眞歹，看姐接順利考上教師正職，要來轉運吸收姐接的靈氣，大內一姐疑神疑鬼的說：「說不定被那個光頭的帶上床囉，可憐啦……」我從來沒見過光頭耶，但他卻像陰魂般周旋在我們祖孫三人的生活已經一年多，是的，一個不存在的、最熟悉的陌生人。大內一姐告訴我，姐接頭也不回就走了，那個光頭耶就等在我們家門口，她是氣到哭到親像早前阮阿公做他死去，丢下她彼當時，姐接心肝眞狠！眞無情。

這個故事是眞的，因爲姐接就這樣消失了，直到我在「大內兒女」的部落格找到她且開始隱匿身分和她對話，當她生命中的路人，也當一個充滿疑惑的弟弟，我才多少讀出，她爲自己做的第一個決定。

我相信大內一姐，也相信姐接是個很沒主見的人，因爲我們背後就有個沒人敢惹的靠山，讓我們從來不用做選擇。姐接容易被人牽著走、容易感動，喜歡聽悅耳的話，生得漂亮，愈大愈像章子怡。姐接人生的事似乎都被大內一姐寫好了，她乖乖當個符合老一輩期待的老師，然後嫁給大內一姐看滿意的男人。我總以爲，大內一姐在這方面很不潮。我和姐接在部落格上互動的第一篇網誌名作「暝哪會這呢長」，彷彿注定重逢在大內一姐的歌聲。姐接像許多年輕人喜歡在部落格轉貼歌詞，附加音樂播放程式。她po——

明明知影　你只是泊岸的船　也是了解　咱只有露水的情分
過了今夜　又擱是無聊的青春　這敢不是紅顏的命運

我閱讀歌詞，邊聆聽音樂程式傳來這首〈暝哪會這呢長〉。遂以大姑婆之名留言，鄭楊枝，我在鍵盤敲下：

妳離了阿嬤選擇自己長大。妳應該深深記得大姑婆的婚姻，也許更熟悉阿嬤總是掛在嘴邊的愛情故事，紅顏如大姑婆與阿嬤，如今如妳。我們都深知阿嬤不願被「壓落底」的個性，於是她可以奪回出嫁的大姑婆，甚至和曾祖母爲了分家另起爐灶而在大廳大罵出口，把神主牌請走。阿嬤常常說：「做人要有規矩！」妳一定想起了阿嬤的紅顏故事，她與阿公更是露水情分、更是泊岸的船。她嫁進楊家短短幾年尪婿就被牛車壓死，她總怨恨彼當時跟阿公決定要去都市，曾祖母硬是要把他們夫妻留在鄉下，沒地討賺，艱苦啊，只好去開牛車。大伯公大伯婆眞正可惡，欺負阿嬤，把那些賠償金全都暗起來，阿嬤說：「我一毛都沒拿到，死尪的是我耶！」

阿嬤只是怕妳嫁不好、被壓落底，尚驚妳是走火入魔，乎人騙去……

所以我該相信，我的姐接，這次爲了愛，決定要搏命演出了？

鄭楊枝

當我漸漸釐清疑問，姐接的離家，其實是爲愛出走。爲誰而愛？神棍？和尚？邪魔怪道的半仙仔？大內一姐其實也是掉字一族，她可能不知道，這光頭耶最貼切的身分應該叫做——網友。

姐接不過是跟網友走了，一個疑似宗教人士的網友。

大內一姐走累了，要我抬藤椅給坐在院埕上，曬西落的陽光。南部日頭斜射三合院落的每個窗櫺與門口，照在閉門深鎖的大伯公家、照在昔日大姑婆起居的角間廂房、照在大內一姐的野郎一二五、她的發財車。我且跟著大內一姐席地而坐，仰頭靜靜聆聽大內一姐唱支歌：

明明知影　你只是泊岸的船　也是了解　咱只有露水的情分
過了今夜　又擱是無聊的青春　這敢不是紅顏的命運

那片從山區而來的烏雲消散，今天的雷陣雨就這樣悶在天尾頂，落沒來，親像大內一姐掛在目睭的目屎。鄉內四界眞平靜，無消無息，無動無靜。

大內一姐常說，自從大伯公過身之後，咱這些親戚五十就愈來愈生疏，老的都老了，少年的都少在相借問，我常聽大內一姐感慨，彷彿她開口就是一部大內史。我忽然相信每個叔公嬸婆阿公阿嬤的一生便等同於一個鄉鎮的開發史、一部斷代的民國史、短暫的昭和史，而現今，他們又是走到哪一個時代了？

有時我甚至懷念八年來的四場葬禮，轟轟烈烈，看出一個家族的旺盛。葬禮的繁文縟節反倒讓平時疏離的我們有了表演的機會，我懷念我與姐接在曾祖母過世時和三十幾個姑姑堂姊們圍在大棺木旁眞哭假哭的場面，那時候我們都忘了靈堂外的紛擾，只用心做一件事，那就是哭。我也懷念大姑婆出殯那天大內一姐又哭又唱的訴說大姑婆的運命與人生，在場的男男女女也像跟著活了一遍。我們都忽然有事可以做，而非茫茫渺渺於人世間。我們有家可歸，有棺可扶。我亦懷念大伯婆的告別式，三合院內表演的民俗團體，牽亡歌、電子琴孝女、鼓吹陣，以及入夜家族大小在三合院前繞一個大圈燒折合陰間上百億的紙錢。多麼懷念的送葬時光，次次我都不甘心的走在出殯回程的路，很怕這張以死亡之名牽起的大網就這樣散了、斷了。然後，再也無關。我們都哭就是哭、笑就是笑，沒有想過跟全世界站在同一個線上，更像是要排擠全世界。然而急速的死亡也急速帶著一個家族走向沒落，一個家族的沒落，往往牽動著一個老鄉的衰退，這些被忽略的老鄉，與那些早已無人祭拜的孤墳上面長滿一季季的芒花、那些眼神呆滯等在養老院群居視聽室看綜藝節目的老人有什麼差別呢？我們的大內如此孤絕，當鄰近的官田以總統以菱角聞名；當玉井以芒果進軍日本；當新市的科學園區帶動善化房地產的血氣；當七股以鹽田黑面琵鷺翱翔在國人眼裡，我們的鄉——大內，還剩下些什麼？平埔族？酪梨？還是陳金鋒？有一年，我們鄉的曲溪村口蓋了座天文臺，圓形建築彷彿是山坡上長出的野菇，大內一姐曾說：「夭壽喔，那個天文臺像我這樣的老人爬上去，剛好順便葬在那裡，這麼高！有誰人會去？」大內一姐絕妙好辭，她形容的天文臺是長在大內鄉獨有惡地形上的一顆肉瘤，看水水的而已。

看水水的而已。

阮的日子平板無聊，阮總感覺尚精采的人生已經過去，就親像大內一姐的青春凋落，阮的一切攏總無意義。

我常常想，這些年輕人大量流失、而老伙仔大量往生後的老鄉村，未來，到底剩下什麼？我們的大內、我們的三合院，大內一姐的大內，到底還有什麼？

「有心，人有心，電腦無心。」大內一姐說過的，換個說法，人有情，電腦無情。

依然是星期五的夜晚、依然是超級星光大道的收看時間、依然是深睡的大內鄉，我們祖孫已經從星光二班看到星光三班，可大內一姐往往在十點過後便開始打盹，不再如過往很入戲的跟著一起評分，而我開始偶爾轉臺看談話性節目。街口有野狗狂吠，叫醒白花花路燈、叫醒大內一姐：「夭壽狗，吠成這樣，甘是去看到鬼。」我說：「可能是看到祖先又轉來啊……」「就都走了了啊，轉來是擱安怎……」我常常恍惚感覺大內一姐口氣中的思念，以及她身後龐大的落寞，大內無高手，惟一姐、惟孤獨老人。大內一姐起身準備進房睡覺，她問我：「那個不孝女最近擱有置電腦跟你聯絡沒？可憐啦，姊弟講話還需要用電腦，又不是沒嘴？信電腦教，走火入魔啦……」我說：「阿嬤，妳也可以來學電腦啊，都市很多老人都會打字上網耶！可以跟全世界站在同一線上，阿嬤妳不是最時髦了！」

大內一姐說：「野心這呢大！還想跟全世界站一起？您大姊，那個不孝女，連自己置叨位攏不知喔……您們少年人，毋通連自己是誰都不知道喔？」

我點進姐接的部落格「大內兒女」，神祕空間，彷彿可以存放好幾世代人故事。姐接連發了三篇網誌〈老〉、〈病〉、〈死〉，我一一閱讀且以祖先之聲，彷彿回魂般與她對話，聽姐接說故事。

〈老〉

底迪：

這是姐接給你的日記，最近出入醫院次數頻繁，幾乎以爲這世界都病了。我到便利商店看見open將人型大看板竟然哭了起來，結帳時忘了取發票，open將是不是長得很像外星人？我伸出右手食指感應，在店門口呆了很久。

那天改學生作文，文筆很差，大多不知所云。我逐字讀他們瑣碎與片段的故事，感覺閱讀的障礙。底迪，我們跟這世界，是不是愈來愈難溝通了？

他在化療，頭髮理光，老病死會不會一起來？

姐接開始在網誌提起那個光頭時，光頭耶已經癌末。多麼像剛要開始的故事，女主角先送給了我結局，而我只好往回溯，或者，乾脆放棄了解。我有點擔心姐接，在文字中讀出她的改變，是她長大了？還是我老沉起來了？我回應：

> 阿嬤晨昏必燒香，三百六十五天大概有一百天都在祭祀，拜各路鬼神。阿嬤最大的支出除了生活費，就是獻給神鬼的錢。她拿香，煙燻得眼淚汩汩流，阿嬤在跟誰溝通？媽祖婆？地藏王菩薩？好兄弟？還是歷代祖宗？阿嬤是在跟自己溝通，她在跟自己相處。她念念有詞說給自己聽，就像這幾年葬禮中的大小規矩，都是演給活人看的不是？都是我們演給自己看的不是？這就是規矩。
>
> 姐接，我們這世界還有規矩嗎？
>
> 楊陳懷珠

我點閱第二篇日誌——

〈病〉

出入醫院，身上像穿著一襲藥水味。陪他繼續化療、頭髮理光光，阿嬤說不準的是光頭耶以前不是光頭，他髮量曾經很多；說準的是，他看起來健康很差、活不久了。我到醫院外的花園走路，看見各國外傭推著臺灣老人在花叢前聚眾，外傭們聊開玩開了，放那些吊著點滴、鼻子插管的老人懸著頭晃啊晃，與棄置在資源回收桶前的大小包垃圾並無兩樣。底迪，我想起大內鄉下的那群老人，他們或者年老住進養老院或者一人獨居老厝宅，他們通常都有些成就非凡的兒媳在高雄在南科或者一生從未到過的北臺灣，他們的孫子大概只在暑假寒假才回來，半年長個十來公分不是問題，遂讓久久才見一次面阿公阿嬤也有種認不出、而誤以爲是別人小孩的錯覺。底迪，我想起了阿嬤，也想起家鄉那群照三餐運動打太極跳土風舞手動腳動的老人，他們年輕時都很有活力的在荔枝林芒果樹中穿梭，體力向來過人，卻不明白何以老了還這樣用力運動？我很是大膽的揣測，他們是爲了健康，但也許更怕哪天血管不通腳手麻痺不能動，怕勞煩了子女、更怕被一腳送進養護中心，他們可能不怕死，卻怕死後兒子在大陸、女兒在美國、孫子在補習、媳婦在開會的沒時間趕回來看最後一目。底迪，最後一眼，到底是誰在看誰？

復讀畢，我有種直覺，姐接就要回來了。她確實走火入魔，可走火入魔不就是一種執著，執著就有痛苦，我可以感覺姐接的痛苦。姐接的日誌大量回目故鄉往事，我幾乎可以看見，她已經等在家門口。

我以大伯公之名回覆姐接的病：

姐接，我感覺到妳的病。我感覺到妳對溝通不良產生的焦慮與不安，無話可說無言以對。妳的心中也有座大內，但妳的大內更封閉、更孤絕，且荒草蔓生恍如家鄉的亂葬崗。那裡沒有人在說話，人們生活大概只剩下肢體語言與臉部表情，就像我們重逢的神祕空間，有花樣百出的表情符號，和猥褻歪斜的動畫。姐接，有條隱形的河流在我們之間，也在家鄉外面。我揣想那是曾文溪，曾文溪水繞在大內鄉的邊境，乍似護城河，我卻以爲那是深不可測的深溝。

姐接，對妳而言，鄭楊枝、楊陳懷珠、楊永德之輩，甚至整張訃聞上不及備載的人名都抄一遍，對妳而言，是不是只像一種符號？這張家族血系大網就算搬上了網路世界來到妳的神祕空間，這些曾經與妳一同列位某張訃聞上的妳兄我弟妳姊我妹們，現在又生疏的跟網路上哪組ID哪個暱稱哪個鄉民有什麼差異？我們，會不會也只是妳的網友罷了？

楊永德

許許多多的數字，不差這一組 090894985

我點進第三篇，標題：死——

〈死〉

他走了。他的信徒們跪在公祭會場外好幾百人，說他是活佛來轉世、說他的任務已經完成要返去仙界。我只是掉淚，覺得擁擠。他的母親說栽培他出國念博士說她心肝就袂碎去。

我到便利商店找 open 將，伸出右手食指碰觸，沒有人回答。

網誌是在這三天陸續發表的，走火入魔的時間已經結束了，我似乎可以明白姐接的所有想法，遂以曾祖母的名字淡淡留言。

姐接，我們無處可去，我們只好回家，大內，那裡總是安全。

楊陳女

巨大的深夜，我彷彿一步走過好幾千年，暝，哪會這呢長？

五點，我下線。同個時間大內一姐推門進來飆人：「已經五點，我攏睏醒，你擱還沒睏！你也是玩電腦玩到走火入魔啦！」沉睡的鄉下開始傳來溫柔的雞鳴，多麼美麗的清晨時光，我聽見大內一姐中氣十足的喝斥聲。大內一姐拿著扶椅走往上了霧氣的院埕，像走進仙界，到達大廳。我跟著她的腳步走進大廳：「今天有人要回來了。」大內一姐說：「這樣喔。」我們三合院無人造訪已久，誰要來？大內一姐是聽懂了？我說：「天若光就會回來了，到時候我們再去接她。」大內一姐說：「好啊。晚上我們就來去臺南市吃飯。」我們的對話似乎省略了篇幅巨大的實情，且故意忽略心中忐忑的思緒。我感覺時間正在倒退卻又在向前，我時而面向大廳，時而背對著三合院。我像看見大內一姐騎著野郎一二五三貼，我們姊弟且經過兩旁皆是柳丁森林的小路，聆聽前座大內一姐隨風而來的歌聲，那首〈暝哪會這呢長〉悠長哀怨的曲調，總讓我們以爲車到了盡頭，暝會過，而天就會亮。

我就在大廳的太師椅睡了起來。像睡在列祖列宗的身旁，便也有死一次的感覺。我彷彿夢到大廳停放過的具具棺木，沉穩靜定的姿態，竟讓我感到心安，而睡得更好了。在夢中，我隱約聽見大內一姐對著列祖列宗說的話：「楊家祖先，今仔日阮孫女就要回來了，希望衆公媽保佑，保佑她一切攏好。還有，我這個男孫大學剛畢業，再不久就要當兵了，他從小就沒什麼朋友，在家很厚話，在外面像啞巴。我跟他阿姊就是他唯一的依靠，他身體眞虛，不知道做兵去會不會受得了？我實在足煩惱喔……」

日頭好，日頭刺醒大廳刺醒我，我微微張眼看見大內一姐正在擰抹布，擦拭她的發財車，如此安靜的庄頭，日上八點，尙無一點聲音。忽然……

霍！霍！霍！霍！霍！霍！霍！

霍！霍！霍！霍！霍！霍！霍！霍！

霍！霍！霍！霍！霍！霍！霍！霍！

大廳紅閣桌上，無名方形物體發出綠色冷光傳來聲音，傳到三合院來，霍霍霍霍，撞擊左右護龍的牆壁，分貝加大。大伯公出殯後，我們就再也沒聽過如此高亢的聲音。半睡半醒的我嚇了好一大跳，對門外大喊：「阿嬤！妳的手機啦！妳的周杰倫在叫了啦！」不遠處大內一姐一拐一拐地來，我故意不接起。我們的三合院忽然霍霍霍霍了起來，像是丹田有力且臉色紅潤的老人在練功，霍霍霍霍。大內一姐拿過手機：「霍霍霍霍，好啦！好啦！不通擱霍啦！我剛剛拜拜完，就把周杰倫忘在紅閣桌上啦，老人記憶差啦。是誰打電話啦？」

「Hello，this is 楊蔡屎。」

我在旁噗哧的笑，激動得全身在顫抖。三合院內，我們的大內。大內一姐多麼氣派的說著電話。她一手拄著扶椅，一手握著電話，像聊八卦般地說著，不時還夾帶幾句成語，感覺很以當國文老師的孫女爲榮。大內一姐言談的側臉宛如大內鄉朝天宮內那尊媽祖婆，讓我深信她會永遠康健。

現在，我們祖孫三人正坐在發財車上。緊緊依攏相偎，把全世界擋在車窗外。

現在，我們正準備，離開大內。

大內無高手，惟一姐，惟阿嬤。

——原載二〇〇八年十一月一日《印刻文學生活誌》六十三期

（本文獲二〇〇八全國臺灣文學營創作獎小說首獎）

附錄：

九十七年度小說紀事

邱怡瑄

一月

・嚴歌苓第一部英文小說 The Banquet Bug 的中文版《赴宴者》出版，由同是小說家的郭強生翻譯，以寫實的譴責小說揭露現代資本社會怪誕醜態。

・資深女作家繁露於三十日逝世，享年九十歲。繁露，本名王韻梅，籍貫浙江上虞，一九一八年十二月二十一日生。上海大夏大學肄業，曾任國防部軍事委員會電映隊、演劇隊，一九四七年來臺。著有長、短篇小說《養女湖》、《大江東去》、《向日葵》、《何處是兒家》等四十餘本。

二月

・十三～十八日，二〇〇八年第十六屆臺北國際書展於世貿一、二、三館展出。主題國為

「澳洲國家館」，並拓展出「國際交流」、「出版專業」、「閱讀生活」三方面機能。首度舉辦臺北國際書展大獎，小說類年度大獎為張瀛太《熊兒悄聲對我說》（九歌）、非小說類年度大獎則由蔣勳的《孤獨六講》（聯合文學）獲得。

・資深作家、文藝評論家尹雪曼，二十三日過世，享年九十歲。尹雪曼，本名尹光榮，籍貫河南汲縣，一九一八年三月十五日生，美國密蘇里大學新聞學院文學碩士。曾任報社記者、副刊主編、副總編輯等，推動中國文藝協會南部分會於高雄成立。曾於成功大學、中國文化大學、世界新專等校執教。曾獲中山文藝獎、教育部學術文藝獎等。創作文類散文、小說、評論、傳記等皆有。著有散文《海外夢迴錄》、《文藝二三事》；小說《遲升的月亮》、《留美外記》；評論《中國新文學史論》、《五四時代的小說作家和作品》、《中國現代文學的桃花源》等五十餘本。

三月

・由《人間福報》主辦的「第二屆福報文學獎」，於五日揭曉。短篇小說組得獎名單如下：首獎從缺，二獎張經宏〈蛋糕的滋味〉，三獎葛愛華〈離地一百米〉，佳作祁立峰〈靜止〉、徐嘉澤〈大眼蛙的夏天〉、徐譽誠〈沉默經文〉、鄧智元〈雕佛〉。

・九歌出版社於六日舉行「九十六年度散文選、小說選、童話選新書發表會暨年度文學獎贈獎典禮」。年度散文獎得主為舒國治，作品為〈一個懶人的生活及寫作〉，小說獎得主為陳思宏，作品為〈彩虹馬戲團〉，童話獎得主為廖雅蘋，作品為〈雪藏三明治〉。《九十六年散文選》、《九十六年小說選》及《九十六年童話選》的主編分別是林文義、李昂、黃秋芳。

‧作家、資深新聞人的蔣家語，於九日病逝。蔣家語，筆名莫喜，籍貫廣西修仁，一九五四年一月二十一日生於高雄，得年五十四歲。政治大學西洋語文學系畢業。曾任報社記者、主編、撰述委員，電視新聞部副理，廣電節目主持人。曾獲聯合報小說獎、曾虛白新聞獎、金鼎獎。著有兒童文學《第三隻眼——兒童報導文學選輯》、《奇妙的寶貝——菇》。另譯有《瑪雅的第一朵玫瑰》、《小種籽》多種繪本故事書。

‧日治時期作家葉步月創作的日文小說《七色之心》，經國立臺灣文學館中譯後重新出版，於二十一日舉辦新書發表會暨葉步月逝世四十週年紀念座談會。葉步月（一九〇七～一九六八），本名葉炳輝，是臺灣第一位長篇小說作家，創作《長生不老》、《白晝的殺人》、《七色之心》等作品，爲臺灣近代偵探小說先驅。

‧《文訊》於三、四月號製作「臺灣推理文學的天空」專題，內容包含臺灣推理小說發展概論、臺灣推理小說出版概況、臺灣日治時期偵探小說介紹、臺灣推理文學研究概況，以及葉步月、李費蒙、葉桑、余心樂、藍霄、林斯諺、林佛兒等臺灣推理小說創作者的介紹或自述，並整理一九八〇～二〇〇七的臺灣推理小說書目提要，以及林佛兒與傅博對談近二十年來的臺灣推理文學。

四月

‧第七屆「皇冠大衆小說獎」推選出米果《朝顏時光》、梁家蕙《二重奏》、月藏《鬥法》、江曉莉《灰色的孤單》及法爾索《同窗》五部入圍作品。一日舉行決審會議，由《灰色的孤單》勝出成為百萬首獎得主。而「皇冠大衆小說獎」在第七屆後，宣布暫停一屆，改由第一屆「島田莊司推理小說獎」接棒。

・張愛玲作品的版權繼承人宋以朗於二〇〇七年找出三十四頁張愛玲從未發表過的〈重訪邊城〉中文手稿，極具文學史料的價值，於《皇冠雜誌》二〇〇八年四月號做全世界首次發表。

・有鑑於國內缺乏推理小說的評論者，由淩徹、紗卡、陳國偉、張筱森、顏九笙、心戒、曲辰所籌組的推理文學研究會於七日宣布成立，同時推出「十大必讀書單」及舉辦「第一屆推理小說評論獎」。

・旅美中國詩人貝嶺策畫「作家在臺北」行動節於十～十三日舉行。邀請來自澳洲、瑞典、德國、中國大陸、香港、美國和日本等地的蔣浩、傅正明、阿海、王一樑、Olga Lomove、Jon Kowalls等近二十位詩人、作家和學者，和詹澈、張默、李敏勇、王拓等臺灣作家，以朗誦、表演和肢體，演化作家的行動藝術。

・臺灣推理作家協會於十九日舉辦第七屆年會。進行協會年度報告、介紹由協會出版的兩本《臺灣推理作家協會傑作選》、頒發短篇推理小說徵文獎首獎由知言的〈Absinthe〉獲得。

・高齡八十三歲的臺灣文學家葉石濤，因腸宿疾住進高雄榮總加護病房。文學界人士於二十七日在高雄榮總醫院，為葉老舉辦的《葉石濤全集》新書發表會。《葉石濤全集》總計六百萬字、共二十冊。

・諾貝爾文學獎得主高行健於二十八日偕妻子西零抵臺，二十九日起展開為期六天的「二〇〇八文學行腳」活動，發表多項新作。

・資深作家柏楊於二十九日病逝臺北，享壽八十九歲。柏楊，原名郭定生，後又改名郭衣洞。籍貫河南開封，一九二〇年十一月一日生。東北大學畢業，曾任中國青年寫作協會總幹事、成功大學副教授、臺灣藝術專科學校教授。曾獲行政院文化獎、二等卿雲勳章等。著有論述《中國人史綱》、《柏楊版資治通鑑》，散文《大愚若智集》、《金三角・邊區・荒城》、《醜陋的中國人》、《柏楊回憶錄》，小說《異域》、《蝗蟲東南飛》、《曠野》、《莎羅冷》等六十六部著作。總統府頒贈最高等榮譽褒揚令。

・由國家文化藝術基金會長篇小說創作發表專案補助的作品，梁琴霞《黎青》、許榮哲《漂泊的湖》與王聰威《濱線女兒》於月底出版並舉行新書發表會。

・自一九八四年十一月創刊的《推理》雜誌，四月出版第二八二期後宣告熄燈關門。雜誌創辦人林佛兒對於推理小說相當執著，率先引進日本推理大師松本清張的作品。《推理》雜誌在臺灣推理文學界頗具地位，是很多推理迷啟蒙的第一步。

五月

・廖風德於十日過世，得年五十七歲。廖風德，筆名廖蕾夫，宜蘭人，生於一九五一年四月十七日。淡江歷史系學士、政大新聞研究所碩士、歷史研究所博士，曾任報社記者、雜誌主編、總編輯、世界新專講師、國民黨中央文化工作會祕書、政治大學歷史系副教授、立法委員。除史學論著外，創作以小說爲主。史學論著有《清代之噶瑪蘭——一個臺灣史的區域研究》、《臺灣史探索》、《臺灣歷史與文化》。小說作品有《隔壁親家》，曾被改編成電視劇《親戚不計較》。

・由行政院文建會及彰化縣文化局協助，賴和紀念館於二十八日重新開幕。整修過的紀念館，增加展場設備，規畫出「賴和與彰化」、「賴和醫生」、「賴和與文化社會運動」、「賴和文學」、「賴和書房」五個區域，展出賴和的新詩、漢詩、小說、雜文作品等手稿，及賴和收藏的上百冊書籍。

・八〇年代以《那年在特約茶室》聞名文壇的作家舒暢於逝世周年後，由九歌於十日爲舒暢出版三本紀念文集：《院中故事》、《那年在特約茶室》、《焚詩祭路》。

・由九歌文教基金會主辦的第十六屆「九歌現代少兒文學獎」於二十七日揭曉。得獎名單如下：鄭淑麗《月芽灣的寶藏》獲文建會少兒文學特別獎；陳佳秀《揚帆吧！八級風》獲評審獎；陳怡如《第十二張生肖卡》獲推薦獎。榮譽獎五名，分別是陸麗雅《阿祖的魔法天書》、孫昱《藍月亮·紅月亮》、陳韋任《灰姑娘變身日記》、胡玫姍《勇闖不管里》、洪雅齡《躲進部落格》。

・國立中正大學臺灣文學研究所所長江寶釵籌畫的「黃春明跨領域」座談會暨國際學術研討會，五月三十一日、六月一日在中正大學登場。黃春明創立的「黃大魚劇團」配合首次在嘉義演出《小李子不是大騙子》兒童劇。

六月

・由文建會委由聯合文學出版社企畫的「閱讀文學地景」系列套書（全四冊），於三日舉行新書發表。小說卷收錄日據時期至當代小說家的作品，共五十二篇。

・臺灣當代重要的鄉土小說作家黃春明，於十四日獲頒佛光大學榮譽文學博士，同時推出

「向文化、土地與人致敬——黃春明週」，活動有黃春明書畫展、電影欣賞、兒童劇「小李子不是大騙子」公演、作品朗誦會及座談會。

‧由教育部主辦「第一屆原住民族語文學創作獎」比賽結果揭曉，於二十五日舉行頒獎典禮。優選作品名單如下：短篇小說組五名：吳明義的中部阿美語〈海燕的抉擇〉，那麼好‧丫讓的中部阿美語〈母親啊！父親啊！我可以變成阿美族人嗎？〉，陳勝榮的賽考利克泰雅語〈卡朗‧馬谷的世界〉，曾建次的知本卑南語〈卑南族神話傳統中的人與自然——兼及原住民之文化調適〉，鄭佩茜的阿里山鄒語〈風中的聲音〉。

‧日據時期新竹北埔客家籍作家龍瑛宗，文學作品涵蓋小說、新詩、隨筆、評論。由國立臺灣文學館編纂《龍瑛宗全集‧中文卷》於二〇〇六年底問世。為使龍瑛宗的文學作品以日文原貌呈現，《龍瑛宗全集‧日文卷》，於二十七日舉行新書發表會。

‧國立臺灣文學館為了紀念於二〇〇七年去世，曾獲臺灣文學獎長篇小說金典獎得獎的臺灣原住民作家為臺灣原住民霍斯陸曼‧伐伐，在六月八日至九月二十一日舉辦「布農族作家霍斯陸曼‧伐伐（HuslumaVava, 1958-2007）紀念特展」。

‧九歌出版社於創社成立三十年週年之際，出版《臺灣文學30年菁英選》七本，內容包括小說、散文、新詩及文學評論四類。《小說30家：臺灣文學30年菁英選一九七八～二〇〇八（上、下）》，由蔡素芬主編，以近三十年來的小說表現，編選出三十位戰後出生的臺灣作家。

七月

・創辦於一九八三年七月的《文訊》雜誌，於一日在國家圖書館舉辦二十五週年暨「瞬間・永恆——臺灣資深作家（一九二八年以前出生）照片巡迴展」開幕酒會。展出包括賴和、蘇雪林、葉榮鐘、張深切、楊逵、琦君、林海音、鹿橋、周夢蝶、艾雯、鍾肇政、葉石濤等共計二百三十三位作家身影。

・由行政院原住民族委員會主辦的「文學、影像與原住民——臺灣原住民作家與毛利族作家Witi Ihimaera文學座談」於一日舉辦。會議邀請以小說《鯨騎士》的作者Witi Ihimaera，與原住民作家孫大川、瓦歷斯諾幹、林二郎、撒可努、伊苞等人，分享臺灣、紐西蘭原住民文學創作的內涵及創作經驗。

・由國家文化藝術基金會所主辦的「國家文藝獎」，於七日正式公布第十二屆得獎人，小說家施叔青獲獎。

・資深作家宣建人十一日逝於四川成都，享年九十四歲。宣建人，筆名余村、東門亮。江蘇儀徵縣人，一九一四年十一月九日生。軍事委員會戰時工作幹部訓練團結業。曾任出版社採訪主任，中國青年寫作協會總幹事等職。曾主編《中國海軍》月刊、《海訊》及《幼獅月刊》。二〇〇六年依親中國。創作有短篇小說、散文、論述等。著有論述《紅樓夢雜記》，短篇小說集《巧婦與拙夫》、《嬌客》，散文集《抒情集》、《綠窗集》等十七部。

・創作《楊梅三部曲》本名黃瑞娟的作家黃娟於十二日獲頒第二屆「客家貢獻獎」的「終身貢獻獎」。

・資深作家張行知於十六日逝世，享年七十九歲。張行知，別號先晴，筆名有墨虹、墨龍。湖南新化人。一九三〇年十月二十四日生。政治作戰學校畢業。曾任政戰參謀官、桃園縣《青溪》雜誌發行人。曾獲國軍新文藝獎、青溪新文藝金環獎等。創作文類有散文、小說、論述、報導文學。著作有論述《大陸作家短篇小說評選》；散文《妳在何方》；小說《洪流》、《大漢兒女》等十六部；報導文學《砲聲響起》；合集《張行知自選集》。

・由新竹縣文化基金會主辦的「戀戀文學——第八屆吳濁流文藝營」於二十六～二十七日舉辦。第三十九屆的「吳濁流文學獎」亦於活動始業式舉辦頒獎典禮，小說獎得主為布農族乜寇．索克魯曼《東谷沙飛傳奇》。

八月

・金門縣政府九十七年第五屆浯島文學獎於三日舉行頒獎典禮。小說組第一名林玉寶〈烈嶼姑〉、第二名張姿慧〈我阿嬤死了〉、第三名劉思坊〈烈女岸〉，佳作許思賢〈候鳥的歸途〉、吳素霞〈菅芒花開〉、何妤珩〈烈嶼情話〉、楊懷仁〈教練與我〉。

・「臺南人劇團」在十五～十七日，以張文環的小說《閹雞》製作全新舞臺劇「閹雞」首次登上國家戲劇院。

・「二〇〇八竹塹文學獎」短篇小說得獎名單：首獎黃令名〈黃光區〉，貳獎張耀仁〈禪雨〉，佳作賀陳介〈風裡的沙〉、連明偉〈城隍爺〉。

・由國立臺灣文學館、新竹縣文化局主辦的「龍瑛宗先生九十八歲誕辰學術研討會」，於二十四日假新竹縣文化局舉辦。計有十一篇論文發表。

．小說家伊格言以短篇小說集《甕中人》入圍「歐康納國際短篇小說獎」。此獎是爲了向愛爾蘭知名劇作家歐康納致敬而設。八月宣布得獎者爲《同名之人》作者鍾芭．拉希莉（Jhumpa Lahiri）。

九月

．國立臺灣文學館委託財團法人臺灣文學發展基金會執行的「作家作品目錄暨資料庫建置計畫」五日舉行新書發表會，同時資料庫系統亦正式啓用，計二千五百餘位作家及十萬餘筆作品目錄。

．爲慶祝聯合報文學獎三十年，聯合報副刊於六日舉辦「文學獎三十」研討會，探討三十年間，臺灣興起的各種文學獎項，及其在時代潮流中所引發的文化效應、產生的文學現象，共有八篇論文發表。

．臺灣文學前輩作家巫永福於十日逝世，享壽九十六歲。巫永福，號中州，筆名EF生，臺灣南投人。一九一三年三月十一日生。日本明治大學文藝科畢業，創辦文藝雜誌《福爾摩沙》。返臺後，擔任臺灣新聞社記者，加入「臺灣文藝聯盟」。光復後，曾任臺中市政府祕書、保險公司董事兼副總經理。歷任《笠》詩刊及《臺灣文藝》發行人，《臺北歌壇》主幹，並於一九七九年創設「巫永福文學評論獎」。創作文類包括論述、詩、小說、俳句、短歌等。出版有詩集《春秋——臺語俳句集》等十一部；散文《風雨中的長青樹》；小說《翁鬧、巫永福、王昶雄合集》、《巫永福小說集》；傳記《我的風霜歲月——巫永福回憶錄》；《巫永福全集》。

- 第十屆南投縣玉山文學獎，於五日公布得獎名單，短篇小說——第一名魯子青〈竹籬巴內的血影春秋〉，第二名歐陽嘉〈人頭決定〉，第三名林子瑄〈裂〉，佳作兩名：陳文和〈花錯〉、連明偉〈鷹〉。
- 臺灣推理文學界前輩傅博，十三日在日本東京獲頒日本第八屆「本格推理大賞」特別獎。傅博曾旅日長達二十五年，一九七五年創辦推理雜誌《幻影城》，挖掘出許多當前重要的推理名家。傅博於一九七九年回臺後，主編過《日本十大推理名著全集》、《日本推理名著大展》、《日本名探推理系列》，是引進日本推理小說的舵手。
- 第三十屆聯合報文學獎於十六日揭曉得獎名單，短篇小說獎大獎由徐譽誠〈與情愛無關〉獲得，評審獎賀淑芳〈夏天的旋風〉，佳作李順儀〈那怎樣與無所謂〉、林佑軒〈家拎師〉。
- 白先勇於十八日與文化界好友共度七十一歲生日，同時舉行十二冊的限量套書「白先勇作品集」新書發表會。
- 由臺灣大學、國家圖書館主辦的「白先勇的藝文世界」系列演講，於二十～二十一日在國家圖書館舉行。主講人包括：梅家玲、曹瑞原、張毅、聶光炎、郭玉雯、王童等人，最後並有「驀然回首：現代文學！」座談會，由白先勇、王文興、陳若曦、葉維廉、李歐梵追憶文學盛世。
- 由李昂三篇小說〈迷園〉、〈殺夫〉及〈牛肉麵〉改編的《死與歡愉的香氣》一劇，於九月二十三日在巴黎十二區「被壓迫者劇場」初演。
- 小說家陳若曦三十日假明星咖啡館舉辦回憶錄《堅持．無悔》新書發表會，邀集當年臺大的同學白先勇、王文興，作家施寄青、蕭颯、蔡文甫等人出席。

十月

・由中國時報人間副刊主辦的第三十一屆「時報文學獎」，於二日揭曉，得獎名單如下：短篇小說獎首獎從缺，評審獎四位：米果〈月光宅急便〉、壹通〈賣貓記〉、陳育萱〈蒂蒂〉、謝文賢〈眞神〉。

・「白先勇的文學與藝術國際學術研討會」於十七、十八日假政治大學舉行。會議內容包括由白先勇主講的專題演講及一場座談會，共計十四篇論文發表。

・資深作家林鍾隆十八日逝世，享年七十八歲。林鍾隆，筆名林外、林岳，籍貫臺灣桃園，一九三〇年生，臺北師範學院畢業，歷任國小、初中及高中教師，一九七七年創辦及主編《月光光》兒童詩雜誌。曾獲布穀鳥紀念楊喚兒童詩獎、行政院新聞局金鼎獎等。林鍾隆出版著作將近七十種，包括論述、詩、散文與小說、兒童文學及譯作等。著有論述《兒童詩研究》、《作文小百科》；詩集《戒指》；散文《大自然的眞珠》、《石頭的生命》；小說《迷霧》、《愛的畫像》；兒童文學、《阿輝的心》、《星星的母親》等。

・「九歌二百萬長篇小說徵文」，於二十一日舉辦三十年社慶時，頒獎給四部入圍作品：盧兆琦《十三暝的月最美》、張瀛太《古國琴人》、譚劍《黑夜旋律》、周桂音《月光的隱喻》，並宣布首獎從缺，且表示該獎即日起繼續徵稿，預計於二〇一〇年六月三十日截稿。

・劇作家姜龍昭二十二日辭世，享年八十一歲。姜龍昭，筆名雷耳，籍貫江蘇蘇州，一九二八年生，一九四九年來臺。政工幹校新聞系畢業。曾任電視公司編審、製作人，並在臺灣藝術專科學校、輔仁大學等校任教，曾爲中華民國編劇學會理事長。曾獲行政院新聞局劇本優勝獎、金鐘獎等。二〇〇〇年時自設「姜龍昭戲劇獎」。寫作文類包括論述、散文、傳記、小說、劇本等。論述《電視劇編寫與製作》；散文《有緣千里來相會》；小說《情旅》、《春雷》；劇本《碧海情天夜夜心》；報導文學《自由中國進步實況》；傳記《英風遺烈——田桐傳》；合集《姜龍昭自選集》等，共計六十餘冊。

・由臺北縣政府文化局主辦的第四屆「臺北縣文學獎」於二十五日舉行頒獎典禮。短篇小說得獎名單：首獎謝曉昀〈失蹤〉，優選李秋慧〈山窟〉，評審推薦獎歐陽嘉〈日出部落〉，佳作：林柏宏〈雨，聲聲慢〉、董籬〈半窗風景與一張彩卷〉。

・駱以軍獲國藝會長篇小說補助，費時四年餘完成長篇巨製《西夏旅館》，追溯西夏人滅亡的故事，亦隱喻臺灣現今光怪陸離的社會現象。

十一月

・《聯合文學》於十一月一日舉辦二十四周年社慶暨第二十二屆小說新人獎、全國巡迴文藝營創作獎頒獎典禮。小說新人獎短篇小說首獎陳宗暉〈火車就地停下時——兼及平交道看守員的消失〉；短篇小說推薦獎黃碧燕〈神棍〉；短篇小說佳作四名：林雨樹〈姊姊＋弟弟〉、厚圃〈櫥窗裡的女人〉、黃崇凱〈另一個〉、施君涵〈廢神〉。中篇小說首獎（文建會特別獎）孫彤〈城市空空如也〉。

・自由時報第四屆「林榮三文學獎」於二十三日舉行頒獎典禮。短篇小說得獎名單如下：首獎從缺，二獎高翊峰〈狗影時光〉，三獎山貓安琪〈蛇〉，佳作卓嘉琳〈咱來邀請妳們共同欣賞〉、葉佳怡〈青絲胡同〉、詹俊傑〈漁〉。

．由中華民國兒童文學學會主辦，臺北市立圖書館協辦的「資深作家黃春明．鄭清文童話研討會」，十一月二十二日舉行，為期一天半。

十二月

．由國立臺灣文學館主辦的「二〇〇八臺灣文學獎」於五日公布得獎名單。得獎名單如下：圖書類——長篇小說金典獎：Badai巴代《笛鸛：大巴六九部落之大正年間》（麥田）。創作類——母語創作臺語小說金典獎：胡長松〈金色島嶼之歌〉。頒獎典禮於十二月十三日假臺灣文學館舉行。

．由明日工作室主辦的二〇〇八第四屆「溫世仁武俠小說百萬大賞暨附設短篇武俠小說獎」贈獎典禮於五日舉行。獲獎名單如下：百萬武俠小說大賞首獎黃健《王雨煙》，評審獎：朱先中、黃嗣軒（共同創作）《八陣無極圖》、吳從霆《太平客棧》、施百俊《流民本色》、孫雪僮《斜風細雨不須歸》。短篇武俠小說獎：第一名張英王民〈迷圖〉，第二名葛轅〈泊煙渚〉，第三名林子瑄〈密伎〉，佳作王子瑋〈刀劍蝶〉、張家豪〈王祿仔〉、張烈諄〈武林，是誰的武林〉。

．臺灣文學掌燈者葉石濤十一日過世，享年八十四歲。葉石濤，筆名葉左金、鄧石榕等，籍貫臺灣臺南，一九二五年十一月一日生。省立臺南師範專科學校畢業，一九九九年成功大學曾頒贈名譽文學博士學位。葉石濤曾任《文藝臺灣》助理編輯，國小教師、訓導主任、總統府國策顧問、成功大學兼任教授等。曾獲中國文藝協會文藝獎章、行政院文化獎、國家文藝獎等。寫作兼及論述、小說等，著有小說《臺灣男子簡阿淘》，論述《走向臺灣文學》、《臺灣文學史綱》等。總統府頒贈最高等榮譽褒揚令。

・國藝會「第六屆長篇小說創作發表專案」補助名單揭曉，由楊麗玲、張友漁、陳雨航、蘇家盛獲得。每位創作者將獲補助金五十萬元，並於兩年內完成十五萬字以上的全新創作。

・金石堂書店二十四日公布二〇〇八年兩位「年度出版風雲人物」由九歌文化事業群創辦人蔡文甫及作家舒國治獲選。

・資深作家林佛兒於二十七日獲頒第十四屆府城文學獎「特殊貢獻獎」。林佛兒四十年來潛心臺灣出版事業，編著作品豐碩，並長期提倡推理小說，主編《推理》雜誌與《鹽分地帶文學》雜誌。

九歌文庫 1034

九十七年小說選

Collected Short Stories 2008

主　　編：季　　季
執行編輯：胡　琬　瑜
發 行 人：蔡　文　甫
發 行 所：九歌出版社有限公司
臺北市八德路3段12巷57弄40號
電話／02-25776564・傳眞／02-25789205
郵政劃撥／0112295-1
九歌文學網：www.chiuko.com.tw
登 記 證：行政院新聞局局版臺業字第1738號
印 刷 所：晨捷印製股份有限公司
法律顧問：龍躍天律師・蕭雄淋律師・董安丹律師
初　　版：2009（民國98）年3月10日

定　價：300元

ISBN：978-957-444-574-5　　Printed in Taiwan

書號：F1034

國家圖書館出版品預行編目資料

九十七年小說選／季季主編. -- 初版. --
臺北市：九歌， 民98.03
面； 公分. --（九歌文庫；1034）

ISBN 978-957-444-574-5（平裝）

857.61 98001200